# 花咲舞無法沉默

花咲舞が
黙ってない

池井戸潤

# 目錄

# 主要登場人物

【東京第一銀行】

花咲舞——事務部分行指導組

相馬健——事務部分行指導組稽核

芝崎太一——事務部次長

辛島伸二朗——事務部長

昇仙峽玲子——企劃部特命擔當稽核

紀本平八——企劃部長

吉原俊二——營業第三部長

菊川春夫——專務董事

羽田重康——副董事長

牧野治——董事長

# 花咲舞無法沉默

# 第一話

# 黃昏研修

# 1

那是發生在世紀末前後的事。

花咲舞一如往常，在早上八點後抵達工作現場。早她一步抵達公司的上司相馬健，正一臉嚴肅地閱讀著報紙。向窗外望去就能看到的、大手町一帶的建築物，就在一月微光的拂照之下。

分行指導組所屬的小房間，位在東京第一銀行總行大廈四樓，事務部辦公區的一角。雖說是組，其實也就只有稽核相馬、舞，以及兩人的上司次長芝崎太一，總共三人罷了。

「相馬先生你怎麼了？我看你眉頭都擠在一起了。」

「什麼怎麼了，當然是因為這個啊！」

相馬舉起左手拿著的報紙，在斗大標題的文章上敲了幾下。

上頭的印刷字體大到不用走近也能一目了然。

『東京第一銀行，可能遇上空前的赤字危機。』

那是經濟報紙金融專欄的頭條新聞。

泡沫經濟崩壞後，整個日本瞬間墜入不景氣的谷底已有大約十年——

換句話說，那就是所謂的消失的十年。但即便是經過十年的現在，銀行這個業界也彷彿還在無法望見出口的山洞裡徘徊。

「大概是前些日子隼建設公司的事露出破綻了吧，那一擊對我們的影響可不小啊。」

語畢，相馬發出唉唉的嘆息聲。

主承包商隼建設公司倒閉是在去年九月發生的事。東京第一銀行作為主力銀行，一直在支援陷入業績不振的該公司，光這間公司就帶給他們兩千億圓的不良債權。

所謂的不良債權，簡單的說就是拿不回來的貸款。

「多虧這筆債，本來很期待拿到的冬季獎金也那個了啊。」

「反正相馬先生本來也拿不到多少吧。」

聽到舞不以為然的話後，相馬瞪了過去。

「就是因為已經沒有多少了，被砍了一筆才更傷好不好。真好，妳倒是一派輕鬆，我可是還有在泡沫時期花大錢買的公寓的房貸，每個月還要繳些有的沒的，這樣就夠辛苦了，更別提那間公寓現在掉到只剩一半的價格了。」

「就是因為有你這種話，銀行職員才會被大家討厭的喔。再怎麼被砍，銀行的獎金也比一般企業能拿到的多了。現在這種時期，能普通地生活著就已經要感謝上天了。」

「或許是這樣沒錯啦，但看到這種報導還是讓人很沮喪啊。」

相馬再次嘆了口氣。

「船到橋頭自然直囉，而且讓我說的話，雖說造成了幾千億的赤字，但實在很難想像真的有這麼多錢耶。」

「妳能這麼想還真是幸福啊，狂咲，真是太好囉。」

「狂咲」是花咲舞的外號，因為她有時候會突然暴怒發飆。

舞正想反駁相馬聽似小瞧自己的玩笑話，卻在這時聽到身後傳來了可怕的呼氣聲，她不禁轉過身去。

這不是芝崎次長嗎？不曉得他是從什麼時候開始站在那裡的。說到這個，這兩天他因為研修留守小房間，看來從今天開始回歸職場了。

「哦喔，是芝崎次長，早安，研修還好嗎？」

舞如此問道。

「一點也不好喔，花咲小姐。」

芝崎搖搖晃晃地走向自己的位置，才剛走到就唰地讓自己微胖的身軀癱在椅子上，一副有氣無力的樣子。

「我的人生到底是怎麼回事啊？」

「一大清早的這是怎麼了？太突然了吧。」舞一臉驚訝地看著他。

「其實我直到昨天都在參加年長者管理階層研修啊。」

「年長者管理階層研修？哦喔，就是那個『黃昏研修』嗎？」

說到這裡，舞不由得笑了出來。

「這樣說很傷人耶，幹麼要用黃昏這個詞啊。」

芝崎一臉沮喪。

在東京第一銀行內被稱作「黃昏研修」的這個研修中所教導的，是類似為了步入第二人生的知識技能。

「你有同事以外的朋友嗎？」

「你有可以稱作是興趣的嗜好嗎？」

「從銀行離職後，下屬願意做人情陪吃飯的時間頂多只有兩年喔……」

參加研修的年長行員在這樣的煽動之下，內心生出一股焦躁感，並發現了一個事實。

也就是他們在銀行供職數十年，不僅沒有本業以外的興趣，還不顧家庭一頭栽進工作裡拚命，這樣一路走來的人生就要迎來毫無半點成就的結局了嗎！

「我在那兩天裡學到了一件事，那就是上班族的人生是很無常的啊。沒有朋友，也沒有什麼能拿來說嘴的興趣，我的人生根本沒有未來。」

雖然芝崎這個男的向來說話都特別誇張，但他似乎真的受到了不小的文化衝擊。

「接下來的人生，必須靠自己去開拓。」

芝崎的眼神充滿著不安。「他們還跟我說，你想怎麼活下去呢？不能靠銀行，要靠自己的力量！明明以前他們都說只要進到銀行工作，一生都會風平浪靜的，有像這個翻臉比翻書還快的嗎！」

「不必為還沒發生的事情擔心——順其自然啦，芝崎次長。」

「花咲真幸福啊，什麼煩惱也沒有。」

雖然芝崎沒有惡意，但那句話卻讓人不太舒服。然而在舞做出反駁之前，他突然就將話題轉到公事上了。

「啊，對了，方便請你們去一趟赤坂分行嗎？」

「赤坂分行？發生什麼事了嗎？」

對於相馬的提問——

「好像發生了一點問題。」

芝崎摸了摸肥厚的脖子，繼續說道：「聽說是客戶的機密資料外洩了。」

「資料外洩……嗎？」

舞不禁與相馬對望了一眼。

現今社會，資訊安全管理可是經營銀行的要點。倘若洩漏了客戶的資料，就是嚴重到能夠登上新聞頭條的大事。

然而芝崎只是搖了搖頭。

「不對不對，當然不可能是從我們這邊外洩出去的，總之不知道是從哪裡洩漏，所以紅快餐希望赤坂分行能夠調查這件事，結果在討論的過程中似乎讓對方留下不好的印象了。」

「你說的紅快餐是那間連鎖餐廳嗎？我念大學的時候，學校附近剛好就有一間，我還滿常去那裡吃的。」

舞開口說道。

「對對對，就是那間紅快餐。」

芝崎點頭稱是。「好像是因為分行不肯給予正面回應，所以鬧到客服中心了。」

「那還真是不好辦。」

相馬皺起眉頭，他有這樣的反應也是很正常的，照理說，像這種與客戶端發生的問題理應要由分行自行解決。然而客戶卻選擇越過他們直接告到客服中心，簡直就是分行的恥辱。

「客服中心有跟赤坂分行聯絡，請他們要妥善處理，但那之後好像還是有收到紅快餐詢問狀況如何。」

簡而言之，就是事情尚未解決。

「客服中心的室長因為這件事大發雷霆，剛才和我們辛島部長聊了一下，希望我們可以仔細調查原委後再向他報告。」

辛島伸二朗是被視為將會成為執行董事的事務部部長。

「總之，就是這麼一回事，雖然知道你們很忙，還是要麻煩你們跑一趟，不好意思囉。」

說完想說的話之後，芝崎次長抬頭看向研修那幾天堆積成山的未批准文件，再次深深地嘆了口氣。

## 2

「我們聽說紅快餐的內部資料有外洩的情形，請問是怎麼一回事？」

相馬開口發問之後，赤坂分行經理奧平光彥立刻變了臉色，不高興地與坐在旁邊的融資課長鳴澤宏樹四目交接。

「還能有什麼事吼，你上個月不是才剛拜訪他們的總務部長回來嗎？說什麼展店計畫外流了，請我們要好好調查的。」

「展店計畫？」

客服中心的報告書上粗略記載了「內部資料」，他們還以為鐵定是員工的銀行資料外洩那類跟財務有關的資料，看來並不是這樣。

「沒錯——喂，把那張地圖拿過來。」

一旁的鳴澤課長抽出資料夾中的地圖，將之攤開在桌上。

奧平繼續說道：「這張地圖上標示了過去一年紅快餐計畫展店的地方。」

只見東京都內二十三區的地圖上，共有十處被貼上紅色與藍色的圓形便利貼。

「聽紅快餐說，藍色是有按照計畫開設新門市的地方，紅色的則是最後取消展店的地方。」

放眼望去，藍色有三個，紅色有七個，看來取消的地方比較多。

「那就是有一半以上都沒按照計畫展店了，取消的理由是什麼啊？」相馬問了之後——

「你們知道大飽口福嗎？」奧平開口問道。

「我記得他們跟紅快餐是同行，也是一間連鎖餐飲吧。」

「沒錯。」奧平點了個頭。「大飽口福是分布在東京近郊的郊區型家庭餐廳，但最近卻進軍東京都內了。」

奧平再次將視線移回到地圖上，接著說道：

「貼著紅色標籤的這四間店，早在紅快餐開店的更之前，大飽口福就已經在那裡展店了。剩下這三間店雖然是因為跟地主交涉不順才取消的，但就算是偶然，也不應該會重疊得這麼誇張，這是紅快餐提出質疑的部分。」

「簡單說來，就是他們懷疑展店的資料被外流囉？」

聽完奧平的說明，相馬接著說下去。他歪了歪頭，繼續說道：「但僅憑那點就說機密資訊外流，這樣判斷也太草率了。」舞也有同感。

「我們也是這麼想的，但紅快餐還是堅持是那樣。」

倚靠在扶手椅上，一臉要跟誰吵架樣子的奧平來回看向相馬與舞。

「說起來，紅快餐這間快餐店原本就是走行銷路線的公司。」

融資課長鳴澤在一旁補充說明：「用對方的說法，應該是『出人意料的分店』吧。他們最在行的就是這個，先仔細調查對手不看重的地區特性，比方說從車站到店面的動線、客人願意購買的傾向、鎖定目標族群——他們會成功，也歸功於一路都是這樣仔細研究過來的。」

「也就是說，不可能那麼簡單就被別人模仿，搶得先機囉？」

對於相馬的反應——

「對方是這樣主張的，但究竟是怎麼一回事也不好說。」

奧平持否定的意見。

大概是因為對方越過他們，直接告到總公司讓他非常不滿。舞在外出時曾去人事部看了分行的資料，根據上面記載的內容，奧平曾在總公司融資相關部門大放異彩多年。

即便已經退下第一線，自尊心還是很強的。

「另一方面，順利開店的分店在開幕後不久，也有大飽口福在那附近開店搶生意的狀況。」

鳴澤繼續說道：「據紅快餐的說法，他們懷疑促銷活動的資訊也外流了。譬如說初春時推出了【恭賀入學漢堡肉】，售價七百八十圓，結果大飽口福幾乎在同一時期也推出了差不多的東西，價格還比他們的便宜一點，大概七百六十圓。做成兔子跟熊臉的【動物炒飯】兒童餐一推出沒多久，大飽口福也推出了類似的【Animal Lunch】，而且價格又是比他們便宜一點。都到這種地步了，不可能說只是碰巧一樣吧，紅快餐是這樣認為的，不過他們會這樣想也不難理解啦。」

或許是顧慮到奧平分行經理，鳴澤語帶保留。

「先假設真的有這回事好了，那問題是到底是誰將這些情報外流的──更具體地說，是將這些資訊洩漏給大飽口福的？」

對於相馬的提問，奧平點了個頭。

「所以紅快餐便要求我們調查他們公司員工的戶頭，看看是否有出現什麼異樣。」

「然後你們就拒絕了。」

「當然啊，我們怎麼可能做這種事。」

「做得好。」相馬重重地點了個頭。

雖然已經習以為常了，但每當相馬碰到位階比自己高的人，就會一個勁兒地示弱。

奧平繼續說──

「銀行不可能幫忙洩漏個人隱私──我們這樣拒絕之後，對方竟然說，既然如此，那一定就是你們銀行洩漏的。也太好笑了吧！最後還給我鬧到客服中心去，現在連事務部分行指導組都出動了，這不是把你們拖下水了嗎？」

「沒事，弄清楚這些原本就是我們的工作。」

舞如此回答之後──

「真好啊，這工作也太輕鬆了，真讓人羨慕。」

奧平諷刺地回應後，用手拍了一下膝蓋。「反正就是這麼一回事，我們只是站在分行的立場做出應該要有的回應而已，這次的事完全是紅快餐魯莽的行為造成的。」

「我們明白了。」

相馬皺起眉頭，附和：「其他細節我們會再去請教負責人，好完成報告書，百忙之中不好意思打擾了。」

「就只是顧客的抱怨而已，拜託別把事情鬧大了，可以吧。」

剛說完這句話，奧平又看了下手錶，接著說：「我等下還要公出，就先到這裡吧。」之後便草草結束了面談。

# 3

「奧平分行經理好像因為這件事非常不高興耶，雖然他本身也有點討人厭就是了。」

結束訪談後，一進到對方安排好的小會議室，舞便皺著眉頭說出這番話。

「哎唷，別這麼說嘛，畢竟從奧平先生的角度來看，身為赤坂分行經理，這可是攸關之後業績會不會提升的重要關頭，當然會有點神經質，畢竟分行經理那種等級的生存競爭可是非常激烈的。」

「畢竟是黃昏世代嘛。」舞回想起今天早上的芝崎，如此說道。

「比起那個，花咲妳快看這個，那間叫紅快餐的公司，竟然是赤字耶。」相馬說出令人意外的消息。

他將暫時寄放在他這裡的信用檔案攤開在桌子上，開始看起財務相關的資料。所謂的信用檔案，就是將各個公司的概要、貸款、存款等各類資訊集結而成的資料夾。

「赤字的金額光是去年就將近五億圓，雖然去年勉強是黑字，但前年帳面上都是赤字。」

過去在融資部門小有名氣的相馬一面粗略地翻閱資料，一面快速掌握紅快餐的業績狀況。「看起來沒有股票之類的多餘投資，也就是說，光本業就搞到負債了吧。雖然應該是因為那個分店計畫才會需要龐大的資金，但也無法說是經營良好的公司。當初在跟銀行申請貸款時大概也起了些口角吧。」

「如果是來往關係良好的公司，再怎麼樣也不會直接鬧到客服中心才是。」舞也點了個頭。

「奧平分行經理之所以對紅快餐那麼冷淡，大概也跟他們的業績有關係吧。」

相馬說出內心的猜測：「審查融資過程中的交涉應該就不太輕鬆了，紅快餐那邊也是，可以猜測他們從以前就對銀行讓經理以下的人去處理他們的事累積許多不滿。」

不信任再加上不信任所造成的連環負面影響。就在那時——

「啊，相馬先生——」

舞從檔案夾中挑出一張紙，那是一張名單，上頭有著一連串、大約二十幾個人名。

「這個應該是紅快餐要求調查戶頭的員工名單吧？」

「應該是吧。」

相馬回答後也看了一下名單，接著兩人陷入一陣沉默。

良久……

「妳很在意這張紙嗎？」

相馬開口詢問。

「很在意喔。」

舞回答：「名單上的名字前面都有做些記號，感覺就是已經做過什麼調查了吧。」

「花咲妳是怎麼想的？」

將視線從名單上移開的舞抬起頭，察覺到相馬想說的話。

「這個跟從分行經理那裡聽到的狀況不太一樣耶。」

在提到調查個人戶頭時，奧平明明一臉冷淡地說辦不到的，現在看起來卻不是這樣。

就在這時，隨著一聲敲門聲，一名男子出現在兩人面前。

「不好意思，我是紅快餐的負責人，我姓八代。」

根據他們之前在人事部確認的資料，八代是入行五年的主力行員。

「百忙之中，不好意思麻煩你了。」

自我介紹結束後，相馬請對方坐在對面的椅子，兩人中間隔了一張桌子。接著他將剛才那張社員名單放在桌上，推到對方面前。

「這張紙上的，是紅快餐要求要調查的社員名單吧。」

「是、是這樣沒錯。」

相馬繼續問一臉慌張回答的八代：「那調查的結果還好嗎？」

「咦，為什麼會這樣問？」

「你不是對這些人的戶頭進行調查了嗎？上面都做記號了。」

面對相馬直截了當的提問，八代臉上浮現焦急的神色，一言不發。

許久，他才開口說道：「對不起。」

「果然是這樣啊。」

八代看著突然小小嘆了口氣的相馬，開口說道：

「因為經理跟課長都叫我不要理他們就好，可是我身為負責人，怎麼可能說不理就不理。所以我就真的調查了一下名單上所有人的戶頭，看是不是有什麼異常狀況。」

「簡單說來，就是你調查了他們的戶頭是不是有匯入提供情報的禮金之類的？」

相馬說完後，又壓低音量問了一句：「結果呢？」

「這份名單上的人都是跟展店資訊有關聯的人，但我調查之後，一點問題都沒有。我還查了一下過去兩年的狀況，也沒有從大飽口福那邊匯款的樣子。另外也沒有用信用卡消費之類的、感覺花錢不手軟的人。」

據八代的說法，紅快餐指定配合的銀行就是東京第一銀行，為求方便，員工的薪轉戶也都是這間，所以全體員工都有東京第一銀行的戶頭。

「換句話說，這個戶頭的錢都會使用在一般生活支出，倘若有什麼隱情，多少都能夠察覺。」

某種意義上說來的確是這樣沒錯，舞也這麼認為。

「你也跟紅快餐說了嗎？」

相馬凶狠地瞪著八代，開口問道。

「是的。」

八代用幾乎要聽不見的聲音回答：「但是我只有跟他們說結果而已，沒有洩漏具體的個人隱私。」他對上相馬的目光。「在那之後，他們反倒覺得有可能是銀行洩漏的，又要求我去調查。」

「為什麼會懷疑到銀行這邊啊？」

「因為……」被舞這麼一問，八代猶豫了一下，接著又像是事到如今也不可能再隱瞞下去了那樣——

「他們會這樣想是有理由的。」

他沉重地說道。

「其實——雖然有點難以啟齒，但紅快餐為了讓業績預測比較好看，好像在給我們的展店計畫中灌水了。」

「你說什麼？」

相馬大叫出來。

「真正的展店計畫裡只有七間店，他們多報了三間，變成要開十間分店。雖說灌水的那三間店只是掛個名，討論展店的會議上也是擱置狀態。但最近就連那三間店的位置，大飽口福也有在看他們附近的店面……」

「喂喂喂，你現在是說，只在銀行內部討論的文件竟然外流了嗎？」

相馬一臉驚訝地靠著椅背，最後像是在看什麼令人困擾的東西似地對八代說：

「奧平也知道這件事嗎？」

「不——」

八代緊閉著雙唇，搖了搖頭。「知道這件事的人只有我，而且這種事實在是無法對經理開口——」

「這都是些什麼啊。」

相馬嘆了一口氣。「這樣難怪對方會懷疑啊。」

「本來他們是先懷疑自己的員工，但最近才終於知道那些事情。」

所以，才把懷疑的目標從員工轉為銀行吧。

「但這麼一來，事情也變得更糟糕了。」

相馬開口說道：「洩漏機密的犯人變成銀行了，那個『銀行版』的展店計畫，只有向本行提出過嗎？」

「是的，因為剛好在追加融資審查一團亂的時候……」

說完這句話，八代咬緊唇瓣。

「相馬先生，你要把剛才那些事都寫在報告書裡嗎？」

離開赤坂分行之後，舞開口問道。

「嗯，也不能不寫吧。」

相馬抬起頭來看著午後淡淡的陽光，一臉嚴肅。

「不過八代也夠可憐的，被夾在客戶跟分行經理中間，而且展店計畫也不完全都是捏造的啊。」

「喂，花咲啊，我知道妳想說什麼啦，但說謊就是說謊，這點可不能敷衍過去吧。」

「是這樣說沒錯啦……」

舞皺起眉頭，臉頰也僵硬起來。

「而且啊，我們最該做的是鎖定洩漏這件事的犯人，至於他們會得到什麼處分，都是之後才需要想的事。」

## 4

「喂，妳那邊怎麼樣了？」

那天傍晚，相馬從一直盯著的連線電腦上抬起臉，一臉疲憊地詢問舞。

「沒什麼特別可疑的地方。」

他們得到人事部的允許，看了赤坂分行融資相關人員的帳戶往來明細，檢查了融資課所有行員過去一年的帳戶狀況，包括分行經理奧平，卻找不到任何線索。

舞剛調查完最後一人的帳戶，對著天花板嘆了口氣，陷入沉思。

「假設真的有拿到爆料費好了，也不可能那麼簡單就直接匯進戶頭吧。」

舞對相馬提出的看法點頭認同。

「一般而言，如果在這間銀行做了什麼不好的事情，就會用別家銀行來匯款才對。」

「是吧。」

嘆了一口大氣後，相馬站起身，離開位置。

「只能再回到匯票那裡重新推論了嗎？」

相馬邊說邊開始翻起手邊的資料。

「不是也可以從大飽口福那邊去找嗎？」

突然想到什麼的舞對相馬說道：「到目前為止，我們的著眼點都放在紅快餐的員工跟赤坂分行的行員，改成調查大飽口福的話，會不會有什麼新的發現？」

聽說大飽口福也是東京第一銀行的客戶。

「那是哪間分行負責的？」

還坐在連線電腦前的舞立刻開始調查。

「是新宿分行。」

「新宿啊。」

相馬抬頭望向時鐘，時間剛過下午五點。「那我們就跑一趟看看吧。」

「這個時間去沒問題嗎？」

「不用擔心，那間分行的副分行經理跟我是同期進公司的，我稍微拜託他看看。」

語畢，相馬拿起電話，反常地向對方簡單扼要說明了整件事情。

「不過這還真是件麻煩的事啊。」

新宿分行的副理佐竹面有難色地說。相馬與舞在小會客室中，與佐竹隔著桌子面對面坐著。

在來這裡之前，相馬已經在電話中向他說明了有關資訊外流的事情。

「你有聽說大飽口福的展店計畫是怎麼決定的嗎？或是其他跟這個有關的事。」

「沒有耶。」

佐竹歪了歪頭。「不過，他們為了提升業績可說是不擇手段。老實說，我聽完你說的之後，覺得這種事真的發生在他們身上也不奇怪。而且創立大飽口福的社長是一個很有野心的人，行事作風強硬，也走過不少辛苦路。大概就是這樣一間公司。」

貸款額度。

話雖如此，東京第一銀行也因為大飽口福的業績不斷提升，提高了給予他們的貸款額度。

「雖然我們對他們的經營方式有過疑問，但銀行也得靠他們貸款跟交易往來才能經營下去。」

「原來如此，這個借我看一下。」

相馬將該社的信用檔案拉近自己，快速閱讀起上頭的內容。「幾乎都是一億到兩億圓左右的貸款耶。」

「土地是借來的，因為光買土地就比預期的價格高出不少，所以該公司只有蓋建築物而已。他們透過交涉，請土地所有人幫他們蓋房子，再以每月付租金的形式經營店面。」

這是十五年前簽下的交易。檔案裡頭好好收著新任負責人記錄的，有關交易的前因後果。

從前在貿易公司負責訂送外食的社長，後來創立了這間公司，現在又發展到什麼程度，這些公司的歷史都可以從檔案中找到。

「依你的看法，犯人是赤坂分行的行員，而且還和大飽口福有來往嗎？」

佐竹開口問道，將話題拉回舞他們之所以會來此的目的。

「嗯，我是覺得有這個可能啦。」

說到這裡，相馬將一張文件推到佐竹面前。「這是赤坂分行的行員名單，你看了有覺得哪裡不對勁嗎？」

佐竹輕輕瞥了一下名單，輕輕地搖了搖頭。「沒有耶。」

「是喔……好吧，不好意思突然跑來，打擾你們了。」

佐竹看著站起身的相馬與舞，對他們說道：「別這麼說，這對大飽口福而言也是個大問題，之後如果又知道什麼還請再跟我聯絡，我這邊有發現重要的訊息也會跟你們說的。」

「那就拜託了。」

兩人就這樣毫無收穫地離開了分行。

# 5

轉眼間，一個多月就這樣過去了。

差不多聽到三月的腳步聲來臨時，那般凜冽的北風也不再夾帶落下結冰的「芯」，混入一點溫暖春天的氣息了。

機密外流事件也在真相依舊不明的狀態下宛如風化了一般。

這種狀態持續了好一段日子，直到某天舞在非常偶然之下，發現了可以稱得上是「解決事情的辦法」的東西。

那一天——

在他們因融資問題頻出而外出到押上附近的分行訪談後，已經超過下午三點了。

「突然覺得肚子好餓啊，現在才想起來，我們忙到都沒吃午餐耶。怎樣，花咲，要不要在這附近吃個蕎麥麵還是什麼的？」

相馬邊走邊問。離開分行後，兩人走在商店街，前往最近的車站。就在這時，舞發出「啊」的一聲突然停下腳步。

「怎麼啦？該不會忘了拿什麼東西了？」相馬對著她說。

「不是啦，相馬先生，你看一下那個。」

相馬順著舞的視線看過去，過了一下才注意到舞想說的。

「啊，那個，不是大飽口福嗎？這種地方也有他們的分店啊？」

標示著新開幕的立牌就豎在那邊。

「說到這個，相馬先生，今天我們不是在融資課處理車站前那間不動產店的傳票嗎？說是金額寫錯了，你還記得上面寫的名字嗎？」

「好像是室井不動產吧，但就算記得又怎樣，妳又想幹麼了花咲？」

猜不透花咲想法的相馬才剛開口發問，舞就已經往那間不動產店走去了。

「只要問他們大飽口福的展店情況，應該就可以知道什麼了吧。譬如說他們從何時開始計畫要開分店，跟其他店家的競爭狀況之類的，畢竟是在地的不動產，應該知道些情報才對。」

「原來如此，真是個好辦法。」

相馬拍了一下手，但突然又一臉沒勁地說：「但是花咲啊，差不多該適可而止了吧？」

他繼續說道：「畢竟在那之後，他們好像也沒什麼動靜了。就這樣等大家都忘記這件事也可——」

然而舞卻直接忽略相馬所說的話，走到附近的商店打聽不動產店的位置。

「啊，相馬先生，就是那間不動產店喔，我們去問問看吧。」

「真是的，拿妳沒辦法。」一向走消極路線的相馬也只能發出「嘖」的一聲，跟著舞行動。

這是一間位於站前黃金地段、當地的老字號不動產業者。出來迎客的男人看似店主，舞向他遞上名片，在自我介紹完後直截了當地說道：「其實我們是來請教有關大飽口福的事的。」

「請問大飽口福是多久以前來這裡開分店的？如果您知道的話方便告訴我嗎？」

「什麼啊，原來你們是來調查這種事的。」

店主一臉懷疑地打量著他們。

「我們是來調查有關他們經由貸款獲得不動產的狀況的。」

相馬馬上反應，隨便找了個合乎常情的理由。

「哦，是這樣啊，工作辛苦了。」

「跟他們有接觸應該是差不多半年前的事了吧。」雖然不動產店長一副不感興趣的樣子，但大概是因為對方是公司配合的銀行行員，所以他還是開口說了。

「雖然之前也有人來問那塊地，但後來大飽口福插進來，還提出比較好的條件，就搶到那塊地了。」

相馬小聲地嘆了口氣，無法對對方說的內容置之不理。

「不方便回答也沒有關係，想再請教一下，最一開始向你們詢問土地的也是餐飲業的業者嗎？」

舞委婉地問道。

紅快餐——

對方應該會說出這個名字吧，舞與相馬在心中做好準備，卻沒想到從店長口中聽到令他們出乎意料的店名。

「是國王餐廳喔。」

「國王餐廳？」

相馬不禁跟著重述了一次。那是跟大飽口福與紅快餐同樣是知名餐飲業的餐廳，雖說現在公司的規模還不大，但也踏踏實實地在增加分店。

「說起那塊地啊，最一開始明明是國王餐廳想在那裡開分店的，但後來卻被別人給搶了。畢竟那個地段挺不錯的，我聽說國王餐廳的員工一直覺得很不甘心咧。」

「您的意思是，也有其他人想要那塊地嗎？」

舞一臉嚴肅地向不動產老闆打聽。「剛好有幾家餐飲業都在那個時間點搶那塊地？」

「這應該很少見吧，我也是後來才知道的，真沒想到這種商店街會這麼受歡迎，我聽到時還嚇了一跳。」

「喂，花咲，國王餐廳跟本行也有交易往來喔，品川分行。」

走出不動產店立刻詢問銀行總行的相馬開口說道。

「跟本行也有往來？」

舞停住腳步，用手指抵住下巴思考起來。「如果是這樣的話，紅快餐、大飽口福、國王餐廳——這三間餐飲業就都跟本行有交易往來了。」

舞的視線轉向站前商店街的喧鬧熙攘，忽然她回過頭來看著相馬。

「相馬先生，我們說不定一直搞錯調查的方向了。」

「調查的方向？花咲妳這話是什麼意思啊？」

「我們一直在懷疑赤坂分行的行員，但其實總行的人才有辦法一次掌握三間店家的情報不是嗎？」

「妳說什麼？」

在相馬尚未開口發問前，舞又接著說道：「相馬先生，我們可以順道去一個地方嗎？」

「妳想順道去哪？」

「赤坂分行啊。」

什麼？才剛說完相馬就一臉傻住。

「赤坂分行？為什麼要去哪裡？」

然而舞早已往車站的剪票口衝了過去，什麼都來不及回答。

# 6

「怎麼了嗎？竟然挑這種時間。」

被叫出來的人正是紅快餐的融資負責人八代。因為舞他們來得太突然，八代不禁一臉驚訝。

「我有件事想請教。」

舞開口問：「八代先生，你在這間分行已經待了兩年，而且一直都是紅快餐的負責人沒錯吧。在提交最新的展店計畫後，你有因為總行的分行查核或抽檢之類的關係，把計畫書給分行以外的人看過嗎——我想請教你的就是這個。」

「分行查核或抽檢嗎？」

聽到出乎意料之外的提問，八代陷入了沉思。相馬站在舞身旁，一副戰戰兢兢的樣子，不知道事態會如何發展。

「融資部門有來內部查核過，不過沒有給他們看……最近人事部也有來查核，但只有訪談而已……對了，業務管理部也有來查核過，我記得那時候有被對方要求要看紅快餐的資料。」

「你說什麼，業務管理部？」

相馬驚訝地張大嘴巴。「業務管理部也有來查核……我想想，有耶！」

舞也想起來了。東京第一銀行業務管理部原本是負責管理分行的目標設定、貸款、存款餘額等數值的部門，但之前應該也有到訪分行，確認業務施行狀況的案例。

「那時他說也想知道貸款的審查狀況，所以要我們給他看幾間公司的信用檔案，我記得紅快餐也在那些檔案裡頭。」

「那是多久以前的事情？」相馬問道。

「我想差不多是在一年前。」

「那個時候展店計畫就已經——」

對於舞的提問，八代重重地點了個頭。

「對，也有放在那些檔案裡頭。」

「你還記得業務管理部當時的負責人是誰嗎？」

「請稍等一下。」對趁勢追問的舞說了這句後，八代便離開座位，拿了行員名冊回來。他很快地翻開業務管理部的在職名單。

與八代一同看著名單的舞伸手指向其中一個名字。

「該不會是這個人吧？」

副部長，畑仲康晴。

「畑仲先生……」

八代回想起來了，「啊，對對對，就是他沒錯。」他拍打著膝蓋，開口說：「妳怎麼知道？」

舞看著一臉訝異的八代。

「沒什麼啦。」

她一臉平淡地繼續說道：「我有看過大飽口福在新宿分行的信用檔案中交易往來開始的筆記，那時負責記錄的印鑑欄上印著『畑仲』，所以我才想說應該是同一個人吧。」

「妳的記憶力也太好了吧！」

與其說佩服，更像是目瞪口呆的相馬回頭看向一臉驚訝的八代，對他說道：「在你這麼忙的時候還過來打擾，不好意思啊。」接著便與舞一同離開分行。

事到如今，相馬也一反常態，換上一臉嚴肅。

「好啦，那這件事該怎麼處理咧——」

「關於這點，是不是先把最後一片拼圖給拼上再去想比較好？」

他知道舞想說的是什麼。

「妳是說國王餐廳啊。」

相馬也點頭同意。「那就先聯絡他們的負責人，問他有沒有給業務管理部的畑仲先生看過經營相關資料，只要調查到這點就好了吧。要是國王餐廳的經營策略也外流的話，問題就大了，花咲。」

手握電話的相馬正在聯絡的對象是品川分行的融資課。

相馬好不容易才聯絡到之前因公事外出的國王餐廳負責人，現在正在向對方打聽消息。

「百忙之中請你回答這些真是不好意思，非常謝謝你的幫忙。」

相馬一臉凝重地放下電話。「剛好在一年前左右，看樣子業務管理部的畑仲副部長果然也有去品川分行去查核。負責人說那天也有給他看信用檔案，裡面也有經營資料啦。這樣一來，國王餐廳的資料也有很高的機率外流了。接下來是新宿分行——」

相馬當下就打了電話給新宿分行的佐竹，詢問大飽口福與畑仲之間的關係。

「年代實在太久遠了，佐竹說他也不是很清楚。妳看的資料是開始新交易時的紀錄吧，如果是這樣的話，應該也已經是快十五年前的事了。我猜畑仲先生那時應該也只是新宿分行負責開發新業務的一個行員罷了。」
舞看著放好話筒、兩手交叉於胸前的相馬，對他說道。
「光在這裡用想的也沒有幫助，我們直接去問看看畑仲副部長本人一次吧。」
舞不慌不忙地站起身。
「等一下啦花咲。」
卻被相馬以警告的眼神制止了。「我們手上現在可沒有實際證據，拜託妳到時候一定要表現得穩重點，有聽到吧。」
「我知道啦。」
舞接著回答：「而且我什麼時候不冷靜穩重了？」
「妳還真敢說！」
舞與相馬一同往業務管理部的樓層走去。

# 7

「事務部的怎麼會來這裡？」
畑仲從辦公桌上抬起頭，將椅子轉了過來，一臉訝異地仰望舞跟相馬。
年齡五十多的他穿著做工細膩的深藍色直紋西裝，搭配一條顯眼的領帶。混雜著白髮的髮際上掛著銀框眼鏡，銳利的眼神從眼鏡的另一側射向他們。
「那個，這裡可能不太方便，方便跟您借一步談嗎？」
相馬指向會議室。
「什麼事需要借一步說話，我可是很忙的，在這裡說就好了吧。」
卻被對方傲慢地拒絕了。
「那我們就不拐彎抹角了，畑仲副部長您知道餐飲業的大飽口福吧。」
舞一說出大飽口福這四個字，畑仲的眼睛也跟著瞇細起來。黯淡的目光深處有著微弱的光芒，臉上的表情逐漸消失。
「嗯，我知道啊，他們怎麼了？」他回答。
畑仲佯裝平靜。舞繼續說道。
「老實說，我們得知大飽口福拿到了競爭對手的銷售資訊，機密外流的兩間餐廳，分別是赤坂分行的紅快餐，以及品川分行的國王餐廳。」
「所以咧？」
畑仲倚靠在椅子上，看起來不太在意他們，卻遮掩不住戒備的樣子。
舞一說出那天調查到的事情後——
「畑仲先生一年前左右都有到這些分行去內部查核吧，不曉得您對這部分有沒有什麼看法？」
舞重新發問。

「笑死人了！」

畑仲的眼睛朝著舞射出銳利的光芒，面露凶狠。「我怎麼可能有什麼看法，還是妳是想說我利用查核趁機帶走他們的資料？妳有什麼證據？」

「不，我──」

在這種情況下舞也只能無言以對。

「看吧！」

畑仲抬起下巴，像在炫耀自己的勝利似的。「明明就沒有證據還想把行員當小偷嗎？小心我告你們誹謗，你們還有什麼話要說？」

「不，百忙之中，不好意思打擾了。」

站在一旁的相馬開口。

「快點給我滾！少在這裡礙眼！」

畑仲毫不留情地放話，凶狠地瞪著舞與相馬。

「哎呀，還真是不肯坦白招供的人啊。」

離開業務管理部後，被畑仲氣勢洶洶的樣子嚇得臉色有些蒼白的相馬說道。

「不過，看起來也太奇怪了吧，我是說畑仲副部長。」

「我也這麼覺得，不過我們手中就沒證據，也不可能逼問他什麼。」

相馬說完後便朝著電梯的方向走去。

「總之先回去想一下今後的對策吧，不然什麼都做不了。」

話雖如此——

情報外流的證據可沒有這麼簡單就能找到。

「這下子整件事都陷入膠著狀態啦。」

在一向很快就放棄的相馬忍不住脫口而出這句話時，分行打來一通電話，說有要緊的事要說。

對方是新宿分行的副理佐竹。

「我記得你之前有提到業務管理部的畑仲副部長對吧。」

他們一進到目的地新宿分行的會議室，佐竹便直接開口問。

「哦，是啊，你說要事要說，指的就是這件事啊？」

「我是不曉得這件事跟之前的情報外流有沒有直接關係啦。」

佐竹謹慎地選擇用詞。「其實是我今天剛好有事到大飽口福一趟，然後他們的總務部部長就問我認不認識畑仲，我本來還不曉得他幹麼這樣問，結果他說畑仲正準備用外派的方式進他們公司耶。」

相馬不由得將身體往前傾，這個外派消息讓他驚訝萬分。

「你說的這件事已經確定了嗎？」

佐竹看著一臉慌張的相馬，搖了搖頭。

「不，好像還沒確定。社長跟那個叫畑仲的好像關係很好，聽說很久以前就一直在挖角他了。」

「那他過去之後的位置是？」

「營運計畫室長，由社長直屬管理。」

「這職位也太好了吧！」

相馬驚訝地將身子往後仰，他會有這種反應也算合情合理。

照理說一般銀行員會被調派的位置大概都跟會計或總務脫不了關係，營運計畫室長算是非常好的待遇了。

「我看他們都還只是私下在聊而已，就總務部長的立場來看，好像很擔心是什麼人物要來吧，所以才偷偷跟我打聽。我先跟他說了是個很能幹的人，很適合他們公司喔。」

「真是黑色幽默啊，那種說法。」

這麼說著的相馬回頭看向舞，若有所指地說道：「就是這個啦。」

「就是這個了呢。」

舞也如此回答。佐竹一臉茫然，完全聽不懂他們兩個在說些什麼，於是相馬對他補充說道。

「就我們之前說的，我們已經知道那個畑仲去赤坂分行跟品川分行查核時，有接觸過外流的資料，但他本人卻否認跟情報外流有關的一切。因為沒有明確的證據，我們這裡也無法繼續追下去。」

「不過，聽了剛才的話，至少我們找到動機了。」

聽完舞的話，佐竹顯得有些不開心。

「如果是真的的話，還挺令人遺憾的，感覺會僱用那種人的大飽口福本身也有問題。」

「至於要怎麼面對該公司，就交給跟他們有直接交易往來的你們啦！」

話一說完，相馬立刻收起浮現在臉上的笑容。

「好啦，事情發展至此，問題是下一張牌應該怎麼打。」

舞看著面有難色的相馬，開口說道。

「雖然這只是我的想像，但如果是以營運計畫室長邀請他跳槽的話，不覺得社長應該也會要求他提供對手的新情報嗎？我是覺得，如果那間公司一直以來都是以強硬作風來提升業績的話，提出這種要求的可能性也不低。」

經舞這麼一說，相馬立刻拍了一下手。「原來如此！」

「新的營運計畫書也已經做好了，差不多是提交給銀行的時候了。」佐竹也點頭稱是。

一般而言，銀行的融資客戶會先將決算整理好，連同新年度的營運計畫書一起提交給交易往來的分行並說明內容。這個時期剛好是把經營策略整理成資料提交給銀行的時候。

「如果是那樣的話——」

舞開口說道：「為了要得到新的經營策略，或許他已經在計畫要去赤坂分行跟品川分行內部查核了。不只如此，與大飽口福屬於競爭關係的餐飲業……我們得趕緊聯絡負責那些顧客的分行，問看看有沒有業務管理部要去查核的計畫。」

# 8

一過晚上八點，當行員們一個個踏上回家的路程，公司部門裡總是瀰漫著一股疲累的氣氛。

新舊年度交替的三月，工作量多到幾乎每天都只能搭末班車回家。但只要一過四月中旬，這種情況會逐漸好轉，工作方面也多了些許餘裕。

現在，畑仲將看過的文件放進批准箱，打量了一下周遭後便悄悄地從座位上起身。

他走進電梯，前往比現在所在位置更高三層樓的八樓。

那是融資部門的樓層。

這裡處理著從分店收來的融資文件，是信用管理部門，職權高於業務管理部，主宰中請貸款的生殺大權，四處都充斥著戰場的氛圍。

根據負責地區的不同，樓層也被劃分成幾塊區域。

順便一提，由分行負責處理融資的公司在管理上又分成兩類。

一類是由分行經理直接決定是否給予貸款的公司，另一類則是除了分行經理，還得要有融資部長等由總行來裁決才能放行的公司。

會被歸為哪一類，主要是看貸款餘額和擔保狀況等條件來決定。

紅快餐、國王餐廳，以及大飽口福都是中堅企業以上的規模，融資需要由總行審核。這層樓保管著為了審查而從各分行收來的文件副本的影本。

畑仲穿越樓層，他要前往的目的地是第五小組的辦公區，是負責赤坂分行的總部決策團隊。

要給紅快餐的融資得經由分行經理批准後，再由這裡的稽核審查，之後再經過融資部長的批准，才可以初次放行。

擔任負責的稽核是手嶋。

雖然沒有當面見過這個人，但他都已經事先調查好了。手嶋是剛當上稽核的菜鳥，以畑仲身為副部長的職位，只要找個說詞，要拿到紅快餐的信用檔案簡直易如反掌。雖說之前是利用查核取得那些機密，但以業務管理部的作風，不能每次都使用同樣的方法，否則有可能會讓別人起疑。事實上，前幾天事務部的分行指導組就已經在懷疑畑仲了，因此自己在做事上得更小心才行。

融資部門的辦公區有三名稽核，他們正專心致志地盯著待審文件。

「請問紅快餐的負責人是誰？」

畑仲開口詢問，有一個人不發一語地舉起手。是位年紀將近三十，一臉蒼白的男子。

「我是業務管理部的，因為想要掌握業界的動向，方便請你給我看一下信用檔案嗎？我看完馬上就會拿回來。」

不曉得是不是因為很忙的關係，對方在站起身時，眼睛也一直盯著辦公桌上的文件，好不容易才移開視線，踏出步伐，打開身後的櫃子。

「請。」

畑仲當場便打開看了對方態度冷淡地遞上的信用檔案文件。

確認裡頭夾著全新的營運計畫後，畑仲要先把這份資料帶出去，回到業務管理部影印。

影印作業一下就結束了，繼昨天拿到了國王餐廳的資料，今天他又以相同手法獲得了新的營運資料。雖然跟之前的方法不同，感覺有些不可靠，但實際做起來卻比直接去內部查核要簡單許多。也算是被事務部分行指導組懷疑的將計就計。

畑仲將影本放在自己的位置上，拿著信用檔案回去融資部門。手嶋跟剛才一樣，專注在自己的工作上，心不在焉地應付著畑仲。禮貌上打了個招呼後，畑仲踏著輕快的步伐走進電梯，回到業務管理部的樓層。就在他要回到自己的位置時，他突然停下腳步。

遠遠地望過去，有誰正坐在自己的位置上。

他用力踏出步伐，開口搭話。

「喂，妳在做什麼！」

話聲剛落的同時，花咲舞回過頭來。她身旁還有一個人，相馬。

那個當下，只見畑仲一臉震驚。

「我們在看你的這份文件哦。」

舞平靜地說完後，便舉起手中的影本給畑仲看，正是紅快餐的營運計畫書。

「你可能不知道融資部門的手嶋跟我是同期進公司的，雖然他很忙，對他提出這種要求其實不太好意思，但我還是拜託他在你來的時候通知我一下。另外就是——你的抽屜裡竟然還有這種東西啊，國王餐廳的業務計畫，這個是今年的版本吧。」

「給我滾開！」

面對早已面紅耳赤的畑仲——

「可以請你說明一下嗎？」

舞只是目不轉睛地盯著他看。「你打算怎麼利用這份資料？又是為什麼要收集這些資料？請你說出能讓在場所有人滿意的理由。」

舞看向正一臉嚴肅看著這裡的其他行員。

「這跟妳一點關係也沒有！」

面對激動的畑仲——

「就是有關係，我才會站在這裡！」

舞一臉堅定地放聲說道，與畑仲相持不下。「你沒想過像你這種腐敗的行員，會對本行造成多大的傷害嗎？你要去當大飽口福的營運企劃室長對吧？」

畑仲面露驚訝的神色。

「我、我聽不懂妳在說什麼。」

「哦，這樣啊，相馬先生──」

被舞這麼一點名，嚇了一跳的相馬慌忙地遞上一張文件。雖然他平常看似氣勢凌人，但只要遇到這種場面，通常都會顯得特別畏縮。

接過紙條的舞，現在直接將手上的文件朝向畑仲的鼻尖。

「這是大飽口福與本行初次往來時的交易紀錄。依照本行的規定，初次往來的紀錄一定要收在信用檔案裡。根據這份紀錄，可以讓負責人日夜不停訪問該公司及社長住處的努力獲得肯定，或許金額不高，但也能貸款一定的數字。寫這張文件的人不是別人，就是你不是嗎？你以這個為契機，獲得了該公司社長的信任，與他維持良好的關係。他會邀請你去他們公司工作，不也是從那個時候建立起來的信賴關係嗎？我去跟認識當時的你的行員們打聽過了，每個人都誇你工作非常勤奮。然而隨著時間過去，原本應該努力工作、誠實待人的你卻變了。現在的你只是個會巴結大飽口福的社長、因為一己之私隨意破壞銀行信用的最糟糕的銀行員！不管你有什麼理由，你都跨出了身為銀行員絕對不可跨越的那條線，你的行為對於為顧客努力工作的我們來說，除了背叛以外，沒有其他字眼可以形容了。如果你有什麼想反駁的話，就請你當場說出來吧。」

這個當下——畑仲原本應該要怒氣衝天的才是，但他的眼神卻動搖了。

「妳說背叛？背叛大家的人才不是我，是這間銀行吧！」

他好不容易擠出僵硬的笑容，繼續說道：「至今以來，我都兢兢業業地工作，為了公司，粉身碎骨在所不辭。剛遇見大飽口福社長的時候，我們互相聊了彼此的夢想，他說他要讓他的公司成為日本第一連鎖餐飲業，而我則是以銀行的董事長為目標。結果咧？不管我怎麼工作提高業績，銀行也沒有給我應有的評價。」

畑仲繼續說道：「可以升官的都是那些在工作上沒什麼特別表現，不過是學歷比較好、又比較會巴結上司的那群人。最後，我只得到被叫去參加黃昏研修，叫我們要為自己想辦法，然後就拋下我們不管的結局。即使付出心力為這種銀行工作，也不會得到令人滿意的回報。過去我在銀行懷抱著期待，那些夢想跟希望現在連塊碎屑都不剩。現在能幫我開拓將來的人只有我自己。所以我無論如何都要往上爬，我要存活下去。我為了我的人生做這些事哪裡有什麼錯？你們幾個也是，總有一天會步上我的後塵的！」

畑仲用力地伸出食指指向舞，他們的四周彷彿凍結了一般，陷入了沉默。許久——

「才不是那樣。」

舞的一句話劃破了僵硬的氛圍。「你的人生你自己決定就好，但那不構成為了生存做什麼事都無所謂的理由，你只不過是在合理化你所做過的那些事情罷了。或許從你的角度來看，銀行這個組織真的背叛你了，但是所謂的組織、所謂的公司，本來就是這樣的不是嗎？公司應該為員工做什麼、做什麼的，那些都只是你的幻想，不過是對公司有所錯覺的銀行員太過天真的想法，你也差不多該清醒過來了！」

在那一刻，彷彿有什麼東西從畑仲宛如開水煮滾般的表情中剝落。憤怒、懊悔，抑或是悲傷等各種情感，從這名面色呆滯的男人臉上消失，獨留一張毫無生氣的臉。

沒有人再與畑仲搭話。

剛才還被殺氣騰騰的沉默包圍著的四周，現在宛如墳場。

同時這也是過去帶著熱情、懷抱著希望的一名銀行員，在經歷數十年的奮鬥後，失去夢想，抵達的最終之處。

受到強烈打擊的畑仲就站在那個地方，仰望著自己的墓碑。

舞不禁這樣想著。

第二話

# 棲息於淤水中的魚

# 1

「來部長室一下。」

紀本平八的命令向來都很簡短，而且一向都在對方回答之前就掛上電話。

她抬頭望向剛好指著上午九點的時鐘，努力想看出個所以然，但馬上又覺得這麼做根本沒用而移開目光。

她拿起掛在椅背上的外套，靜悄悄地穿越企劃部門，來到位於盡頭處的門前，小心翼翼地在門上敲了三下。

在聽到「請進」之後她才入內，只見紀本一面拿下老花眼鏡，一面緩緩站起。

紀本不發一語地示意她往沙發坐下，接著走向與之隔著一張桌子的扶手椅坐下。

從百葉窗開著的窗戶可以看見帶有春天氣息的商業區路段，在陽光的照耀下閃閃發光。

「本行也差不多該進入放眼未來的階段了。」

紀本委婉地說道。她立即明白對方的意思，注視著這位被視為未來董事長候選人的男人。

「因為前陣子隼建設露出的破綻，牧野董事長終於下定決心了。」

去年九月，因為該公司的倒閉，使得東京第一銀行面臨巨額損失。

那是他們才剛從泡沫經濟崩壞中的混亂、毫無秩序、接二連三的破綻等大風大浪中漂亮抽身，正想要抓住重生契機的時候，卻在這場苦戰中挨了重重一擊。

東京第一銀行現在要面對的是，是否能以銀行的身分存活下去，除此之外別無其他。

「話雖如此，這可不是那麼容易就能辦到的事情，在這之前還有很多該做的事情等著我們。」

紀本繼續說道：「那些事情也是只有現在才能做的事情。我們要趁現在找出對本行不利的事情，提前擊潰它們。」

「不太可能全部都找出來。」

好不容易插進一句話，卻只換來紀本與這個季節大相逕庭的冰冷視線。

「既然如此，就將它們都藏起來，不管要藏到哪裡，讓它們永不見天日。並且，一定要靠我們的雙手，讓一切有個了斷，必須要有這樣的覺悟。」

第三者可能聽不懂這番像是大師開示、令人摸不著頭腦的對話，但她卻能完全理解對方所說的話。

下定決心的人不只牧野董事長，還包括他的心腹，這位姓紀本的人也是如此。

「為了本行的利益，現在正是好壞兼容的時期。」

彷彿當下就要證明這點一樣，紀本開口說道：「所以，我想拜託妳整頓整個銀行內部。」

整頓銀行內部？

看著用眼神詢問的她。

「我要委託新的工作給妳。」

紀本以夾帶威嚴的聲音說完那句話後，起身繼續說道：「昇仙峽玲子——從今天起，我命令妳為企劃部門特命擔當。」

這遠比部門內單純的調派職位還要沉重許多。

「環視整個銀行內部，找出行為不正的事實，守護本行的利益——這就是妳的使命，無論採取任何手段。」

「那我的上司是——」

「就是我。」

紀本的回答十分明確。「而且妳底下不會有任何下屬。到底有什麼事正在這間東京第一銀行裡發生？應該會有各式各樣的消息傳進我以及妳的耳朵裡。去討論並決定要如何去面對那些事情就是妳——不，是我們的工作。或許也可以說是，為了這間銀行即將到來的將來所進行的清掃吧。」

「關於這部分，董事長是——」

話說到一半，玲子突然閉上嘴巴。

因為她明白紀本並沒有回答的意思。而且她也沒有必要知道對方的答案，玲子的心中已經知道答案了。

這個便是——董事長下達的命令。

## 2

「你說付不出來是什麼意思啊？」

這道聲音宛如冷冰冰的鋼鐵般堅硬又平滑，卻也蘊含著激烈的憤怒。

「真的很對不起，我沒想到這個月要繳兒子的補習費，另外還有房貸要繳，所以原本算好的錢都亂掉了。」

「你現在是在說補習費和房貸？」

對方背後傳來幾乎要震破天花板的音量。他們正位於新橋某棟綜合大樓的一間房子裡。「你這傢伙是白痴啊？房貸跟欠我們的錢哪個先還對你比較有利，這種事情難道還要我分析給你聽？」

「我不能連自己小孩都給添麻煩，對不起！」

男人的額頭壓在桌上。「而且，欠繳房貸的話也會讓銀行不好辦。」

「現在是給你耍帥的時候嗎混蛋！」

背後再度傳來怒吼，一直低著頭的男人因此抖了一下。

「你是說因為小孩很重要，而且不能給銀行添麻煩嗎？」

眼前的男子再次平靜地說道。雖然聲調聽起來平靜，卻宛如一把銳利的刀，唰地刺進他的心臟。

「你的理由聽起來很正當，那麼，欠債還錢也是很理所當然的事吧。」

「這是當然，不過現在的情況是就算我想還也沒辦法。」

對方不露鋒芒的雙眼看向那張就快要哭出來的臉。

「所以，也就是說──希望可以寬限我一次，變成從下個月開始分期付款──」

對方沒有回應。

實際上或許更短也不一定，在一陣充滿壓抑氛圍的沉默之後。

「為什麼我們要配合你的方便啊！」

他的頭突然被抓住，用力地扣在桌子上。

那道力量過於強大，導致桌上的菸灰缸整個翻起，積在裡頭的菸灰和菸蒂從男人的頸子一路落在背上。

男人發出呻吟聲，抬起頭來，只見鮮血從他的鼻子流出，把襯衫都弄髒了。

「你可別以為我會像銀行一樣那麼好說話。」

對方站起身。男人才想著他的腳是不是抬起來了，下一秒對方的鞋底就深深印在自己的臉上，剛才還坐在椅子上的他向後倒去。

「給我聽好了，還錢的期限就是今天，在我們這裡，幾月幾號就是幾月幾號，你要是沒辦法遵守，那就用等值的東西來還，手指伸出來！」

話一說完，背後走來另一個人，他抓住男人的手腕壓在桌上。

男人口中發出喊叫聲，因為他看到對方手中握著不知道從哪裡拿出來的小刀，而且已經拔出刀鞘了。

「喂，把毛巾拿過來！」

他對著背後的另一個人喊道，那個男的一副很熟練的樣子拿了毛巾過來，對折之後再攤在桌子上。

「欠我們的錢就用你的小指來還吧，給我壓好他！」

男人開始拚命掙扎。

「求求你原諒我！我什麼都願意做！拜託不要砍我的小指！」

混雜著哭聲的話語從他口中擠出。站在一旁的男人用力往他肚子上一踢，陷入呼吸困難的男人表情扭曲，臉上盡是髒汙及淚水，看起來十分可憐。坐在中間扶手椅上的人冷冷地看著因痛苦與恐怖而蜷曲著身體的男人，不知道過了多久——

「公司是很容易腐敗的。」

男人緊閉的雙眼因對方輕聲吐出的這句話而睜開。「忘記是多久以前了，我聽人說過這句話。既然你說什麼都願意做，那就把你這間容易腐敗的公司送給我吧，那樣我就不要你的小指。」

男人不斷地用力點著頭，幾乎都能聽見喀啦喀啦的聲響。見狀，扶手椅上的男人的嘴角上揚。倘若蛇會笑的話，大概就是這樣笑的吧。跪在地上的男人那時才發現，自己已經被那條蛇吞食了。

# 3

「銀座分行好像又出問題了喔。」

從芝崎次長那裡得知這件事是在五月二十五日那天。

一提到二十五日就不得不想到公司結算，也就是付款日大多集中在每個月跟五和十有關的日子，簡稱「五十日」的其中一天。

說到銀行，雖然在月初十分忙碌，但到了月中便沒什麼生意。換句話說，就會變得很閒，直到十五日左右又開始忙碌，二十日、二十五日，接著到了月底又要迎接繁忙的日子，大概是這樣的循環。

在這些日子裡，銀行內部殺氣騰騰，簡直就是各種文件飛來飛去、有時還會夾雜怒吼的戰場。

話雖如此，被那些講話比較難聽的人稱為「涼缺」、「窗邊」（註1）的事務部分行指導組，他們的辦公室倒是非常安靜。

「咦，又出問題了嗎？」

相馬健從文件中抬起頭，皺起眉頭。因為銀座分行接連鬧出行政問題，所以他們上週才剛過去查核指導。

明明花了三天完整地指導了一遍，看來沒辦法馬上看到效果。

「剛才聽辛島部長說的啦，問去分行指導的狀況如何，總之因為這樣，可以請你們再去看一次那邊的情況嗎？」

「什麼嘛，真是無聊的善後工作啊。」

相馬一臉憂鬱地說道：「真是的，我覺得我可以懂那些成績不好的學生，他們老師的心情了，妳說是不是，花咲？」

「經驗不足啦。」

花咲舞從書寫到一半的文件中抬起頭，接著說道：「一旦有了失誤，就會變得

註1　過往日本實施終身僱用的年功序列制，以年資跟職位排序，很少開除員工，所以公司會故意把缺乏生產能力的員工分配到閒置部門做雜事，逼迫對方主動辭職以省下資遣費，因發配地點通常都在窗邊角落或倉庫，故有此說法。

沒自信，導致失誤連連，這種事不少見吧。」

「成績好的學生有那麼容易失誤嗎？」

嘴巴上雖然這樣說，相馬還是站起身了。「真沒辦法。」

「不好意思啦，對你們兩位都是，不過，**誰叫是那間銀座分行嘛**。」

看著正打算離去的兩人，芝崎在他們背後說出這句意味深長的話。

「相馬先生，剛才那句話是什麼意思啊？為什麼說『誰叫是那間銀座分行嘛』？」

朝著地下鐵車站走去的時候，舞開口問道。

「什麼嘛妳，明明上星期還去查核，竟然不知道？真是與世無爭的傢伙。」

相馬面露不耐。「銀座分行就是紀本先生之前當分行經理的分行。」

「哦，原來如此。」舞聽完倒是一點也不在乎。

大家都認為企劃部長紀本將來會當上董事長，而他也是現任董事長牧野的心腹。

「不光是這樣而已，業務管理部的小倉部長也當過銀座分行的分行經理，就在紀本的下一任。哎，總而言之，就是要我們守住這間明星銀行的名譽。」

相馬的銀行員人生，一路走來都與明星分行無緣，他有點自暴自棄地聳了個肩。

他們從地下鐵的大手町車站搭了兩站，於銀座車站下車，在繁華大街上，看到了東京第一銀行銀座分行的招牌。進到分行後，才剛踏進營業課的樓層，怒罵聲便傳進他們耳裡。

「真是的，你到底在幹麼啊！」

紛爭發生在不會讓顧客聽見發生什麼事的，位於牆腳的座位上。

聲音的主人正是分行經理西原清孝。

西原身邊圍著幾名行員，一臉老實地站在那裡。

即將結束營業時間的辦公區域充斥著繁忙的日子獨有的、幾乎讓人透不過氣的悶熱。

叫號的鈴聲、宛如紙張重疊的說話聲、敲著連線電腦的鍵盤聲，營造出一股工廠機械聲般的精細節奏與獨特氛圍。

下午兩點，已經逼近集結這間分行所有的人力，來解決這一整天行政事務的時間。

西原移開了目光，視線停在舞與相馬二人身上。

「次長請我們過來看看情況。」

像是在觀察對方的反應似的，相馬如此說道：「出問題的部分都還好嗎？」

回應他的是「嘖」的一聲。

「真是的，消息傳得真快。」

西原看起來承受了非常大的壓力。

「怎麼可能還好！」

蒼白的臉孔上布滿青筋。站在一旁的營業課長皆川隆一為他們簡單說明了事情的前因後果。

銀座分行的客戶中有間叫水族時代的公司，拿了他行發行的支票來兌現，另外還有要轉給客戶的款項，這是昨天發生的事情。

支票跟現金不一樣，一般而言，他行——也就是東京第一銀行以外的銀行發行的支票，一定要在下下個營業日才能兌現存進戶頭，換句話說，就是要等到明天。但希望以這張支票轉帳的匯款單上標註的日期卻是今天。

本來應該要說「這張支票沒辦法在這天兌現匯款」來拒絕對方，但是負責的行員沒注意到就直接收下來了。

託他的福，事情就演變成「請盡快匯款」、「不，這個沒辦法匯款」的發展。雖然只差那麼一天，但站在今天就在等這筆款項的公司角度來看，卻是攸關公司生死的重大問題，因此是非常嚴重的失誤。

「為什麼當時沒有好好確認啊？」

西原再度向水族時代的融資負責人坂野元大吼。

「對不起。」

看著一臉意志消沉的坂野，西原更是破口大罵。然而這對現狀也沒有什麼幫助。

「做事再怎麼粗心也有個極限吧！」

就在西原再次焦躁地瞪向坂野時，一名行員慌慌張張地跑過來報告。

「經理，田沼社長來了。」

「馬上請他去接待室。」

下達命令後，西原也離開現場前往接待室，坂野緊跟在後頭。

「相馬先生，我們也過去吧。」

話一說完，舞兩人也跑上樓梯。那之後沒多久，男人在營業課長的接待下現身二樓。

「社長，這幾天給您添麻煩了，真的非常抱歉。」

田沼社長一進入會客室，西原便深深一鞠躬，彎下腰來請罪。在他身旁的坂野也跟著仿照他的動作。

「現在需要的應該不是道歉吧？」

以威嚴的聲音指出這點的人正是水族時代的社長田沼英司，他看上去大約四十歲上下。明明比西原分行經理年輕，展現出來的磊落態度一點都沒有畏懼的樣子。

「真的非常抱歉。」

西原再度致歉。即便被對方指出現在不需要道歉，但卻還是道歉了，這種反應或許是銀行員的本能吧。「這次的事情是坂野的失誤，支票兌現最快也得等到明天下午，希望您能採用其他的辦法——」

「明明昨天就已經存進去了，為什麼今天不能用？這樣不是很奇怪嗎？」

田沼一副無法接受的樣子。

「是這樣的，如果是他行發行的支票，在存進戶頭後必須要再等兩天才能使用——」

「這是你們自己的問題吧？希望你們不要為了自己方便就把問題推回到客人身上，銀行是服務業沒錯吧，你們這樣做沒問題嗎？」

田沼指出的問題也算言之有理。

只是，支票等有價證券要兌現——也就是可以拿來使用得花上多少天數，這也是身為中小企業的負責人必須擁有的經營常識。

話雖如此，無法否認眼下的事態他們是站不住腳的。

西原將話吞回肚子，盯著地毯幾秒鐘。

「不，社長，我們真的非常抱歉，但我們也真的無法幫您做匯款的動作，能請您動用貴公司自己的資金嗎？」

「你現在才這樣說我們也很難辦，對方可是一直在等這筆錢。」

田沼以不容置疑的口吻說道：「第一，是你們銀行收下支票的不是嗎？既然你們承認這個錯誤，那彌補這個錯誤也是你們應盡的義務吧？沒辦法給個方便嗎？」

「是要怎麼給方便……」

感到困惑的營業課長皆川低聲說道。

在這個交涉的場合，交涉本身面對的是一道看不見的牆，即將觸礁。

——這樣下去不行，看不到交涉的出口。

就在舞這麼想的時候。

「收款人是哪裡？」

西原的問句打破了沉重的沉默。

坂野立刻遞上那張匯款單。

「有支票的明細嗎？」

在他拋出下個問題後，皆川也將支票影本遞上。一共有三張，總金額超過三千萬圓。

西原瞪著支票明細，嘆了一口長長的氣。

不曉得他在思考什麼，只見他又瞥了一下手上的錶。

他究竟想要做什麼。所有人都屏氣凝神，等待著接下來的發展。

「把這筆匯款處理一下。」

西原突然說出了令人意想不到的指示。

「分行經理──」

皆川的表情立刻從原先的困惑轉為驚訝。「這是要怎麼……」

「用透支去處理。」

舞與相馬不由得對看一眼。

所謂的透支，就是在兌現之前——也就是把可以變成錢使用之前的支票，預期是「應該可以支用的款項」而先付款，算是以特例來處理。

說得更明白點，也可以說是因為信任對方而先借錢給對方。

當然，這個也是要算利息的。

「分行經理，那利息的部分——」

對於皆川的疑問——

「我們自己承擔。」

西原乾脆地說道。本來利息應該要由客戶來承擔才是一般的做法，但這已經是「超出法規的處置辦法」，索性拿出一不做，二不休的氣勢。

「但是——」

看著一臉不滿的皆川——

「好了，快點去處理，這可是水族時代的委託，別再給人家添麻煩了！」

他毅然決然地下達指示。

究竟是果斷，還是誤判——

無論結果如何，對於西原而言，在他下定決心後下的這道命令，絕對是他用盡全力想出的辦法了。

# 4

「不好意思給你們添麻煩了。」

負責人坂野向舞與相馬深深地一鞠躬。

在西原分行經理果斷執行匯款後，雖說不是完全沒有留下麻煩，但沒有把事情鬧大就已經是萬幸了。

時間已過傍晚五點，結算完所有交易的分行，總算可以從一整天的疲勞與倦怠中，漸漸找回原有的步調。

「雖然會覺得只是單純的出包，但不能因此就以為結果也會很單純，這就是在銀行工作會遇到的事。」

相馬難得一臉嚴肅地說道，接著才重新拿起放在面前的文件。

那是集結水族時代融資資料的信用檔案。

「話雖如此，沒想到會用透支來處理啊。」

快速翻閱文件的相馬繼續說道。

「原來如此，因為對方是重要往來客戶啊，所以才會以特例處理。」

像是終於明白前因後果似的，他嘆了一口氣。

據坂野所說，水族時代的社長田沼英司是在八年前創立該公司的。從顧問公司辭職後，他宣告要自己承擔風險經營公司，途中也經歷過經營危機，現在年營業額大約有五十億圓，尤其這幾年，公司的成長十分驚人。

「我只在這裡跟你們說，他們一路走來也跟國外的公司談了不少大生意，聽說最近還在準備上市上櫃。」

「所以才想趁現在，穩固作為他們家主要往來銀行的地位啊。」

西原分行經理也是因此，才會不計一切想辦法彌補那個失誤。「難怪再怎麼勉強，今天也好好善後了。」

「畢竟分行經理對田沼社長的評價很高啊。」

坂野繼續說道。

「尤其四年前他不只挺過經營危機，還讓公司更加卓越成長，分行經理十分看好。話說最近白水銀行也一直在跟我們銀行競爭，總之我們一定得保住這個客戶。」

「那你還真會選時機出包啊。」

對於相馬的這句話，坂野垂頭喪氣地說：「這個我真的無言以對。」

「我接下來要去收款人那間公司道歉。」

公司名稱是新橋服務股份有限公司，雖然名字有新橋兩個字，但地址卻在銀座八丁目。從分行走過去大約五分鐘。

「你要一個人去嗎？我覺得你應該要找分行經理或課長這種輩分比較高的人一

起去比較好耶。」

聽完相馬的話，坂野一臉嚴肅地搖搖頭。

「剛才經理已經火速趕去了的樣子，所以現在人不在銀行。課長他們接下來也都要外出辦公，總之就吩咐我先過去。」

他有些拘謹地抬起頭，看著相馬：「相馬稽核如果有空的話，拜託可以陪我一起去嗎？」

他補上了這一句。

「喂喂喂，我們的工作又不是負責道歉，為什麼我要陪你一起去啊？」

不意外地，相馬也生氣了。

「我想說總公司的人一起去道歉的話，對方應該也會比較客氣吧。」

「你該不會是想把這次的失誤推到我們身上，說是我們指導不足吧？」

看著一臉懷疑的相馬——

「哎唷，也沒什麼不好吧，相馬先生。」

默默聽著兩人對話的舞出聲幫忙緩頰：「畢竟來都來了，乾脆幫到底，讓我們把這件事好好收尾吧。」

「好吧，這樣想也沒什麼不對。」

原本就是好好先生的相馬在舞的勸說下同意前往。他瞪著坂野，開口說道：

「你可別給我會錯意喔，這種事原本就不是我們的工作，只是作為查核指導的一環，這次我就睜一隻眼閉一隻眼。畢竟你們一直犯錯也有損我們的面子。」

「非常謝謝您！」

坂野將兩手撐在接待室的桌上，向他們道謝：「有兩位一同前往簡直如虎添翼，其實我剛才一直覺得心情有點沉重。」

說完之後，坂野露出鬆了一口氣的表情。

# 5

「我看看，日波大樓——啊，就是那棟吧。」

他單手拿著地圖，抬頭望著那間一樓跟二樓都是餐飲店的大樓。「剛才我有跟水族時代的員工確認過，說是在這棟建築物的五樓。」

「坂野先生，可是招牌上沒有這間公司的名稱耶。」

對於舞指出的問題，坂野歪了歪頭。

「沒差吧，總之進去看看吧。」

相馬乾脆地往裡頭的電梯走去，按了往上的按鍵。

「這間叫做新橋服務的是什麼公司啊？」

電梯向上移動時，相馬開口問道。

「聽說是經營管理顧問。」

「什麼，他們竟然要付那間公司三千萬嗎？」

舞嚇了一跳。「所謂的顧問，跟我們一樣都是在做指導的工作對吧。相馬先生，我們的工作說不定也這麼值錢喔！」

相馬一臉不耐煩地吐槽：「一個不小心偏離升官路線的我跟一個瘋丫頭似的女行員，我們是有什麼值錢的地方？」

「相馬先生最近有點自暴自棄過頭了喔，真像個沒出息的大叔。」

「妳說什麼！」

相馬氣呼呼地瞪著舞。就在一旁的坂野露出苦笑時，電梯門開啟了。

狹窄的樓層內有一扇門，其實是間單調的辦公室，入口連招牌也沒有。

「真的是這裡沒錯嗎？」

就連相馬也一臉納悶地看著舞問道。

「可是電燈是亮著的。」

確實如舞所說的那樣，從外面可以看到裡頭的電燈亮著。「我們過去看看吧。」

舞迅速地打開門——

「不好意思打擾了。」

向裡頭問：「請問這裡是新橋服務公司嗎？」

那是一間狹小的辦公室。右手邊可以看到一扇像是廁所的門以及廚房，整間公司大概只有十塊榻榻米大，裡頭擺放著三張辦公桌。其中兩張是面對面併排的，最裡面那張書桌則背靠著窗戶。

雖說是管理顧問的服務公司，但牆上並沒有貼什麼目標或圖表，也沒有留言板，電話也只有最裡面的那張桌子上有一具而已。

那張桌子和他們前方的辦公桌之間有個簡單的接待處，現在剛好有一名男子坐在那，背靠佛龕抽著菸。

「哪位？」

他的手指夾著菸蒂，低聲回答，一臉不耐煩地站起身。

那是一位身材高大的男人，穿著看起來很高級的西裝跟皮鞋，裡頭是深藍色的襯衫搭配閃閃發亮的鱷魚皮皮帶。他沒有打領帶，從他敞開的領口可以看到一條金項鍊。

一副讓人摸不清的樣子，感覺就不是什麼正經的職業。

「那個、我、我們是東京第一銀行的人。」

在充滿壓迫感的眼神掃視下，坂野戰戰兢兢地遞上名片。

男人用方才拿菸的手接過三人的名片，擺在辦公桌上，卻沒有拿出自己的名片來交換。

坂野將準備好的伴手禮，日式點心的盒子隨便地放到桌上。

「今天本行給貴公司添麻煩了，真的非常抱歉。」

面無表情地深深一鞠躬道歉。

「你們就是為這個來的？」

男人一臉不耐煩地發問。

沒有因延遲匯款而生氣，也不覺得被添麻煩，甚至也沒有什麼要說的。

「是的，不好意思占用您寶貴的時間了。」

他們逃也似地離開，走出電梯間時三人都吐了一大口氣。

「喂喂喂，那是哪門子的公司啊？感覺有點糟糕吧。」

一走出建築物，相馬便開口說道。

「對、對不起，我明明聽說是在做經營管理顧問的，沒想到卻是那個吼。」坂野也一臉蒼白地說。

「對，就是那個，看那樣子根本就是流氓吧。」

話一說完，相馬詢問舞的看法：「花咲，妳看了有什麼想法？」

「水族時代為什麼會跟那種公司有交易往來啊？這點才是問題所在吧。」舞回答。

「你之前不知道那間公司嗎？」

相馬開口詢問後，坂野顫抖著搖了搖頭。

「怎麼可能知道啊，水族時代列給我們主要客戶的公司名單上也沒有那間公司，誰能想到他們會跟那種公司有生意上的往來。」

他瞪大雙眼。

「畢竟是前途無量的創業公司嘛，不曉得是不是靠黑社會蠻幹才有這樣的成績的。說到這個啊，坂野老弟，不要因為業績好就覺得人家其他地方也都很好。」

相馬以嚴肅的口吻說道：「應該要更積極跟客戶打好關係才是吧。」

「您、您說得沒錯。」

坂野點頭說道：「我接下來要去水族時代還帳本，這部分我再暗中調查一下。」

他說水族時代的辦公室從這裡走過去只要幾分鐘。

「既然如此，我們也跟著去看一下吧？」

對於舞的提議，相馬明顯地露出反感的樣子。

「差不多就行了吧，花咲，我們的工作已經結束，不用再管這些有的沒的了，回去吧。」

「那相馬先生你先回去吧，我要跟坂野先生一起去。」

「喂，花咲，妳這樣多管閒事——喂，我在叫妳耶——」

還沒把相馬的忠告聽完，舞就催促著坂野快步離去了。

「真的是吼。」

相馬發出「嘖」的一聲，接著大叫：

「等我一下，我也一起去。」

## 6

水族時代的辦公室整理得很乾淨整齊。公司位於銀座辦公大樓三樓，裡頭擺放著一個大型水族箱，熱帶魚在水族箱裡游來游去。

「哦，這個水陸生態缸也太棒了吧。」

對於相馬意外的發言——

「你說的水陸生態缸是什麼？」

舞開口詢問。

「簡單來說，就是把水族箱分成一半有水讓魚游泳，另外一半則做成像陸地那樣。做這個不只要懂魚的習性跟水質管理，還必須要有水生植物的相關知識，非常不容易啊。不過這個水族箱真的很棒。」

「那個裡面有使用我們公司的過濾器。」

他們往背後傳來的聲音轉過頭去，一名男人站在那裡。

「啊，是伊本常務，今天給您添麻煩了。」

坂野慌忙低下頭致歉。

從交換過來的名片上可以得知，伊本友康的頭銜是常務董事，同時還負責公司的財務。坂野等銀行員平常好像都是透過伊本這個窗口進行融資交涉的。

「哪裡哪裡，哎呀，誰都會犯錯，而且最後我們也得到你們最大限度的彌補了。這邊請。」

話一說完，伊本便帶領坂野、舞，以及臉幾乎要貼近水族箱的相馬往接待室前進。

在來這裡的路上，他們從坂野那聽說伊本跟田沼都是水族時代創業初期的成員之一。

「跟被視為天才、積極又強勢的田沼社長相反，伊本常務看起來是那種敦厚誠實的領導人，我想就是有他們兩位，才能從最初的水族時代一路成長至今。」

伊本說田沼還待在顧問公司時，他剛好在與他們公司的往來企業裡擔任財務人員，因緣際會就被網羅一起創業了。擅長經營策略的田沼與專責財務的伊本，兩人互相扶持，以自己的專長互補彼此的不足，讓水族時代得以成長至今。

「我聽說你們在開發改善水質的系統，原來也有做那種小型的過濾器啊？」

剛坐上接待室的沙發，相馬便開口詢問。

「雖然稱不上是主力商品，但我們的水質改善技術比較容易應用到那種東西上。您喜歡熱帶魚嗎？」

「對，我還在讀書的時候就很喜歡了，還把打工賺來的錢都花在那個上面。」

相馬向大家展示自己的另一面，真是令人意想不到的興趣。「我一直很想做一次看看那種大型的水陸生態缸啊。」

「原來是這樣啊。」

伊本臉上浮現開心的笑容。「現在開始也不晚啊，請一定要挑戰看看，只要您說一聲，我們也可以提供您我們公司的產品。」

「不不不，那怎麼好意思。」

相馬果然還是推辭了。「比起那種事，我們今天是來致歉的。」並把話題拉回原本來此的目的。

「常務，這個是剛才社長寄放在我們這裡的存摺，因為我的失誤給貴公司帶來很大的不便，真的非常抱歉。」

伊本打開存摺，看著再次低頭致歉的坂野。

「已經沒事了，坂野先生。」

他大方地說道，並接著說：「昨天我剛好不在，我們社長的態度也不太好，總之有來得及匯款就沒事了。」

「我們剛才也有去收款人新橋服務那邊道歉了。」

在坂野說出這句話後，原本露出親切笑容的伊本的臉突然變得僵硬。

話雖如此，也只有那麼一瞬間而已。在聽到新橋服務這間公司名稱時，相馬的表情也跟著緊張起來。

「聽說那間公司是從事經營管理顧問的，你們是簽了什麼樣的契約啊？」坂野問道。

「我們跟他們是以論件計酬的方式往來的。」

伊本回答。看樣子所謂的經營管理顧問，不過是承接外包案子而已。

「敝公司的主力商品畢竟是淨化沼澤、池塘、海水那種大型水質淨化系統，要想跟那種客戶做生意，就得讓他們抽幾成的業績，契約是這樣訂定的。簡單說來，他們就像是專門處理交易的傭兵吧。」

傭兵這個詞的確很符合剛才那名男人給人的印象。他的眼神是如此堅定，為了拿出成績，絲毫不在意身上負傷。

「跟管理顧問簽約到現在也已經有四年了。」

伊本繼續說道：「我想你們應該都有聽說了，敝公司曾經發生過經營危機，當時為了增加銷售，所以田沼才跟他們簽了契約。」

他們被帶領到接待室，裡頭也有個水族箱。來這裡經過的走廊上，裝飾著一個縮小比例尺的水質淨化裝置的塑膠模型，以及正在使用這個裝置的高爾夫球場、養魚場，甚至是遙遠的中東那裡的海的照片。

明明是讓水質變乾淨的系統，但為了賣出這個商品，過程似乎並不怎麼乾淨。假使如此，那還真是諷刺。

舞在內心想著這個的同時，視線突然移回到攤開在桌上的存摺。

總覺得有哪裡不對。

那個當下，舞腦中出現這個念頭。

畢竟是銀行員，看存摺對他們來說是很稀鬆平常的事，但舞總覺得有哪裡不太對勁。

為了找出原因——

「這個可以借我看一下嗎？」

舞伸手拿了那本存摺，快速翻閱了其他頁。

——怎麼了嗎？

舞看著用眼神詢問的相馬，輕輕地搖了搖頭。

「謝謝您。」

她將存摺還給伊本。

「另外就是——前幾天您有提到想申辦一筆新貸款……」

坂野開啟了新貸款的話題。他的說法十分委婉，感覺有點擔心伊本會出現什麼反應。

「啊，那筆兩億圓的啊。」

「請問白水銀行提出的利息是多少？」

在與他行的激烈競爭中壓制對手，目標只有提高業績，這就是坂野被賦予的使命。

「其實白水銀行才剛跟我們聯絡，就是在講利息的部分。」

從側面看過去，感覺坂野變得更加緊張。

「東京第一銀行提供的利息比較低。」

他的表情瞬間放鬆下來。

「那應該就會由本行來幫助貴公司吧，常務。」

看著探出身子的坂野一臉期待的樣子——

「我本來就打算要聯絡你們了。」

伊本如此回應後，再次申明：「眼下的周轉金，務必要請東京第一銀行協助。」

「我們已經準備好了，無論何時都歡迎。」

坂野說完之後，伊本翻開筆記本。

「明天應該可以和社長一起過去，下午兩點方便嗎？」

「我明白了。」

坂野的表情彷彿所有煩惱都消失一般，一臉清爽的樣子。「今後，也請貴公司多多鞭策指教本行了。」

「發生問題時，從應對方式最能看出對方的真心了。」

伊本說道：「這次我們見證到了東京第一銀行的誠意，往後才要請您們多多指教。」

# 7

「怎麼了花咲，妳的臉看起來很複雜。」

在回銀行總行的路上，相馬開口問道。

「你想說的應該不是臉看起來很複雜，而是表情看起來很複雜吧。」

舞回答：「我總覺得有哪裡怪怪的。」接著歪了歪頭。

「妳是說水族時代的存摺嗎？」

「沒錯，相馬先生都沒什麼特別的感覺嗎？」

「沒有，一點都沒有。」

話雖如此，相馬也突然有了什麼感覺似的。「我去一下總務部門。」一回到分行指導組的辦公室，他便拋下這句話又出去了。

「喂喂喂，怎麼回事啊你們兩個？」

看著兩人舉動的芝崎開口問：「銀座分行的問題解決了吧？」

「要說解決是解決了沒錯……」

舞一邊悶悶不樂地回答，一邊用放在牆邊的連線電腦叫出水族時代的存款明細。

舞正在看的是跟剛才那本存摺裡完全一樣的內容。

東京第一銀行一般存款存摺的格式是，日期在最左邊，接著是摘要、支出金額、存款金額、餘額，最後才是記號欄。

舞將水族時代的畫面印出來，稍微思考了一下，最後又把跟自己以前待的分行有往來的公司的一般存款存摺的明細畫面也印了出來。

「妳把它們擺在一起是想幹麼啊，花咲？」

芝崎驚訝地看著舞的舉動。

「我想說把這兩個放在一起比較看看，應該就可以知道哪裡怪怪的了。」

「一點都不怪好嗎，算了，妳就做到妳滿意為止吧。」

舞的個性一直是開始了就會做到最後。話說完後，芝崎也開始專注在自己的工作上。

等到舞終於發現哪裡不對勁的時候，剛好是在相馬一臉嚴肅正要回到自己位置的時候。

「喂！花咲，那間叫新橋服務的公司啊，好像有點問題耶。」

在舞開口之前，相馬便如此說道。

「相馬先生，你剛才去總務部就是在調查這個啊？」

「就是也覺得有點在意。總之妳聽好了，首先，這間公司在五年前虧損得非常嚴重，實際上也破產了。」

這是東京第一銀行協作信用資料庫裡的資料。「交易銀行是江戶川銀行的新橋分行，五年前有兩次跳票，還把員工全都解僱，然後社長也換人了。辦公室搬遷到現在的地方後，雖然不曉得是怎麼做的，總之就在新東京信用組合開了新的戶頭，一直沿用到現在。這些都是資料庫上頭記載的資料。然後這個男人——」

相馬指著股東上標示的名字，佐藤完爾。「聽總務部的人說，這個叫佐藤的男人是以前在業界裡很出名的職業股東，雖然知道他是出自關東錦聯合的經濟流氓，但最近在做什麼就不曉得了。以防萬一，我還是跟警政廳打聽了一下，確定是同一個人沒錯。」

「你的意思是，水族時代要向黑道經營的公司繳交經營管理的手續費？」

對於舞提出的問題，相馬點了個頭。

「妳那邊有發現什麼嗎？」

「你看一下這個。」

舞拿出水族時代的存摺明細給他看。

「你有沒有覺得哪裡不對？」

明細影本有三張，相馬接過後瞪大眼睛仔細觀察著，但馬上就放棄搖了搖頭。

「這樣看根本看不出來哪裡有問題，就只是很普通的明細啊，這裡頭有什麼嗎？」

「你看存入的摘要欄。」

舞回答：「你沒發現哪裡跟我們平常看到的不太一樣嗎？」

「跟平常看到的不太一樣？」

相馬神情認真地盯著那份明細。舞接著說：

「是『轉帳9』，有好幾個存入的摘要欄都是這個對吧。」

「什麼？」

相馬抬起頭來，一臉困惑。

「『轉帳9』？這什麼啊？」

舞開始說明。「在本行，存摺上的摘要欄若是有這個『轉帳9』，就表示是用現金匯款的。順便一提，如果是直接用存款轉帳的話，就會標示『轉帳1』」。

「妳的意思是，水族時代的營業額都是用現金轉進去的嗎？」

相馬若有所思地看著舞。「但光看這個也看不出來把錢存進去的對象是個人還是公司啊！這個時代也幾乎沒有公司會特地拿現金去匯款吧。」

因為一般都是直接用存款戶頭轉帳，那樣比較簡單，也不用帶著現金出門，不僅安全，手續費也很便宜。

「奇怪的地方不只這裡。」

舞開口說：「摘要欄是『轉帳9』的存款——換句話說，用現金匯款的情況在水族時代非常頻繁，而且最多還是高達三百萬圓的現金。相馬先生，你明白這代表什麼意思嗎？」

「三百萬——圓？」

相馬雙臂交叉於胸前，陷入沉思。

「這些全部都是用ＡＴＭ轉帳的喔。」

「妳怎麼知道？」

「因為右邊的記號欄裡有『Ｋ』，只要是用ＡＴＭ轉帳的就會有這個Ｋ。」

舞指出這點後，相馬發出「啊！」的一聲抬起頭。

「對耶，用ＡＴＭ轉帳現金上限就是三百萬。」

這個故事發生在二十世紀末。順便一提，二〇一七年的現在，用ＡＴＭ轉帳現金的金額上限是十萬圓。

「不只這個。」

舞繼續說道：「同一間公司在其他月分是『轉帳1』，也就是從存款戶頭轉帳的。這三個月，用現金匯款和用存款戶頭轉帳，這兩種方法都有在用的公司一共有七間。」

「這裡頭到底代表了——什麼意思呢？」

相馬陷入沉思。「妳怎麼看？」

「就只是把水族時代的客戶名字拿來用，實際上卻把錢匯給毫不相關的人吧。而且那個人還是不能用一般匯款或公司票據，只能用現金以及不會知道對象是誰的ＡＴＭ轉帳——怎麼樣？」

「原來如此。」

相馬仔細考量舞的假說。

「這樣整件事就變得有點奇怪了。」

話一說完，他開始整理起剛才的對話內容。「我現在在意的點有兩個，一個是和水族時代簽顧問契約的新橋服務其實有可能是黑道或是放高利貸的，然後就是妳指出來的轉帳這部分也很令人費解。雖然不管是哪個都很可疑，但把它們合在一起能夠得到的答案——」

看著閉口不談結論的相馬，舞如此說道：「我們去確認看看吧。」

「是要跟誰確認啦。」

「水族時代的田沼社長。」

對於舞的提議，相馬面有難色。「真的假的啦，要是那樣做的話，銀座分行的交易說不定會泡湯喔，花咲。」

「明天下午兩點，他們不是會到分行去簽兩億圓的融資契約嗎？我們請分行讓我們參與旁聽，暗中打聽就好。」

「暗中打聽？真是的，是要怎麼暗中打聽啦。」

看著一臉懷疑的相馬——

「這還用說嗎？」

舞倒是擺出一副事不關已的樣子回答。

# 8

水族時代的田沼社長和伊本常務一同出現在東京第一銀行銀座分行，剛好是在約好的下午兩點。

在接待室中，兩位被請到沙發上坐。隔著一張桌子坐在對面的是分行經理西原與坂野二人，另外還有請求旁聽的相馬與舞，他們坐在離入口不遠的摺疊椅上。

「非常感謝您撥空前來，昨天給您添麻煩了，真的很不好意思。」

分行經理一道歉——

「哪裡，而且事情都已經解決了。」

事情按照計畫發展，讓田沼露出從容的表情。

「比起那個，謝謝你們同意我們兩億圓的貸款申請。」

他反過來道謝。身旁的伊本將準備好的印鑑跟公司印擺在桌上。

「話說回來，總公司的人還真有空啊，竟然這麼謹慎。」

田沼皮笑肉不笑地看著相馬與舞。「聽說昨天也去了我們客戶那裡了，好像是我們的員工跟你們說地址的，真是太多嘴了。那間公司感覺不太親切吧。」

聽起來像是為了接下來的發言而事先做的聲明。先把話說在前頭，就可以讓自己處在比較安全的位置。

「老實說感覺並不是什麼正派的公司耶。」開口的並不是相馬，而是舞。她一開口，西原分行經理的神情也變得不太好看。

「我想你們在簽訂契約前應該都已經確認過所以才問的，您應該清楚新橋服務的股東並不是值得做生意的對象吧。」

「哦，妳是在說佐藤先生啊。」田沼回答：「我有聽說他以前是在做職業股東，但那都是過去的事了，現在他可是握有不少優秀業務員的企業家喔，我話先說在前頭──」預料到舞的反對，田沼開口說道：「我們的交易可不是有名無實的，因為不管怎樣我們都必須生存下去，一直挖對方的傷口，是做不了生意的。我們也是這樣走過來才有現在的成績的。我當然清楚那種公司並不是什麼好東西，但我是刻意要做到好壞兼容的，這是我作為一個企業家的決心。您應該可以明白吧，經理。」

突然被點名的西原附和：「當、當然可以。」先不論自己是怎麼想的，對西原而言，現在最優先的就是搞定眼前的業績。

「說到優秀的業務，那間公司一年幫貴公司提高了多少業績呢？這一年你們支付他們的報酬似乎很輕易就超過三億圓了。」舞開口問道。這是她跟相馬從昨天到今天中午，兩人合力調查水族時代戶頭而得知的。

「連這種事都查到了嗎，你們真的很閒耶。嗯，最多也大概五、六億圓左右吧。」

田沼如此回答。換句話說，五、六億圓的營業額就要付三億圓以上的佣金。

「也就是說，你們要拿出五到六成的業績給新橋服務沒錯吧，這樣貴公司有辦法賺到錢嗎？」

「能不能賺到錢有什麼關係。」

田沼像是豁出去了那般反駁：「我們期待他們為我們做到的首先是交貨量，就算設備不能賺錢，保養也可以。重要的是我們的產品能夠因此滲透市場，進而簽訂新的訂單。」

彷彿在細細咀嚼他說的話，兩人的對話停頓下來。伊本低著頭坐在佯裝冷靜的田沼身旁，只見他的臉血色漸失，一片慘白。

「已經夠了吧。」

西原分行經理一臉急躁地插話。「挑在我們要簽融資契約的時候說這種事到底是想怎樣，審查早就結束了。」

「那麼最後一個問題——」

舞說完後，將事先準備好的幾張文件放在田沼面前。「這個是貴公司的存款交易明細，可以請你告訴我這裡面哪些是從新橋服務拿到的業績？」

「這麼多我怎麼可能每個都記得啊。」

田沼含糊帶過並放話說道：「到底是怎樣，經理，你們真的有想讓我們貸款嗎？」

「當、當然。」

西原臉色一變，對舞和相馬說道：「你們收斂點吧，這是分行的事情，不需要分行指導組多管閒事，請出去。」

「喂，花咲……」

坐在舞身旁的相馬有些怯懦。「不然就先到此——」

然而他話還沒說完，馬上又被舞的話蓋過去。

「這並不是一間分行的問題，而是整個銀行的問題。」

「笨蛋，夠了——」

舞看都不看正抱住頭的相馬，繼續說道。

「我看了這個存款明細，發現了不得了的事情。竟然有非常多以公司名義用ATM**現金匯款**的狀況。一般應該不會這樣做，我也用電話跟他行確認過匯款的事了，三百萬圓以下的金額幾乎都是用現金，而且都是用ATM轉帳的。請問這是為什麼呢？伊本常務。」

伊本的表情僵住，沒有回答。

從他低著頭的側臉，可以看到他似乎在害怕、迷惘著什麼。

「那當然是因為我們收到的都是現金啊，這樣做哪裡犯法了？」

田沼因發怒而面紅耳赤。

「田沼社長。」

舞平靜地看著對方。「我們從昨天一直到剛才都在調查一件事，那就是貴公司在這一年的收入款項以現金匯入的究竟有多少，答案是大約三億五千萬圓，匯款件數多達約兩百次。」

對方沒有回應。

「其中有個地方挺有趣的，我們發現貴公司支付給新橋服務的顧問費用，總計竟然與以現金匯款的金額幾乎一樣。您明白我想說什麼嗎？」

「什麼啊妳，妳是想說我們業績灌水嗎？還是要說我們在決算報表作假？」

田沼刻意笑出來，然而他上揚的嘴角有些扭曲，反映出內心已經動搖。

「我就不拐彎抹角了。」

舞一臉凜然，從正面直盯著田沼。「您在做的不就是洗錢嗎？將暴力集團相關人士賺來的非法資金記在自己公司的收入上，再付給他們的公司，目的就是要讓見不得光的錢能夠洗白。如果我有哪裡說錯了，還請您指正。」

「真是夠了，我跟妳無話可說。」

田沼的聲音聽起來有些顫抖，卻不曉得是因為憤怒還是被直搗核心而有所動搖。

「經理，這次的貸款就當作沒這回事吧，真令人不悅。」

「請、請等一下，社長！」

西原制止了正要起身的田沼，一臉凶狠地瞪著舞。「看看妳做的好事，我一定會把這件事上呈給事務部長的，妳最好給我有心理準備。」

舞並沒有對那句話多做回應，她現在正盯著身體僵硬、一動也不動的伊本。

「昨天我們銀行的總務部門已經將新橋服務的資料提供給警政廳了，您明白這是什麼意思吧？好壞兼容——或許真的是這樣也不一定，但我認為將好壞明確分隔出來才是經營，也是一個企業家應有的資質。」

「妳到底在說什麼！」

就在西原分行經理一臉激動的時候——

「不——」

伊本打破一直以來的沉默。「花咲小姐說得沒錯。」

「喂！伊本——」

田沼一臉嚴肅地喊道——

「不可能再隱瞞下去了，社長。」

然而伊本卻對田沼投以認真的神情，這或許是來自於他的誠實。

「你——」

伊本看著本來想說些什麼的田沼，露出了寂寞的笑容。許久，從他口中說出了與其說是平靜，更應該說是穩重的內容。

「四年前，敝公司陷入了經營危機，那時我們藉助了佐藤完爾的力量。我們並不是因為想借才借的，而是為了生存。那個時候，光要生存下去就已經用盡我們所有力氣了。藉由佐藤的資助，敝公司總算存活下來，並靠著所有人的努力漂亮地復活。但在之前我們面臨危機，佐藤出手幫助我們時，被他要求要給他水族時代過半的股份。當時我們把幾乎要成為廢紙的股份轉讓給佐藤，得到了三千萬圓的資金。後來我們就成了他拿來洗錢的工具了。說起來還真是諷刺，明明是開發水質改善系統的公司，卻變成要洗那些髒錢的機器。」

在伊本說話的時候，身旁的田沼原本是瞪大眼睛、咬牙切齒的，但漸漸地他的眼神失去光芒，人也癱在沙發椅上，一臉茫然地盯著天花板。

「經理、坂野先生，這就是事情的前因後果。但是，我們公司在那之後的成長是貨真價實的，是我們全體員工共同努力的成果。因此，拜託這個周轉金，拜託您務必貸款給我們。」

伊本這樣做了總結之後，整間接待室彷彿凍結一般陷入了沉默。許久——

打破這個沉默的——

「開、開什麼玩笑！」

是西原顫抖著嘴脣，歇斯底里說出的一句話。「這麼誇張的事你們竟然一直隱瞞，還持續跟本行往來交易？我們怎麼可能再借你們兩億這麼大的金額，先不說這個，目前為止的貸款希望你們立刻還清！」

徹底表現出翻臉不認人的態度。

在知道銀行被一群惡霸利用來洗錢，遭受社會責難是不可免的。而沒看清這點的分行經理本身也要負起責任，不僅如此，也會讓東京第一銀行整體遭受批判，是非常嚴重的事情。

「為什麼，如果能再早一點告訴我就好了。」

至今一直保持沉默，聽著眾人對話的坂野一臉哭喪地問。

「對不起，坂野先生，事情就是這樣。」

伊本低下頭。「其實我一直覺得有一天會面臨像現在這種場面，所以現在倒是鬆了一口氣，因為我自己也一直煩惱著這件事。」

「喂！坂野！」

西原開口問：「水族時代現在的存款有多少？剛好他們帶了印鑑來，現在就請他們辦理手續從存款帳戶還錢。」

這翻臉的速度快到令人嘆為觀止。

「但是，那這樣周轉金……」

坂野話才說到一半，對方便喝道：「吵死了！」接著瞪向田沼。

「田沼先生，你根本不配當一個企業家。就算公司有多辛苦，你也不應該跟那些傢伙借錢啊！最後連股份都被奪走了，你根本沒有資格出入銀行。」

接著──

只見田沼的身體微微地動了一下。

不久，傳來低沉的笑聲。

「有什麼好笑的，社長。」

西原還在義憤填膺的時候──

「我只是在想原來銀行員也不怎麼守信啊。」

西原總算將頭抬起，他的臉上夾雜著不知是憤怒還是怨恨的情感。

「銀行員就那麼了不起、那麼清廉高尚嗎？」

對於他挑釁的口吻──

「這不是廢話嗎，那種會跟黑社會來往的傢伙，在道德和階級上怎麼能跟我們相提並論。」

看著氣憤反駁的西原──

「哦，看來你什麼都不知道啊。」

田沼從放在接待室桌上的菸盒抽出一根菸，在大家的目光下點起火，慢慢地在沙發上蹺起二郎腿。

「介紹我們認識佐藤的人就是你們銀行耶。」

舞立刻抬起頭打量著田沼，想確認他說的話究竟是真是假。

「四年前，東京第一銀行拋棄了被資金逼到絕路的我們。就在那時，說有願意幫忙我們的公司要介紹我們認識，最後卻引薦新橋服務給我們的，就是當時的分行經理小倉先生，聽說小倉先生現在是業務管理部的部長了，真是了不起啊。」

西原瞪大眼睛往田沼看去，驚訝得連眨眼都忘了。

坐在舞身邊的相馬也臉色蒼白。

「怎、怎麼可能——」

西原好不容易才擠出的話，卻像是受蟲害的葉子那般坑坑疤疤。田沼嘲笑似地繼續說道。

「怎麼不可能？我要是不配當一個企業家，小倉先生不就也不配當一名銀行員了？但他卻被說得很了不起耶。這件事要是讓警方知道，困擾的可不是我，反倒是你們吧。後來我才聽說，小倉先生好像很喜歡賭博，結果賭輸了沒辦法還佐藤經營的信貸費用，就被佐藤威脅要他介紹能幫自己洗錢的公司，然後他就直接把我們公司交出去了。」

「就、就算是這樣，我們也不可能再借你們兩億的貸款，社長。」

就在田沼站起身的同時，西原好不容易才從嘴裡擠出話。

「隨便你，不過，如果你硬要我們還錢的話，我們也有自己的考量。到時候吃虧的可不會是我們，而是你們。」

接著他轉向身旁的伊本。

「這種事情，在攤開來講之後就對誰都不會有好處了。」

拋下這句話後，還沒等到伊本回答，田沼便逕自離開接待室了。

伊本站起身，向眾人深深一鞠躬後走出接待室，室內充滿了尷尬的氣氛。

「潘朵拉的盒子被打開啦。」

相馬的臉依舊蒼白，他繼續說道：「這的確不是一間分行的問題，現任部長跟反社會勢力有所勾結的話，就變成整個銀行的問題了。我是說，如果這件事公諸於世的話。」

「才沒有不讓世人知道就沒事的事情呢。」

舞喃喃自語。「就算當下會受傷，做錯事就是做錯事，本來就應該要改正吧。如果這樣做還不對，那我覺得銀行整個組織架構也是不對的。」

然而，到了最後也沒有聽見誰回應她的那句話。

# 9

「新橋服務？不曉得，沒有聽過啊。」

業務管理部部長小倉哲將身體倚靠在椅背上，歪著頭說道。他穿著純白的襯衫，繫著一條樸素的深色領帶，袖口的鈕扣金光閃閃，完全就是一名銀行職員的打扮。

「那麼銀座分行的客戶，水族時代這間公司您就知道了吧？社長叫田沼英司，他表示是當時的小倉分行經理介紹他們不正派的信貸業者。說您跟那間信貸借錢賭博，然後就把水族時代介紹給他們用來洗錢。我們是來確認他說的話究竟是不是事實。」

「愚蠢！」

安靜的部長室中，小倉低聲罵道。雖然他整個人看起來很放鬆，但他盯著站在桌前的舞與相馬兩人的雙眼中，卻閃爍著狡猾的光芒。

「我才在想他怎麼會說我去介紹那種信貸公司給他這種蠢話咧，要是把這種沒有事實根據的報告上呈的話，你們自己的評價可是會一落千丈的，那樣也沒關係嗎？」

「就是因為這樣我們才過來確認的，我們並沒有單方面相信田沼社長說的話，而是要跟小倉部長您確認之後才會下判斷。」

「很正確，那些根本就是胡說八道。」

原本倚靠在椅背上的小倉坐起身，方才臉上的笑容徹底消失。

「不准你們把那些東西寫進報告書，要是你們敢寫，我就會徹底毀掉，不論是那份報告書還是你們。」

在小倉可怕的怒氣之下，相馬狼狽地開口。

「當、當然只要小倉部長否定的話，報告書中就會——」

但舞立刻阻止了他使出的懷柔政策。

「這件事有可能會出動警方。」

「妳說什麼？」

小倉投過來一道銳利的目光。舞繼續說道。

「水族時代與佐藤完爾之間的關係目前正在調查階段，總務部和警政廳會共享資訊。佐藤之前從公開場合消失，如果他現在的工作是在暗地裡洗錢的話，警方應該是不可能會放過的。經過他們徹底的搜查、調查後，為什麼水族時代會被他們利用的前因後果應該就會公諸於世了吧。」

舞盯著這名過去屈服於黑社會的男人，不放過他臉上的任何一絲變化。

水族時代的田沼英司，然後是業務管理部的小倉部長。說到這兩個人的共通點，就是表面上看起來都事業有成，卻同時被過去的黑歷史束縛著。

「我相信田沼社長的告發，那個人不會說謊，這點是在與許多客人打交道並經歷許多試煉的經驗告訴我的。」

舞乾脆地說道：「但是，我怎麼也不覺得您剛才說的是真話。您為了應付這個場面說的謊言，並不能輕鬆解決目前的狀況。說謊的人，那個謊言必定會反過來影響他自己。不，不只那個人，我們東京第一銀行也會因此受到世人的批評，信用受損。我會將今天在銀座分行的所見所聞完整地寫進報告書，當然，我也不會忘記將您的否認寫上去的，小倉部長。」

小倉的表情讓人無法看出想法，他往舞投射一道沉重的目光——

「妳敢的話就試試看，我一定會毀了妳。」

他咬牙切齒，努力擠出一句話。

「求之不得。」

舞乾脆地回答：「身為東京第一銀行的一名行員，我由衷希望事情就如同您否認的那樣。那麼，我們先告辭了——」

話一說完，舞便轉身離開辦公室。

# 10

「喂、喂！妳那樣說真的沒問題嗎？對方可是現在勢力龐大的業務管理部部長耶！」

慌忙跟在舞後頭離開辦公室的相馬，看起來非常害怕。

「這跟對方勢力龐不龐大一點關係都沒有喔。」

舞筆直地朝著前方走去，那是往電梯間的方向。「我們只要在報告書上照實寫上我們調查的事實，這不就是我們的工作嗎？」

「說什麼我們，妳可別把我扯進去，我沒有妳那麼崇高的理想抱負。」

相馬話一說完，舞便乾脆地回答：「所以我根本沒有指望你啊，放心啦。」
「就算妳說沒有指望我，這種事也不會因為這句話就跟我撇清吧。」
兩人一邊說一邊等電梯，不知何時身後站了人都不知道，一直到對方開口。
「不好意思，請問你們是事務部分行指導組的人嗎？」
回過頭去，映入舞眼簾的是一名穿著全黑套裝的女人。
她身上沒有任何耳環、戒指，或任何可以稱之為飾品的東西。
「是這樣沒錯。」
舞回答，只見站在她身邊的相馬突然緊張起來。
「我剛才聽到你們提到了小倉部長？」
對方並沒有自我介紹，語氣聽起來像在以權勢壓人。
「是，是這樣沒錯，怎麼了嗎？」
對方直視著回答問題的舞。
「不要寫報告書。」
由於對方的說話方式太過唐突，讓舞不自覺地歪了一下頭。
「您說什麼？」
「我說，銀座分行的事情沒有必要寫在報告書上。」
從旁看去，只見相馬瞪大雙眼，一臉緊張地保持沉默。
「不好意思，請問妳到底是——」

「銀行有銀行的規定。」

女人單方面壓過舞才說到一半的話。「如果你們也是銀行員，就得遵守規定。要是被廉價的正義感驅使而行動的話，會讓我們很困擾的，芝崎次長那邊我也會去說的，沒問題吧。」

「啥？」

舞忍不住提高音量，正想反駁什麼，那名穿著黑衣的女人就直接掉頭離去了。

「喂妳等——」

「好了！」相馬激烈地制止了舞的大喊。

「是怎樣啊那個人。」

看著舞一臉憤恨不平地發問，相馬倒吞了一口口水，喉結跟著上下動了一下。

「那個人是企劃部的昇仙峽玲子。」

「昇仙峽？」

「聽說是個性格很暴躁的稽核，大家都說她是企劃部部長紀本的心腹。」

「那又怎樣，企劃部的稽核對我們的報告書指手畫腳也太奇怪了吧！」

舞強烈辯駁：「我還是堅持要寫報告書，我會好好跟芝崎次長說的。」

然而——

回到事務部後，迎接舞他們的卻是愁眉苦臉的芝崎。

「啊，辛苦你們了。」

「其實剛才企劃部的昇仙峽稽查──」

舞才正要開始說──

「如果你們已經見到她的話，講起來就簡單多了。」他脫口而出：「我猜你們已經從昇仙峽稽查那裡聽說了，銀座分行的事，總公司打算就那樣蓋過去。」

「蓋過去？」

舞因為這句話懷疑起自己的耳朵，她目不轉睛地盯著芝崎的圓臉。「這是什麼意思？因為是明星銀行的醜聞才這樣做嗎？還是為了要保護小倉部長！」

看著氣勢洶洶的舞，芝崎十分為難地皺起眉頭。

「兩個都不是啦花咲小姐，真要說的話，那樣做──都是為了保護東京第一銀行。這次的事拜託妳就先放在心裡好嗎？」

「無法接受！」

被果斷回話的舞瞪視的芝崎特地站起身，低下頭來。「拜託妳按照我說的話去做。」

就在這時──

「花咲，夠了，」

一直在旁看著的相馬總算開口了。「昇仙峽一出手，這件事就沒有我們出場的餘地了。要拿什麼來比喻的話，我們就像地方的刑警對上警政廳的警官，洛杉磯的市警對上FBI的感覺吧。雖然很不甘心，但也只能閉嘴收手了。」

「相馬先生！」

舞本來還想繼續反駁，卻突然吃驚地閉上嘴巴，因為她發現相馬看她的表情十分認真。

我也很不甘心啊。

無須言語，相馬的眼神明確地表示了他的態度。

「欠我們的，總有一天會還回來的。」

舞注視著說出這句話的相馬，開口回答。

「如果這是借的話，我一定會跟她連本帶利地討回來。」

我們——因為我們是銀行員。

舞用力地咬住下脣，努力克服內心的忿忿不平。

第三話

# 霧氣中的攻防

# 1

「相馬先生，銀座分行最後好像還是通過水族時代那兩億圓的貸款了。」

舞一臉不高興地說，並揮動手上的筷子。「根本就在亂來吧。」

「妳聽誰說的？」

「銀座分行的坂野先生剛才打電話跟我說的，表情看起來很複雜。」

「最好是打電話還看得到表情啦。」

「聽他的聲音就大概可以想像啦。」

不知道是不是覺得太愚蠢了，相馬並沒有多加回應，只是忙碌地撥開魚肉跟魚刺。

「說到這個，小倉先生好像也被調去哪裡了。」

相馬瞄了一眼瞪大眼睛的舞，繼續說道。

「好像是府中還是哪裡的某間小製造商，妳知道是怎麼一回事吧。」

小倉哲是一直到前陣子都還是位高權重的業務管理部部長。

「單純只是想要隱瞞那件醜聞吧，雖然我覺得做出那種事，就算被解僱也不令人意外。」

「世界末日來囉。」

「如果是世界末日的話我會放棄抵抗的，但遇到『末日』的只有本行不是嗎？」

舞看起來不是很滿意。就在這時，拉門被拉開，一道又一道的料理送到他們面前。

——為您送上鹽烤野生鰻魚、鱚魚天婦羅，以及壺燒海螺。

——這道是薄切比目魚生魚片。

——這道是茶碗蒸，還請趁熱吃。

——這是用豐厚牛的牛肉做的牛排。

——這道散壽司用的都是新鮮的海產，請慢用。

「賺到了耶，花咲。」

相馬感動得幾乎要哽咽起來。但她絲毫不受影響。

「相馬先生都不覺得很奇怪嗎？」

相馬對著還想繼續說下去的舞說道：

「哎唷，又不會怎麼樣。」

相馬已經不想再聊有關工作的話題，他對著料理嘖嘖稱讚。「哦，這個好吃——是說妳一個人要改變世界——哦好吃……這間銀行可不是什麼小機構喔。超棒的啦，這裡的菜。現在我們必須做的就是好好面對眼前的美味食材跟料理。」

大概是覺得再說下去只會越來越無聊，舞也動手吃起了料理。的確很美味。

「酒也很棒喔，花咲，好了，快喝吧！」

這一天——兩個人在別府溫泉。

查核對象別府分行的人說「既然都來了」，就幫他們訂了銀行客戶的老字號旅館，白鷺亭。當然這也是因為分行經理前濱是相馬的大學學長。不用說，幫他們訂的當然是最便宜的房間，但旅館那邊乾脆地表示，難得來一趟，一定要嘗嘗看別府的山珍海味，所以準備了非常豪華的晚餐招待他們。果然是日本第一的溫泉街，夠豪爽。

「是說，總覺得這些菜高級到好捨不得吃啊。」

「沒事啦沒事。」看著戰戰兢兢的舞，相馬倒是完全不在意的樣子。

「妳想想看，我們一直都是這樣被虐過來的，偶爾也要有這種犒賞才有辦法做得下去啊！不然就會想說不想再幹稽核了。而且這又不是我們拜託的，是旅館的人特地幫我們準備的，要開開心心地接受才有禮貌啦。」

他自顧自地說。

「打擾了，今天一切都還滿意嗎？我是社長，敝姓八坂。」

整套料理上完後，一名大約五十幾歲的男人在他們等待著最後的甜點時出現。

「哎呀，菜都非常棒，真是謝謝您。」

相馬從盤腿改為跪坐，笑容滿面。因為喝了酒的關係，講起話來伶牙俐齒。

「不管是盤子上面還是碗裡面裝的，每一道都相當美味，可以感受到廚師的手藝非常厲害。服務生的服務也是滿分，讓我們享受到了非常棒的用餐體驗。」

「能讓您這麼滿意，我們才要說謝謝呢。」

說完這句話後，八坂才進到客房，向相馬及舞遞上名片。「我們跟東京第一銀行來往已經有將近三十年了，這點招待是一定要的。」

「這麼久了嗎！」

八坂看著一臉驚訝的舞，點了個頭。

「現在也是，要跟您們申請貸款。」

補充了令人在意的一句話。

「這種程度的溫泉旅館，銀行應該不會顧忌什麼，會支持我們的吧。」

「啊，話也不能這樣說。」原本還打算奉承對方的相馬，感覺情況似乎與自己想的不太一樣，收起了笑容。

「幸運的是，別府溫泉街的溫泉湧出量是日本第一，這點讓我們相當自豪，但也無法因此就認定未來也會一路順遂。因此我們大家都認為是該做點新嘗試了，當然這也伴隨著投資。」

「所以現在正在申請那些設備投資的貸款嗎？」

相馬開口發問：「金額是多少呢？」並再次確認。

「總之先申請五億圓，投資方面總金額應該會將近十億圓。」

「十億！」

舞感到驚訝，並接著問：「具體而言，這些錢是要使用在哪方面呢？」

「目的有兩個，一個是改善老舊建築的重建費，因為我們計畫要蓋新館，這樣才能夠提供更高級的服務，這個是設計圖。」

攤開來的設計圖上，畫著類似明治和大正時期西式建築的那種建築物。

「哇，看起來很棒耶！」

看著一臉驚訝的舞——

「謝謝，其實我也有在跟其他老闆們討論，不只我們家，而是把別府溫泉整體的景觀做個大改造。」

八坂興奮地說著他的計畫。

「雖然跟其他溫泉地比起來應該還算好，但別府的旅客數量也在走下坡。最近這幾年主要都是靠國外旅客的幫助才撐下來的，但我不認為這種狀況能夠持久。不如說要趁還有餘力的現在，更加強調我們溫泉街的魅力，宣傳我們是日本第一的溫泉，我是這樣想的。所以才想打造會讓人聯想到明治跟大正時期建築的懷舊建築物。」

白鷺亭在別府算是規模很大的老字號旅館，所以八坂才想以他們自身為中心，試著開始重新開發別府的魅力。

「不管是哪裡的溫泉街都是這樣，只有一間旅館在努力的話，是沒辦法阻止客人逐漸不來溫泉區的。需要這裡的旅館同業一起努力，共同讓這整區活躍起來。不這樣做的話，就算有其他溫泉街的例子可以參考，我覺得也很難振興起整個溫泉街。」

由八坂經營的這間白鷺亭打頭陣，後面的旅館也會配合改建時間，將外觀替換成應該可以說是在現代住宅中發揚和風精神的建築物。

「這樣做的話，整個別府就需要一筆很大的資金了耶。」

舞話一說完，八坂的表情也跟著陰鬱下來。

「我們已經打頭陣先提出貸款申請了，但目前還沒收到什麼好消息。」

八坂坐挺身子，再次面向相馬跟舞。

「我知道在這裡說這些有點失禮，但我們提出貸款申請也已經過了兩個月，到現在還沒收到回應。可以請您們幫我打聽一下，別府的分行經理前濱先生究竟在猶豫什麼嗎？就是這樣，拜託您們了。」

八坂將手交疊在榻榻米上，深深地一鞠躬。美味料理的背後，原來有這樣的原因存在。

# 2

別府分行經理前濱規男正在煩惱。

「他真的這樣說嗎？八坂社長。」

聽完相馬的轉述，前濱將手交叉在胸前，嘆了一口氣。這裡是別府分行的分行經理室。從辦公室的窗外望去，可以看到充滿溫泉街風情的煙霧冉冉上升著。

「實際情況是怎麼一回事？」

相馬開口發問。

「我是很明白八坂社長的想法，但無奈投資的金額實在太大了。融資部門那邊一直在懷疑他們是否真的有辦法按照計畫還款。」

畢竟數字可是十億圓。

即便白鷺亭是規模相當大的老字號旅館，借了這麼大的金額，真的有辦法長期穩定還錢嗎？的確會讓人產生這樣的疑問。

「更不用說現在狀況又變得很糟糕了。」

前濱一臉不甘心地皺起眉。「分行經理的會議上才剛說到新申辦的融資都得更小心謹慎，比較有風險的案子就不給過。畢竟無法預測景氣什麼時候才會好轉，這種時候要借十億，怎麼想都太困難了。」

「這些話你有跟八坂社長說過嗎？」

相馬開口發問。

「當然有。」

前濱一臉煩惱的樣子。「但是啊，那個人的存在就像是振興溫泉街企劃的領袖，他說想到之後還有其他夥伴要跟進，就沒辦法輕易縮小原先的計畫。我是很明白他的心情啦，但現在的融資部門就——」

「比較消極呢。」

相馬替他接著說後面的話。

銀行的業績一旦不好，最先被波及到的就是這些顧客。

然而，對銀行而言，融資正是商業買賣的基礎。

因為擔心風險而不願意放行貸款，只會讓銀行的業績持續惡化，演變成「惡性循環」。

「可以的話，我也很想幫他們啊。」

前濱抱住頭。「這間別府分行已經有超過五十年的歷史了，是跟溫泉街一起走過來的，我們現在可能正在經歷困難時期，但這個別府的溫泉街也在面對時代的大風大浪啊。我希望我們可以一起努力，共同讓這條街變得更好。」

話雖如此，在銀行整體的方針面前他也無計可施，只能任由局面停滯不前。

# 3

一場極為機密的會談，自那天下午三點開始，在旅館的一間房內進行著。

那是大約三十張榻榻米大小，大概是用來讓住宿客吃晚宴的豪華房間，旁邊還有配膳料理用的小隔間。

昇仙峽玲子現在在那間鋪著榻榻米的狹窄隔間裡，感到有些壓力。在大宴廳中進行的交涉已經超過兩個小時了，現在還沒有要結束的樣子。

進行交涉的當事人原本就是大學的學長、學弟那種認識很久的關係，本以為他們會正經八百地高聲議論，卻沒想到情況完全顛倒，時不時就會聽見他們的大笑聲。雖然不太確定談話的詳細內容，但不難想像氣氛是融洽的。

既然如此，要說玲子為什麼會感到有些壓力，其實是來自現在正和她待在同一間房間等待的另一位男人。

這場交涉開始前，玲子被上司紀本叫去做其他比較緊急的事，所以來得有些晚。

雖然她在紀本進到宴客廳前、狀況還有些慌亂的時候和男人交換了名片，但那時候她正在想別的事情，所以並沒有把對方的名字記在腦內。

那個男人的名字到底是什麼，怎麼想都想不起來。

其實只要把名片從名片盒裡拿出來看，馬上就可以知道答案了。但他們畢竟一同待在這個狹窄的房間裡，在本人面前又把名片拿出來確認感覺不太好。

雖然不記得名字，但那個男的是產業中央銀行企劃部的年輕行員，她知道對方的頭銜，企劃部企劃團隊稽核。年齡絕對比玲子小上幾歲。

另外，能夠陪長官出席這場重要的會議，表示他相當優秀。

拉門那邊時不時會呼叫他，在被問到比較仔細的結算方面的數字，男人的回答都十分快速且正確，且不會多說什麼多餘的話。他們這樣面對面坐著已經超過兩個小時，但男人完全沒有主動跟她說些什麼。

是說也不知道什麼時候會被叫過去，所以必須一直注意拉門另一側的狀況，根本沒有交談的餘裕。這點玲子也是一樣的。

就在那時，她才剛感到房內的人有所動靜，隔著主廳的拉門就被倏地拉開。待裡頭的四人走出的當下，她還在想似乎曾經在哪裡看過時，女服務生就現身來送客了，並向他們說道：「謝謝光臨。」

「幫我叫車。」

在紀本的命令下，她馬上用手機聯絡司機。

「我們接下來要去機場，景山先生呢？」

以落落大方的口吻開口發問的人是董事長牧野治。牧野穿著高級的深色西裝，純白色的襯衫搭配紅領帶，胸口插著口袋巾，灰色的頭髮七三分。另一方面，景山的西裝外型也十分出色，但他那不太像日本人的高聳鼻子，實在會讓人聯想到猛禽類凶狠的眼睛，令人印象深刻。那銳利的眼神，將景山的性情完全展現出來。

「我們明天再去福岡就可以了，所以今天打算在這裡悠閒地度過。」

接著他突然對在旁等待的男人搭話。「哪裡有離旅館比較近又很好吃的店啊？半澤。」

啊！聽到這裡，玲子在內心大喊：沒錯，就是半澤。奇怪的是，一聽到這個姓氏，她便想起對方的全名了。

半澤直樹——她記得是這個名字。

「如果你願意的話，我請我們別府分行介紹不錯的店給你？」

牧野關心似地問道。

「那倒不用。」

景山回答：「因為我們在別府也有分行——聯絡一下分行經理波川，請他介紹一下。」

後面那句是對半澤說的話。

從五樓那間隔間搭電梯下樓的玲子，快步穿越樓層走出玄關。

她叫了車，牧野與紀本兩人坐在後座。

「那我們就先走了。」

最後是玲子坐進副駕駛座。

剛好就在這時，有兩個人影走進了旅館的區域，但玲子那時正專注於對方的目送，所以並沒有注意到。

「啊呀呀！」

相馬發出了一聲奇怪的聲音，並立刻停下腳步。

「怎麼了嗎？相馬先生。」

「妳看那邊。」

舞往他突然一臉警戒的視線看過去，接著也發出了「啊」的一聲。

那是他們剛結束查核工作，一面思索要怎麼跟八坂社長說，一面回到白鷺亭的時候。

然而他們一看，有輛黑色的車停在大門口，而現在正要坐進副駕駛座的那個女人卻十分眼熟。

昇仙峽玲子。

「為什麼，那個人會在這裡？」

相馬目不轉睛地盯著車子發動啟程，當他看到坐在後座的人物，眼睛頓時睜大。

「牧野董事長？」

喃喃自語的並不是相馬，而是舞。她轉向眼睛睜得大大的相馬，沉默地問：這是怎麼一回事？

「我沒有看錯吧。」

相馬點了個頭，回答舞的問題。現在他的目光又轉向剛駛進迎賓車道的另一輛黑車。

站在那裡的三人陸續上車。

「這到底是……」

車子從相馬和舞的面前通過，往旅館外開去。他們目送著車子離去，相馬不自覺地交叉起兩隻手臂，喃喃自語。

「相馬先生，你知道剛才那些人是誰嗎？」

「怎麼可能不知道，我沒看錯的話，那個人就是產業中央銀行的景山董事長。」

「產業中央銀行的董事長？」

舞又重述了一次。「也就是說，我們家的董事長和產業中央銀行的董事長剛才都在一起囉，為什麼啊？」她歪頭說道。

「大概是有什麼事吧。」

相馬盯著車子離去的方向思考著。「話說回來，董事長明明來到當地，前濱先生卻什麼都沒說耶。一般來說，董事長到外地出差的話，當地的分行應該會忙著接待才對。」

「也就是說，前濱分行經理並不知道這件事囉。」舞說。

「應該吧。」

兩人陷入沉默。那之中一定存在著某種意義，但他們卻不曉得是什麼。「該不會是私人行程吧。」

「私人行程不會帶著昇仙峽玲子吧，董事長應該不會在工作以外的場合見她才對。」

相馬皺起鼻子。「這是公事。」

「相馬先生、花咲小姐。」

八坂社長叫住他們時，恰巧就在他們邊談論這件事、邊走進旅館玄關的時候。

# 4

被問起情況怎麼樣，相馬的表情一臉尷尬。

「前濱分行經理自己是很想要幫忙啦……」

在被帶到辦公室的接待處時，相馬含糊不清地說。

「但說總行遲遲不同意。」

「老實說他也花了不少工夫在說服他們的樣子。」

「是這樣啊……」

八坂的眼神黯淡下來，看著地毯咬起嘴脣。面對這名苦惱的經營者——

「真的沒有辦法把事業計畫規模縮小一點嗎？」

舞委婉地問道。

對方並沒有馬上回答，他陷入思考，許久，原本抱著手臂的八坂毅然決然地將雙手放在膝蓋上。「沒有辦法，雖說只是旅館的改建，但問題是也要跟其他溫泉那些競爭對手比較。光九州就有湯布院跟黑川溫泉了，要想在競爭中拔得頭銜，第一步就是不能比他們遜色不是嗎？」

是這樣說沒錯，舞也這麼想。

「維持現狀的話就很難跟他們拉開距離，設備投資如果不能依照計畫進行的話，我們就沒有活路了。我們有義務要留給下一代充滿生機、成長茁壯的別府。長久以來一直維持日本第一的溫泉街，不能就這樣斷送在我們這一代。」

「我明白。」

看著八坂真摯且專注地說明，舞跟著點頭。即便如此，這種事無論是前濱分行經理還是相馬兩人也都很明白，明白歸明白，還是做不到，所以才會感到煩惱。

「無奈的是本行最近的業績也不是很理想。」

相馬說道。話雖如此，要是聽到「所以你們就接受吧」也會感到很困擾吧。

「明天旅館同盟的夥伴也會和我一起去找前濱分行經理談，不好意思，把兩位扯進了麻煩的事情。」

八坂鞠躬致歉。

「哪裡，這種事沒什麼，請別放在心上——話說，」

相馬將手放在臉前搖了搖，接著突然開口問道。

「我們剛才在大門口看到本行的牧野董事長，請問今天是有什麼聚會嗎？因為我想他應該是跟產業中央銀行的景山董事長一起來的。」

八坂抬起惘然若失的臉。

「您是說，董事長嗎？如果有這種聚會的話我應該會知道才對，但我以為今天什麼事都沒有。」

轉過身去向宴會負責人確認後，八坂接著說道：「有可能是來吃飯的，需要我去問一下嗎？」「不、不用問也沒關係。」相馬謝絕了對方的好意。

就算知道也不能怎麼樣。

舞個人是很在意昇仙峽玲子沒錯，但八坂的設備投資比起她或其他的事還要重要一百倍。

「如果這件事可以順利進行就好了。」

舞在心中說道。

# 5

八坂和其他旅館經營夥伴一起到別府分行拜訪是在隔天早上十點。

「這是比之前提出的銷售計畫更詳細的文件，請過目。」

八坂一臉嚴肅地看著正在閱讀資料的前濱分行經理。

「謝謝。」

前濱將文件從頭看到尾後，向他們道謝，卻不知為何依舊眉頭深鎖。「總之我先試著把這個提交給總行。」

「交出去之後，如果反應不好的話，是不是又要再修正資料了？」

突然插話的是站在八坂右邊，一名姓瀨戶的男人。看起來比八坂小上幾歲的年輕人瀨戶，從剛才交換的名片可以知道他是鶴菊旅館的執行董事，是老字號旅館血氣方剛的創業一派。

「哎呀哎呀。」

前濱伸出雙手，示意滿臉怒色的瀨戶冷靜下來。「各位一起過來實在讓我有些過意不去，但融資的交涉基本上是白鷺亭跟我們之間的事。」

前濱的話聽起來合情合理，但是對方卻無法接受。

「這話說得不對吧，分行經理。」

這次是從八坂左側傳來的聲音。這位是老字號旅館金鱗莊，一名叫作福田的男人。

雖然三人之中他年紀最長，卻是個頭最高大的，皮膚晒得像漁夫一樣黝黑，聲音也很大聲。

「你們必須要審查的文件應該不只白鷺亭的貸款，還有我們整條街的復興計畫。到底是會通過還是不會通過、要支持我們還是不支持，如果你們不講清楚說明白，我們也很難做事。」

「呃，我明白您的意思。」

前濱露出一臉乖順的樣子。話雖如此，因為這並不是前濱一人就能決定的事情，所以對話還是沒有結果。

「我們不可能一直在等你們銀行方不方便，要趁現在大家都有相同目標的時候往前邁進。如果你們沒辦法貸款給我們，就請早點給我們答案。」

前濱的臉因為八坂的話僵硬起來。

「但所謂的設備資金，一般都是跟主要往來銀行申請貸款的，如果不跟我們貸款，你們要跟誰貸款呢？」

「我真的不是很想這樣說。」

聲明完這點之後，八坂將背挺直，開口說道：「我們會去跟產業中央銀行貸款。因為顧慮到你們，所以目前還沒跟他們正式聯繫，但如果他們理解並願意協助我們，我們就會跟他們貸款，這也是逼不得已。」

「產業中央銀行嗎？」

前濱的語氣似乎參雜了一點驕傲的味道：「他們的審查比我們還要更嚴格，我覺得應該也很難通過喔。」

「可是經理，你不是說東京第一銀行因為業績不好，所以現在沒有辦法貸款給我們嗎？」

瀨戶嚴厲地指出那點。「那個意思不就是說，產業中央銀行的業績比你們家好嗎？既然如此，他們也有可能會認同我們的計畫，讓貸款申請通過吧！」

相馬與舞兩人緊張兮兮地看著雙方對峙。

「一直以來，不都是我們銀行在提供你們幫助嗎？」

這次前濱的語氣聽起來有些焦躁了。

並非不能理解他的心情。除了產業中央銀行是他們的競爭對手，前濱個人也跟八坂他們一樣，想要做些什麼而一直努力著。偏偏他現在卻成了銀行和眾人之間的夾心餅乾，什麼成果都做不出來。

「那方面我們一直都很感謝，但現在是必須改變眼前的情況了。」

八坂直盯著前濱，毅然決然地說道：「我明白你們銀行的困境，但是你們銀行本來就是要讓人家貸款不是嗎？做生意本來就會碰到失敗，真的要講風險就沒完沒了了。我們別府的溫泉街從來沒有像現在這麼齊心協力過，如果你是我們的主要往來銀行，就要拿出該有的樣子！」

話說完之後，三人深深地一鞠躬便離開了。

「在我聽起來，他們就是在給我下最後通牒，唉。」

目送他們背影離去的前濱意志消沉地喃喃自語。

「產業中央銀行不會那麼簡單就批准他們的計畫，幫助他們。不過，八坂社長的話也讓我滿受打擊的，真是的。」

「因為等不到本行核准他們的貸款，是因為這件事嗎？」

相馬開口發問。

「其實今天一早融資部門就聯絡我了，說只要銷售計畫中沒有明確的證明，這次就還是沒辦法通過。」

看來前濱判定剛才八坂提出的文件中也沒有明確的證明。

「畢竟這項計畫就只有單方面提到溫泉街的事情而已。」

前濱深深地嘆了一口氣。「所以真的很難讓總行同意。」

「我明白。」

相馬接著說道：「說觀光客會增加多少、營業額會增加多少，那些都只不過是預測罷了。一直以來就是隨著這些亂七八糟的大真預測起舞，看了那些根本不會發生的美好未來，結果都變成了眼下的不良債權。」

「就是這樣。」

早就半放棄的前濱點了個頭。「要是有擔保的話就好了。」

所謂的擔保，簡單說來就是借錢的規矩。指的是碰到沒辦法還錢的時候，就會被賣掉來抵債的東西。比方說土地、房子、股票——提出這類東西來擔保就能貸款。

雖然情況是這樣——

「只要有擔保就能借錢，那小孩子都可以借了。」

舞對這種有說跟沒說一樣的話感到生氣。「沒有不用擔保也可以借錢的方法嗎？這個計畫是否正確、可信度有多少，仔細研究這點，不就是融資審查應該做的工作嗎？」

「如果有那種方法，我們也不用那麼累了。」

相馬嘆了一口氣，接著說道：「銀行的世界就只有給擔保打分數這種方法，不管你的財務內容分析得有多仔細，碰到倒閉的時候就是倒閉。營運計畫會順利進行什麼的，講真的這種事誰也不能保證。」

「這次的申請大概會像之前那樣被擱置吧。」

前濱一臉沮喪。「產業中央銀行應該也不會通過他們的融資申請，雖然對八坂社長很抱歉，但想要振興溫泉街，也只能等待時機再次挑戰了。」

# 6

「我們沒有辦法期待銀行。」

這是旅館同盟集會中出現的第一聲。

八坂在聚集於此、大約二十人左右的旅館業者的視線下，向大家說明了這天在東京第二銀行的交涉過程。

「我們那麼認真寫出了計畫，銀行卻只考慮到風險，完全沒有想幫我們的意思。這個意思也就是說，之前我以為銀行應該會幫助我們的想法，大概還是太天真了。」

「連白鷺亭你們都沒辦法貸款的話，其他人去大概也都會碰壁吧。」

不曉得是誰做了這樣的發言後，四周不斷傳來贊同的聲音。

聚集在這裡的旅館業者，大家的年齡跟經驗都大不相同，但幾乎都像八代一樣，是繼承家業、世代經營旅館的人。說到他們的共同點，就是無論是誰都非常熟悉經營旅館的難處與嚴苛。

眾人開始提出各種意見。

要不要設立非營利組織跟全國募款？

成立證券公司發行債券——簡單說就是借錢——但應該沒辦法吧？

趕快找顧問公司認證營運計畫，銀行那邊就會通過了，怎麼樣——

接著立即遭到否決。

找顧問公司認證這件事本身就要花不少錢了，再說也不知道他們會怎麼評價吧。

如果找誰出資的話，至少也要給對方一些分紅吧，而且說不定哪天整個事業都被端走。

跟銀行以外的地方貸款，額外要付的利息都很高不是嗎——

各種意見都有，卻沒有究竟該怎麼做的關鍵決定。

一連串的熱烈討論下來，最後又像是回到原點那般。

「果然還是跟銀行貸款最便宜又最實在吧。」

回到最初應該被否決的意見了。

說出這個結論的是與白鷺亭並列老字號旅館的經營業者，名叫野本昭的男人。在這些人之中，經驗最為豐富的野本是會議的核心人物，說話也很有分量。

「我們以為認真跟東京第一銀行做說明，就能得到他們的理解，結果卻失敗了。這不光是我們的問題，而是跟銀行現在所處情況也息息相關的問題。」

「我知道，可是銀行又不是只有東京第一銀行這間。」

野本理所當然地說：「不是還沒跟產業中央銀行聊過具體的細節嗎？」

「不，其實我之前有私下跟產業中央銀行的分行經理聊過，老實說他沒什麼太大的反應。」

說這句話的人是鶴菊旅館的瀨戶。

「也是，那邊從以前就一直很嚴格，大家都知道。」

傳來了這樣的聲音。

「可以聽我說一下嗎？」

就在那時，野本再度開口，這次他從椅子上站起身。「其實，我擅自將今天我們有這樣的聚會跟某間銀行說了，然後對方就說，請務必讓他來打聲招呼。現在他人就在隔壁的房間等，要不要問他看看？」

出人意料的發展讓八坂瞪大了眼睛。

「您說的銀行是哪間銀行？」

如此發問之後——

「就是那個，產業中央銀行。」

野本的回答讓失望無聲地蔓延開來。

「是別府分行的經理嗎？」

八坂問了之後，野本卻出乎意料地回答：「不是，是總行——企劃部門的人。」

「其實我剛才有跟他提到一些我們在講的事，然後他就說說不定他能夠幫上什麼，希望我帶他一起來。這人說話感覺挺爽快的，還說我們要問他什麼都可以，放輕鬆聊就好了，大家覺得怎麼樣？」

「野本先生都這麼說了，也沒什麼關係吧。」

八坂半放棄似地同意。雖然不覺得可以解決問題，但只是請教一下而已，不會出什麼問題。

過不了多久，後方的入口才剛開啟，一名男人便走了進來。是一名穿著深色西裝，身材瘦長的男人。

還很年輕，但是——

他盯著並列聚在一起的業者們，雙眼射出了銳利的光芒。

「非常謝謝大家給我機會，讓我能在這裡和大家說話。野本社長，謝謝您幫我美言了幾句。我是產業中央銀行的半澤直樹，還請記住我的名字——」

男人散發出一股獨特的氛圍，八坂說不上來那種感覺究竟是什麼，最後他得到的結論是「可、怕」，這兩個字。

「所謂的銀行員不過就是放款人」，這是過去八坂從銀行員朋友身上明白的道理。

只不過是放款人，卻也不能小看這位放款人。

這個叫半澤的男人散發出來的，無疑就是放款人的可怕之處。

# 7

「欸、相馬，我有點事想問你，你有從八坂社長那裡聽說什麼嗎？」

前濱打電話過來問這件事，是在相馬和舞結束別府分行查核，又過了半個月左右發生的事。

「聽說什麼是什麼意思啊？」

相馬才剛結束東京都內的查核回來，聲音聽起來有些疲憊。

「就那個——有沒有跟你說對本行不滿或是抱怨之類的。」

「是有不滿，但我們之前不是一起聽到了嗎？發生什麼事了？」

舞在旁邊豎起耳朵，想知道發生了什麼事。

「就是啊，今天八坂社長跟我說他們已經不需要設備資金了。」

我不覺得你會因為這種事驚訝到打電話給我。他們大概是覺得要通過融資審查太難了，所以乾脆放棄比較好吧。

相馬這麼說了之後——

「不是那樣的！」

前濱在電話另一頭的聲音，聽起來已經失去了冷靜。「他說設備資金全部都會由產業中央銀行處理，產業中央會全面性地幫助八坂先生他們的溫泉街振興計畫，而且不只這樣，還說他們也會積極處理其他旅館的設備資金，你相信嗎？相馬。」

「你問我相不相信，我也……」

就連相馬也瞪大雙眼，不知道要怎麼回答：「可是，事實真的是那樣嗎？」

「到底為什麼會變成這樣？」

電話的另一頭，前濱生氣地提高音量：「現在這種世道，怎麼可能完全相信那種計畫還把錢拿出來。真的是，那間銀行到底在想什麼！」

也是因為學長學弟之間講話不需要客氣，讓前濱大肆抱怨了一番，待心情終於平復之後，才結束這段時間不短的通話。

「相馬先生，到底是怎麼一回事？」

聽著他們對話的舞開口詢問後，相馬用右手的指頭抵著下巴，表情十分嚴肅。

「產業中央銀行說要全面支持我們銀行鬧了半天、最後還是沒有通過的白鷺亭那筆融資，光這點就已經讓人很意外了，沒想到他們還說其他旅館的部分也會一起幫忙，太厲害了。」

「現在是欽佩人家的時候嗎？」

「我才沒有欽佩他們，我只是覺得，應該有什麼隱情。」

「什麼隱情？」

「不知道。」

話一說完，相馬就陷入了思考，一直沉默不語。舞不太清楚融資審查的細微關鍵，但在融資相關部門混了這麼久的相馬眼中看來，在別府發生的那件事果然有什麼問題。

「啊，你們兩個。」

就在這時，剛開完會的芝崎一臉慌張地走了進來，手裡還拿著手帕擦拭著額頭上的汗水。體型微胖的芝崎，是一個不論夏天或冬天，一整年都在擦汗的男人。但這個時候，特別是他的臉整個紅通通的，感覺真的很熱。看來是剛才那場會議上發生了什麼事。「你們兩個，後天下午五點，董事長好像要用銀行的內部電視向全體員工宣布緊急通知，到時候可別太驚訝喔。」

「緊急通知？」

相馬抬起頭。「怎麼這麼突然？」

現在不是年度結算也不是新年，更不是其他什麼特別的日子，董事長竟然要在這種時候親自宣布事情，以前從未有過這種事。

「因為業績突然跌太慘的關係吧，董事長似乎很有危機感喔，剛才在次長會議上，常務也出面鼓舞士氣了。」

芝崎該不會成了大家的箭靶吧。事務部分行指導組並非賺錢的部門，只是在背後工作的，因此也常常被質疑是否真的有存在的必要。這點跟沒有在賺錢但菁英群集的企劃部與人事部大不相同。

「換句話說，董事長要親自為全體員工加油打氣囉。」

「應該是吧。」

「應該是因為明明業績不好，但太多人做事還是隨隨便便吧。」

將自己撇除在外的相馬隨口說道。

「牧野董事長也很可憐啊。」

芝崎同情地說道，眉毛還成了八字狀。「好不容易當上董事長，卻必須在這種辛苦的時代掌舵，明明當上董事長應該是人生勝利組了，結果現在反而變成銀行業的輸家，不覺得可以明白他想號召全體員工的心情嗎？」

「如果大家的表現能因此改善提升，倒是沒什麼好說的啦。」

相馬彷彿事不關己地說著，舞也彷彿事不關己地聽著。他們兩人想都沒想過，來自董事長的緊急訊息，只是在那之後不斷出現的災難——雖然這樣說是否正確各有其判斷基準——的起點。

時間就這樣來到兩天後的下午五點——

和其他事務部門的同仁聚集在螢幕前的相馬看起來沒什麼幹勁，好吧，其實他平常也是這樣。相馬的右邊是板起臉孔的芝崎次長，再右邊則是舞，她站立著等待直播開始。

放下手邊繁忙工作而聚集在此的行員們，散發出的沉重倦怠感籠罩著整個樓層，彷彿是在說著——不曉得他到底要說什麼，但如果只是精神喊話一點意義都沒有，最好給我快點結束。

終於，畫面隨著往常的音樂開始播放，然而牧野董事長突然就出現在螢幕上，嚇了舞一大跳。一般應該會是由播報室的行員先出場，講一些毫無意義的開場白，然而今天什麼都沒有，董事長就直接出現在銀行的商標前了。

——今天聚集大家在此，是為了宣布一項重要事情。

牧野的臉筆直地朝著攝影機，儼如在盯著一個一個鏡頭另一端的數萬名銀行員工，視線動也不動。這是現場直播畫面，牧野的容貌雖然端正，卻可以從他的表情中看出無法消除的疲勞感。

——如同大家所知道的，去年九月，本行由於客戶不幸的重大破產事件，上期累積了高達兩千億圓的巨額負債，現在正走在恢復業績的路上。我相信大家都在現在被交付的職務中，每天都非常努力地工作，但銀行這個業界卻以超越這份努力的氣勢在變化，不論本行是否願意，都將被這股潮流吞噬。

所以要好好加油，千萬不能輸嗎？

恐怕在場的所有人都是這麼想的。

就連舞也是如此。然而並不是那樣。

——現在本行所處的情況並沒有辦法靠大家各自努力就能克服那麼簡單。另一方面，金融市場也以驚人的速度往國際化邁進，弱小的銀行將會一個一個被淘汰。為了突破這個難關，身為董事長的我研究了各式各樣的辦法，制定了經營策略，最後總算得出了一個結論。今天我要將這個策略，以及我的決心傳達給各位。

正當大家以為他的話告一段落了，牧野的眼睛突然像是被注入一股力量，用力地瞪大。

——本行將在後年的四月一日，與產業中央銀行合併。

整個樓層瞬間回歸寂靜。

合併——牧野的話太過出乎意料，反而什麼效果都沒形成。結果這些話剛開始只像是滑過那樣，由右而左地穿過大腦；然而，那句話也在一瞬間，以猛烈的力量逆流回來，翻弄著舞的思緒，讓她停止了思考。等她注意到時，自己已經「啊」的一聲叫了出來。

有這種反應的人不只舞而已。

整個樓層被大家動搖的心劇烈晃動著，到處都是驚訝的叫聲。

往左看去，芝崎就呆站在那，連眨眼也忘了。

相馬無力地垂下下巴，一臉茫然若失的樣子。

原先包圍著整層樓的倦怠感被打得零碎不堪，天翻地覆般的恐慌湧上。

「為什麼偏偏是產業中央銀行？」

有人低聲說道。

這句話包含著對對手根深柢固的競爭意識，以及身為東京第一銀行行員難以放棄的驕傲。

對銀行員而言，銀行的招牌就是他們的驕傲。

牧野的選擇，等同於要為了生存捨棄那個招牌。

──新成立的銀行將會叫作東京中央銀行。透過這次的合併，我們將建立國內頂尖銀行的地位，東京中央銀行會在這個變動激蕩的時代裡存活下來，並且在競爭中獲勝，成為最棒的銀行。我──我就是深信這一點，才會做出這個決定的。

牧野無限感慨的聲音宛如被撥動的琴弦般震動著。他壓抑著那股情緒，嘴脣緊閉。緊急通知在那之後和簡潔的結尾詞一同結束。不得不說這段影片反映出牧野的人格特質，冷靜的外表下，隱藏了一顆熱血的心，然而──

被驚濤駭浪洗滌過的行員，彷彿被扔在無止境的虛脫感中。精神的根本被搖晃得亂七八糟的銀行員的靈魂們，現在彷彿漫無目的地漂流著。

那個時候──

「這個是，玉音放送。」（註2）

相馬喃喃自語著。

心情上來說，不難理解為什麼他會把那個跟戰爭結束的廣播聯想在一起。然而事實是，比起因合併感到士氣提升，倒不如說整個樓層都充斥著不安帶來的挫敗感。

註2　指昭和天皇在第二次世界大戰末，以廣播告知國民同意無條件投降的詔書，玉音是天皇聲音的敬稱。

他們沒有辦法靠自己的雙手擺脫業績不好的情況，更令人難以置信的是，他們竟然還要跟同座城市中最大的競爭對手銀行產業中央銀行合併。

「我們到底會變成怎樣……」

芝崎心不在焉地說道。他的視線落在前方，卻沒有聚焦在任何東西之上。從他茫然的側臉看去，感覺他似乎也沒注意到自己方才說了那句話。

不久，整層樓的所有員工都拖著沉重的步伐，各自從螢幕前離去，往自己的座位走去。

# 8

「原來是這麼一回事……」

回到分行指導組辦公室後，相馬不知道在想什麼，只是專注地思考著，之後才突然喃喃自語出這句話。芝崎完全沒有心情處理文件，只是將兩隻手肘撐在桌上，手指抵在額頭上，一動也不動。

「你說這麼一回事是怎麼一回事？」

「就是在別府發生的事啊！」

相馬盯著牆上的某個點。「那個時候，我們看到了牧野董事長和昇仙峽玲子，然後產業中央銀行的景山董事長也在那裡。妳不覺得他們就是偷偷在別府的旅館見面，討論合併的事情嗎？」

的確可以想成是這樣，不、絕對就是這樣。舞心想。

因為在東京都心見面的話容易被人看到，假裝是去九州出差在別府見面的話就可以避人耳目，好好暢談一番。

「如果是這樣──」

相馬話說到一半，又閉上眼睛，抱起手臂陷入沉思。

究竟他在想什麼呢？

不久，相馬睜開眼睛，將視線緩慢地轉向舞。

「這只是我的想像，或許，產業中央銀行的別府分行早就知道合併這件事情了。」

他這句話讓人感到非常意外。

「相馬先生，你這句話是什麼意思？」

「銀行一旦合併，就會開始分行的統一或廢止。產業中央銀行別府分行、東京第一銀行別府分行，至今都是舉著各自招牌並存的銀行，某天突然要合併了，妳覺得會發生什麼事？」

被這樣問之後，舞也開始思考。

「一間銀行同時開兩間分行個別營業很奇怪吧，所以會把兩間分行也併作一間？」

「正確，但這樣就會產生一個對兩間銀行行員都很重要的問題。這個問題就是，究竟是哪一間分行要留下來，又是哪一間分行要被廢掉呢？」

那是當然的吧，但這個跟在別府的融資事件又有什麼關係？

「一般在這種時候，都會去問主要客戶到底要選哪間銀行，然後比較多人選的那間銀行就會被留下來。如果是別府分行的話，因為產業中央銀行和東京第一銀行這兩間分行的規模相差不大，所以應該會用這種方式來決定。」

「換句話說，也就是要進行人氣選拔賽來決定囉。」

舞越來越明白相馬究竟想說什麼了。

「沒錯。規劃別府溫泉街振興計畫的白鷺亭、鶴菊旅館、金鱗莊在溫泉街就是領袖般的存在，現在產業中央銀行認可那個計畫，而且還要提供設備資金，那些猶如別府分行支柱般的溫泉旅館客戶，應該都會把票投給產業中央銀行吧。產業中央銀行瞄準的其實就是這個吧。」

會有這種事嗎，計較銀行的招牌計較到這種程度，舞怎麼都沒辦法想像。

就算是舞，也是愛著東京第一銀行的。作為一名銀行櫃員，她接待過許多客人，有時讓客戶滿意，有時被客戶責罵——每天都會發生各式各樣的事情。但要說起為什麼在這裡工作，首先就是因為很開心，然後就是因為喜歡看見客人開心的樣子。

她當然也有身為銀行員的驕傲，卻沒到執著銀行招牌的程度。

「會做到那種程度嗎？」

舞用否定的語氣開口問：「銀行確實地評估客戶的計畫，然後才能正確地決定是否提供協助，這不是很理所當然的事嗎？只在乎合併後的存留，不論計畫內容就把錢借出去，這樣做是錯的呀。」

「嗯，是錯的。」

相馬一臉認真地下結論。「但是啊，這個就是現實喔，花咲，被留下來的那間分行的員工，可以繼續做他們的工作，但被廢止那間的員工卻不知道會被調到哪裡，至今處理的融資文件都要讓給對手，哭著把工作交接出去。這麼一來，本來有機會提升的業績都會消失。換句話說，事情已經超出銀行招牌的範圍，而是跟第一線行員息息相關的生死問題吧。」

「如果真的是這樣的話，也太不公平了吧！」

舞義憤填膺地說，她以銳利的目光看著相馬。「如果真的照相馬先生你所想的那樣，那合併這麼重要的消息就只有告訴產業中央銀行別府分行了。相較之下，我們董事長都到別取了，前濱先生卻完全沒被告知這些事。怎麼想都覺得產業中央銀行太狡猾了。」

「或許吧。」

相馬一臉苦悶，搖了搖肩膀。「但是我們也沒辦法證明吧，而且啊，花咲，真正的戰爭現在才要開始。直到合併那天來臨，不、應該說就算合併之後，這場你死我活的決鬥也還是會繼續吧。現在這個不過是序幕而已，拿棒球來比喻的話，現在不過就只是開球典禮吧。喂，妳要去哪裡啊花咲！」

就在那時，花咲用力地從椅子站起，發出喀噹的聲音。相馬瞪大眼睛看著憤然離去的舞的側臉，總覺得有種不好的預感。

「我要去昇仙峽稽核那裡，我有話要跟她說。」

果然不出他所料，相馬的喉嚨發出「咻」的一聲。

「妳去跟她抱怨也無法改變什麼——喂，回來、狂咲！」

相馬「吼」了一聲，皺起眉頭看著跑出門外的舞。

「受不了。」

咂了一下嘴後，相馬從自己的位置站起，不情願地追在行事魯莽的下屬背後。

# 9

舞開口的時候，昇仙峽玲子正一心一意地看著某份文件。她的桌上收拾得很乾淨，沒有任何多餘的東西，當然，也沒有什麼裝飾品。這天的昇仙峽穿著印有商標的純黑套裝，對突然出現的舞投以冷冷的目光。

「我猜您應該沒有注意到，但是前幾天我有在別府的白鷺亭看到您。」
舞的話一說出口，就看到昇仙峽的身體動了一下，她沒有任何回應。
「那時就是在跟產業中央銀行的董事長討論合併的事吧！」
「我不曉得他們進行了什麼樣的交涉，而且，這也不是妳應該知道的事。」
昇仙峽回以一個拒絕溝通的答案。
然而舞只是平靜地俯視著昇仙峽，繼續說道：
「老實說，我有件事想向昇仙峽稽核報告。那次交涉後，原本在本行別府分行難以過關的設備資金巨額貸款，產業中央銀行卻接手出資了。您知道這是怎麼一回事嗎？」
「住嘴。」
就在稍後趕來的相馬低聲制止她的時候，對方有了動靜。
「妳說的是真的？」
昇仙峽回問。她的表情有些許震驚。
昇仙峽不可能不知道相馬剛才提到合併時期會有的策略，她充滿知性的雙眼，浮現出類似憤怒的情感。雖然這個憤怒可能也跟沒有預約就闖進來的舞有關。然而——
「我不知道那件事，再說那些也只是推測吧，對方還會無奈地覺得是我們在找碴。」

從她口中說出的卻是這個女人一向該有的冷靜且客觀的看法。

「或許就是在找碴，但即便如此，我也必須要讓妳知道這件事。」

如此放話的舞，將視線對準昇仙峽，她強烈的目光幾乎要刺痛人。「如果那件事是真的的話，能夠訂正這種不公平的事的人我只知道妳，昇仙峽稽核，所以我才來報告這件事的，因為我認為讓妳知道這件事是有意義的，那麼我告辭了——」

話說完後，舞立刻就轉身，背向昇仙峽。就在那時——

「等一下。」

昇仙峽叫住她。

昇仙峽站起身，她的視線落在桌上的文件，彷彿陷入了沉思，大概就這樣過了幾秒鐘。

「不要瞎攪和了。」

她抬起頭盯著舞。「這不是妳可以說三道四的事，小心在妳做這些事的同時也是在自掘墳墓。」

「走吧。」

相馬叫住還想說些什麼的舞。

「這下妳滿意了吧。」

# 10

「有關之前在別府的事情。」

玲子開口攀談時，是在董事長們的聚餐差不多要結束的時候。

那是玲子跟往常一樣待在隔間等待，在處理完紀本從房內露臉命令「幫忙叫輛車」之後，走到大門口的時候。

剛好那時產業中央銀行的那個男人也走了出來。

「聽說產業中央銀行認可了我們家覺得會有風險的巨額設備資金，我調查過了，好像是無視風險的融資案件。」

「我聽說了，但是，當然不會無視風險。」

半澤回答。

玲子板起臉孔表達不滿，故意不把話說完，催促半澤繼續。然而在知道半澤並沒有要繼續說下去後，她馬上又自己補了一句。

「本行內部有人懷疑，是不是產業中央銀行提前將合併的事洩漏給分行。」

半澤神情不變，開口問道。

「我沒有證據，但假如這個是事實的話，請容許我提出抗議。妳不覺得在合併之前，遵守信義誠實是最基本的規定嗎？」

「正如您所說的那樣。」

半澤點了個頭。「那天的隔天，我參加了打算振興溫泉街那群溫泉業者的聚會，然後就知道了那個計畫，當然還有那些人的熱忱。雖然有相對的風險在，但我覺得絕對要幫助那個計畫，所以就把我的想法跟別府分行長和融資管理部的負責人說了，就只是這樣而已。」

不經意透露出滿腔熱血的半澤，讓玲子不禁感到困惑。這是她第一次發現原來這個男人有這麼充滿人情味的一面。

「我明白您想說的話。」

半澤在料亭門口的陰暗燈光下凝視著玲子。「不過，無論是產業中央銀行還是東京第一銀行，哪間分行留下來都沒差吧？我們應該最優先考慮的是客戶的利益，所以要在能做到的範圍內盡可能做到最好。我不過是做了理所當然的事，而客戶也因此感到很開心。」

現在玲子看到的，是半澤臉上浮現出滿足的笑容。

「謠言就只是謠言而已，但是無風不起浪不是嗎？」

玲子還是有些懷疑，沒辦法相信半澤所說的話。「您說的都是真的嗎？」

半澤露出挑釁目光就是在那個時候。

「這種就是所謂的，品行不好的人才有的推測吧。」

語中帶有明顯的敵意。

「您是說我們品行不好嗎？」

玲子直接回應對方的挑釁。

「我當然不想這樣想，我可是一直相信人性本善的。」

半澤回答：「希望您別被那種無聊的臆測影響，別讓我太失望了。」

料亭的大門傳來喧譁聲，董事長們在老闆娘的送客下走出。

半澤舉起手，引導在旁等待已久的車往大門口開過來。

玲子也跟著那樣做，但內心卻湧上一股不痛快的情緒。

同時，一想到接下來有可能會發生的各種衝突與經營策略，就讓她覺得頭昏腦脹。

不惜一切做到那樣所換來的銀行的未來又會是如何？

玲子怎樣也無法想像，只覺得不安與焦躁在心底轉啊轉的。

# 第四話

# 暴衝車禍

# 1

「這人真的太可惡了。」

表情夾雜厭惡與感嘆的相馬，將剛才看過的報紙「啪」的一聲放在桌上。

「真的。」

舞的聲音聽起來也很嚴肅且尖銳，彷彿在尋找可以讓內心那股怒氣發洩的出口。

『汽車衝撞新宿東口鬧區　輕重傷者逾三十人』

報紙上斗大的標題寫著這樣的文字。

這起事件發生在昨日晚間七點過後。

男人駕駛的汽車高速衝進充滿行人的新宿東口市區街道，將行人一一撞飛。

四處橫衝直撞的汽車在撞傷許多與男人毫無關係的無辜路人之後，又猛烈撞上馬路上的水泥柱才停下。

超過三十人輕重傷，是很罕見的犯罪行為。

然而駕駛人自身卻只有擦傷而已，在被送往醫院後，現在正在接受警方問案。

「說什麼犯罪動機是因為對世界不滿啦。」

混蛋！相馬又補了一句：「這什麼爛動機，這世界上有誰不會對世界不滿的啦！」

「真的，也太自私了。」

芝崎次長一臉慌張地走過來，剛好就在舞附和著相馬的時候。

「啊你們兩個，不好意思，可以請你們馬上去一趟四谷分行嗎？」

「怎麼了嗎？」

舞一問完，芝崎的眼睛便開始轉來轉去，很快地發現相馬的報紙。「啊！就是那個、就是那個啦！」他邊說邊拿起手帕，按壓著額頭上的汗。

「就是新宿那場車禍啊。麻煩的是，那個男的犯人好像有去四谷分行申請貸款，警方在確認事實後，現在要去四谷分行問案的樣子。所以想請你們去幫忙看一下情況如何。」

「有跟我們申請貸款？那筆貸款怎麼了？」

相馬問完之後，芝崎回答：「看樣子應該是被四谷分行拒絕了。」

對於他意味深長的語氣——

「該不會那個就是他開車亂撞人的動機吧？」

相馬一臉懷疑的問道。

「我是希望不是啦，所以才要你們去調查這件事。根據不同的情況，我們的接待方式也有可能會被人認為有問題，上頭正在擔心這件事。」

「那種事哪能算什麼動機啊！做錯事的明明就是犯人，怎麼可以拿銀行拒絕他來當理由，太白痴了。」

面對憤恨不平的舞——

「妳說的我都懂，花咲小姐。」

芝崎的眉變成八字形，為難地說道：「媒體這種東西就是會用各種理由來攻擊我們銀行，像是讓新聞節目的名嘴用一臉『銀行的拒絕方式不是也有問題嗎』之類的表現方式，帶來的負面影響可是很嚴重的。所以啊，在還沒出現什麼批評之前，我們需要先進行內部調查，看辦理程序方面有沒有出問題。」

「是說我也對這些莫名其妙的理由免疫了就是。」

相馬邊說邊起身，對一臉還想不透的舞喊：「喂，走吧花咲，我們去問一下四谷分行的貸款負責人，看看引起這起事件的男人究竟是個怎麼樣的人。」

## 2

「怎麼說呢，就感覺一副走投無路的樣子。」

聽完他們的來意後，三宅翔太如此回答。他在說話的時候，還一臉困惑地將拳頭放到嘴邊，接著又輕咳了一下。三宅正是四谷分行負責處理貸款的行員。

相馬與舞兩人抵達分行時，警方已經結束問案，刑警們都打道回府了。

「的確是有要搞出什麼那種危險的感覺，在貸款被拒絕的時候，他鐵青著臉，一句話都沒有說……感覺身心都很疲累的樣子。但我沒想到會發生那種事，所以也沒想到要通知警察。」

三宅一臉蒼白，垂下肩膀。

「這也不是你的錯，別放在心上啦。」

相馬一面說著，一面看著暴衝事件的犯人——富樫研也的申請文件影本。有貸款申請書、確定申告書的副本，還有住民票謄本的影本。（註3）

註3 提出確定申告書是指核對去年度收入，向稅務署確認納稅金額的過程，住民票則是根據法律製作而成，記載有居民資訊的文件，有點類似戶籍謄本。

接著——

「嗯，看樣子手續上沒出什麼問題啊。」

說完之後，他便將手上的檔案啪的一聲放在接待室的桌上。

「是什麼地方讓你覺得他看起來走投無路呢？」

這次換舞拿起那份資料，開口問道。

「從這個貸款的審核注意到的，他很明顯表現出要照顧母親，所以沒有什麼餘裕的樣子。」

犯人富樫之所以會提出貸款申請，是為了將住院中的母親接回自家照顧，所以需要翻修資金。

「現在他們是夫妻倆住在戶田市裡的一間小小獨棟，但因為要照顧母親，還需要再增加一個房間。」

申請金額是四百萬圓。

順便一提，這棟房子是在五年前購買的，而且也是借房貸買到的。現在在做的司機工作量也沒以前多，就以沒辦法償還新貸款的理由拒絕他了。

「這一定是致命的一句話，但感覺還是很奇怪啊。」

相馬歪了歪頭。「富樫這個男人是住在戶田市內吧？但是卻特地跑來四谷分行這裡申請貸款？」

一般來說，貸款會在自己住家或公司附近的金融機構申請，因為自營小客車沒有工作地點，所以在戶田市申請的話比較說得過去。

「因為之前就是在這裡開帳戶的，所以一直都是來這間分行辦事的。可能在搬去戶田市之前就是住在這附近的。」

「嗯，算了，也不是什麼大問題。」

相馬看起來並沒有很認同地帶過了，接著換了一個話題：「然後呢，刑警問了什麼？」

「跟現在在聊的差不多，就問對方表現出來的態度、有沒有什麼看起來會犯罪的行為舉止，大概就這種程度。」

桌上放有兩張新宿警察局的名片，說是之後有發現什麼的話，請再跟他們聯絡。

「那他們有問銀行處理程序方面的事嗎？」

認為這部分才是重點的相馬一直問有關這方面的問題。

「沒特別問到。」

相馬滿意地點了個頭，似乎對三宅的回應很滿意。「那就沒什麼問題了。」他快速下了結論。「這樣大家就會討厭犯人，但不會討厭銀行，嗯。」

「相馬先生，我覺得有個地方很奇怪。」

相馬轉向發問的舞，臉上的表情像是在說：妳又想搞出什麼麻煩事了嗎？

「這張住民票上面的日期是八月十日耶。」

「所以呢？」

「但是貸款申請書上面的日期是九月五日。」

「所以呢？」

舞對著重複發問的相馬說道：「去市公所拿文件再提出貸款申請之間經過了一個月。」

「那又不會怎樣。」

相馬完全不把舞的話當作一回事。「他可能很忙吧，想說要申請貸款所以先調查需要什麼文件，然後去市公所拿了，結果忙東忙西地一個月就這樣過了。再說，我們銀行只要三個月以內的文件都是有效的，花咲，要是超過三個月的確會有問題，但一個月前的文件完全是有效的，一點問題也沒有。」

「是這樣說沒錯啦。」

相馬都說到這個分上了，舞也只好同意。

「總之我們家在處理程序上一點問題都沒有，沒有什麼地方可以讓別人說嘴，這樣一件事就結束了！」

相馬擺出時代劇裡町奉行（註4）的樣子，接著很快地收拾準備離開。

「咦？是小舞？還有相馬先生。」

註4　町奉行是江戶幕府時代，掌管領地內地區行政、司法官員的職稱。

兩人被叫住是在結束查核回到一樓的時候，正準備往大門離去的舞與相馬轉向聲音的主人。

「小夜子！」

「啊啊，是仲上！」

兩人一出聲後，他們回話的對象仲下小夜子便鞠躬示意：「好久不見了。」她是以前跟相馬和舞一同在代代木分行工作的同事。

「原來妳現在在四谷分行啊？」

看著一臉驚訝的相馬，她指著二樓低聲說道：「我現在在融資課。」

「話說怎麼樣了，我是指三宅。」

「沒怎樣啊，應該沒什麼事吧？妳呢？現在要回家了嗎？」

這麼問著的同時，相馬又反問仲下：「有什麼需要擔心的部分嗎？」

「其實我是負責指導三宅的人啦。」

「哦喔，原來是這樣啊，不過我是覺得沒什麼好擔心的啦，還是妳在擔心其他事？」

「也不是……」

在相馬一臉樂天地發問後，小夜子露出苦笑。「我之前一直是在這間分行負責融資的人，現在則交接給三宅了。」接著她說出了令人意外的事情。

「交接的意思是，妳要被調去哪裡了嗎？」

舞一發問，小夜子便害羞地將目光往下移。

「還沒跟你們說呢，其實我要結婚了啦，下個月底我就要從銀行辭職了。」

「因為結婚離職嗎！」

舞驚訝地說道：「真羨慕啊！但就這樣離職不會很可惜嗎？如果我的資歷跟小夜子一樣的話，一定會繼續在銀行做下去的。」

「因為我先生要被外派去泰國工作，雖然我也猶豫了一陣子，但果然遠距離還是太辛苦了。」

「也就是說，比起工作還是選擇了伴侶了呢。」

「妳連選擇的機會都沒有咧，花咲。」

相馬笑道。

「你這種發言很有問題。」

舞瞪了過去，然後又轉向小夜子，笑著對她說：「可以在泰國度過新婚生活感覺很棒耶！」

「才沒有呢，撇去國外超辛苦的，還要在當地重新交朋友。現在是還好，但之後也不得不考慮孩子的教育，父母生病也沒辦法馬上趕回來，一堆有的沒的。」

「原來是這樣，感覺真的很麻煩耶。」舞回答。

「所以交接的部分也要確保萬無一失啊。」

小夜子接著說道：「要是離職後出現什麼問題，人在國內還有辦法解決，但如果已經出國了，想幫也幫不上忙吧。」

「竟然連辭職後的事情都考慮到了，不愧是小夜子啊。」

之前跟小夜子一起當同事時，她在工作方面就一直是很完美無瑕的人，看來她的工作態度無論經過幾年還是依舊。

「三宅做事很謹慎的，沒問題啦，畢竟是小夜子帶出來的人啊。」

「是啊。」舞說完後，小夜子只回了這句話，接著將視線移開，不再看舞跟相馬，而是盯著牆壁上的某一點。「那些先不管，想要平安無事走到最後也沒那麼容易。」她繼續說道：「沒想到最後的最後竟然又發生這種事。」

「這種事也不是想避免就能避免的啊，仲下。」

相馬難得說出這番道理。「銀行這個地方就像車站的月臺，各式各樣的客人會聚集過來，然後又離開。我們不但沒辦法選客人，還得對每位客人公事公辦，不管是要同意還是拒絕對方的貸款申請，重點在於身為銀行員有沒有正確處理，跟對方是誰一點關係都沒有。」

「這應該是我聽你說過最動聽的話了吧，相馬先生。」

舞笑著說出這句話後——

「混蛋，妳以為我當了幾年銀行員啊！」

相馬爆粗口回話。「雖然沒想到會發生這起事件，但用不著擔心，四谷分行的處理程序上沒有任何問題。所以妳就安心去泰國吧，到了那邊，有什麼好吃的再想辦法寄給我喔！」
「結果還是這副德行啊？」
舞傻住。但就像相馬所說的那樣，這次的貸款在處理程序上的確沒什麼問題，而且四谷分行也回到了平常的日子——應該是這樣。

## 3

「四谷分行真的運氣很不好耶。」
才剛結束內部會議回來的舞，聽到相馬意外的發言後，開口發問：「發生什麼事了嗎？」
距離他們去四谷分行訪談回來，差不多過了兩星期。
「妳知道舟町家居吧？」
「嗯，當然知道，他們怎麼了嗎？」
那是一間經常在電視上打廣告的大型建築公司。
「舟町家居其實就是四谷分行的大客戶，但今天的晚報，他們登上東京經濟報紙的頭條了。說在很多工程上都偷工減料，現在融資部門可熱鬧囉。」
「在工程上偷工減料？什麼樣的偷工減料？」

舞將開會用的文件放在桌上，開口問道。

「他們雖然一直都是走低價建築路線的公司，但卻沒按照給客戶的規格去建房子。不僅耐震結構做得隨隨便便，外部的水泥工程也為了節省成本做得比較薄。要舉更可惡的例子的話，聽說他們還把空罐子埋在柱子裡，這樣就可以減少使用水泥了。」

「太誇張了吧！」

「因為漲了不少啊，水泥的價格。」

相馬回答：「譬如說要蓋停車場啊，契約書上寫的規格是水泥厚度十公分，結果只做了五公分之類的。做出來的水泥是埋在地下的，所以買方根本也不會知道到底是十公分還是五公分。像這樣不斷偷工減料，就能以不正當的方式提高業績。」

「太過分了吧，不過這件事是怎麼被發現的啊？」舞問道。

「好像是有個東京經濟報紙的記者也是買舟町家居的房子，他在偶然之下發現停車場有龜裂的情形，然後就開始調查了。他本來有提出申訴，但沒有被理會，所以就自己去調查舟町家居蓋的其他房子，然後才發現他們的假工程。再怎麼說也是足跡遍布全國的公司，也不曉得他們是從什麼時候開始偷工減料的，現在懷疑光關東地區就至少有三千棟都有問題喔。」

「三千棟！」

這個數字大到舞不經意地叫了出來。

「我猜晚間新聞應該都會大肆報導這件事，想當然舟町家居的信譽也一落千丈，還會有賠償方面的問題，這件事應該會鬧得很大喔。」

「先別說賠償那些有的沒的，這已經可以算是腐敗了吧，那間公司。」

「我們銀行可是一直都在借那間腐敗的公司錢喔。」

相馬的語氣給人有種沒完沒了的感覺。「四谷分行的貸款餘額可是高達五百億圓。」

「那麼多！」

舞不禁目瞪口呆。「以四谷分行的融資額來看，這個金額很少見吧！」

「沒錯，畢竟以地方銀行來看，四谷分行處理的大多是中小企業。」

相馬面有難色地抱起兩隻手臂。「對四谷分行而言，舟町家居簡直就是分行在經營上宛如支柱般的大客戶，更別說它還是東京證券交易所市場第一部的上市大企業。」

本來這種企業應該要由營業本部那種專門處理大企業的總行部門來處理，而非由分行。

但四谷分行之所以擔任他們的主要往來銀行是有原因的。

「在舟町家居還只是一間主打統包工程的公司時，曾經陷入過經營危機，跟他們往來的銀行一個個抽手，那時只有四谷分行相信他們的社長，持續給予援助。已經過世的前人為了感謝這份情誼，不管企業規模擴大多少，都堅持不把交易轉到營業本部的樣子。」

「這段故事聽起來很棒耶！」

舞瞪大眼睛。「這麼重視情義的公司，卻對顧客這麼不誠實，怎麼會這樣？」

「世代交替啊，世代啊。」

相馬皺起眉頭。「重視情義的老一輩已經在五年前過世了，現任社長由他的女婿接任。」

現任社長是津山浩紀，五十四歲。繼承經營權後，迅速提升舟町家居的業績，以一名企業家來說評價很高。

「不管怎樣，這下子成為大筆不良債權的候補選手也誕生了。不過現在可是要跟產業中央銀行合併的緊要關頭，想必上頭的人現在也都繃緊著神經吧。」

「你是說慣例要開的合併準備委員會嗎？」

舞的語氣中帶有一絲厭煩。

在決定與產業中央銀行合併後，目標朝向統一經營的合併準備委員會也於前幾天開始正式啟動。

委員會的成員由雙方銀行的行員所組成，銀行合併後，大家都希望多少對自己銀行比較有利，所以在人事和系統等方面也展開了激烈競爭。

「融資系統用我們這邊的。」

「不行，你們的效率太差，用我們的。」

像這樣反覆討論。

萬一主導權被搶走了，所有事情都會以產業中央銀行為主，銀行合併後，東京第一銀行的行員就只能坐冷板凳。為了避免這種情況發生，現狀也演變成賭上自身銀行的驕傲來一決勝負的拔河賽。

「雖然雙方在不良債權方面都抱有不小的金額，但在財務健全性方面，印象中還是產業中央銀行比較好一點。眼下又多了一個不良債權的候補選手，東京第一銀行的審查系統或許也會出問題。」

「是說，產業中央銀行跟舟町家居都沒有交易往來嗎？」

舞好奇地問了之後──

「其實啊花咲，這個就是問題所在。」相馬皺著眉回答。

# 4

回到企劃部樓層的紀本看起來有些面紅耳赤，他剛才在委員會上，與別人激烈爭論了一番。在經過昇仙峽玲子的座位時，他放慢腳步，說了一句「方便進來一下嗎？」玲子跟在他背後，一走進部長室，紀本發出「唉」的一聲，深深嘆了口氣，並將整個身子埋進扶手椅中。

「產業中央銀行好像回收借給舟町家居的貸款了，還說東京第一銀行在融資管理上太過天真了，聽了實在很不爽。」

玲子沒辦法馬上將這些話照單全收，她吸了一口氣，等待紀本接下來還要說些什麼。紀本發出「嘖」的一聲，視線從牆壁往天花板上移去，接著再次轉回正面，臉上浮現怒氣。

「據融資部的說法，四谷分行上個月才剛通過舟町家居一筆新的貸款，一百五十億圓。這筆錢是要全額付給我們的競爭對手，產業中央銀行的貸款。妳知道是怎麼一回事嗎？」

普通的情況下，替良好交易往來客戶承擔他行貸款算是戰略上的勝利。

「卻沒想到，因為這件醜聞事與願違了。」

紀本的言語中充滿疑惑。「問題是四谷分行之前竟然沒發現舟町家居這件醜聞，作為主要往來銀行，如果有好好收集情報的話，是否可以避免現在這種事態？這究竟能不能說是我們銀行的融資系統有瑕疵呢——」

「產業中央銀行是用什麼理由回收貸款的？」

「說是多虧分行在授信上出色的判斷，但根據融資部的情報，找不出產業中央銀行有什麼合理的理由非得回收舟町家居的融資不可。」

紀本意味深長地說。

「換句話說，不過就只是幸運避開罷了。」

「運氣這種東西，沒人知道會往哪去。昇仙峽，輸家可能一夜之間就成了贏家。這個世界是很可怕的。」

而輸家與贏家再透過統一經營合而為一的話，事情就變得更複雜了。不論如何，被說授信風險審查太過天真，是會影響東京第一銀行的信譽的。

向來比別人更心高氣傲，又以身為東京第一銀行的銀行家為榮的紀本，絕對不會忽視這種事。

「舟町家居的業績恐怕會急速衰退吧。」

紀本繼續說道：「這種信用受損可能會成為致命傷，要是被『分類』，還可能直接衝擊到我們銀行的業績。」

在銀行界中，所謂的「分類」簡單說來，就是被認定有倒閉風險的不良債權候補選手。

銀行有個規定，會準備一筆資金來填補公司倒閉時的缺口——

換句話說，無論實際上有沒有倒閉，光是被分類這個動作就會扣去銀行的餘額。根據金額的大小，有可能演變為動搖銀行根本的事態。

「要不要分類，我們只能從往後的業績來判斷，現在的問題是得弄清楚四谷分行究竟有沒有看清這個狀況。在與產業中央銀行合併準備時，這件事可能會成為影響整個趨勢的一個要素。」

紀本對領悟到全新使命的玲子說出了意料之中的話：「四谷分行的審查究竟有

沒有紕漏，希望妳用那雙眼睛好好地調查。」

# 5

「小舞不好意思，好像還要再等一下。」

他們再度來到四谷分行。

等待的時候，舞在一樓營業課幫忙處理文書。下到一樓的小夜子對她說了那句話後，也向相馬鞠躬說道：「不好意思讓你們久等了。」

向來容易擔心的芝崎次長請他們再來四谷分行看情況的時候，時間已經超過下午三點了。在他們提出要見分行經理埜村康一打聽情況後，也已經等了快兩小時了。分行經理正在會客，但就連小夜子也不曉得那名客人是誰。

自昨天察覺弊端以來，舟町家居的偷工減料工程瞬間成為轟動社會的大醜聞。在媒體大肆報導的同時，該公司也接到了許多客戶的詢問及批判。雖然這樣的發展一點都不意外，但舟町家居的信用也在一夕之間瓦解了。

由於主要交易銀行四谷分行受到的衝擊比想像中更嚴重，相馬與舞兩人再度前來，只見行員們的臉上沒了活力，銀行內部也宛如墳場一般悄然無聲。

「這傢伙最好是快要回來了。」

在牆壁上的時鐘就要指向下午六點時，相馬開口說道。

就在這時，往二樓的樓梯間出現人的氣息。

分行經理埜村和幾名行員一同下到一樓。

往那邊瞄了一眼的舞，在發現一張眼熟的臉後不由得發出「啊」的一聲。

「昇仙峽……」

相馬低聲說道。這時昇仙峽也注意到了分行指導組，但她並沒有說任何話，只是從他們身旁經過，往大門走去。

「企劃部的人來這裡究竟是要做什麼？」

相馬訝異地盯著她的背影。

「經理，事務部的分行指導組在等您。」

埜村才剛禮貌性地送昇仙峽離去，小夜子便開口說道。

「分行指導？」

埜村沙啞地說道，並對相馬與舞兩人投以嚴厲的目光。

「如同你們所看到的，現在就是一團糟。」

埜村將雙手大大攤開。「可以放過我了吧？」他冷淡地說道。

「在您百忙之中打擾真是不好意思，但我們也是被下令來瞭解一下狀況的。」

對下屬強勢的相馬在對上職位比自己高的人倒是顯得特別軟弱，馬上變得畏畏縮縮的，仰望著埜村。

「你們只要瞭解狀況就好了吧，不好意思我很忙——喂，川村。」

埜村叫住身旁一名行員。

「你來把目前為止的事情發生經過告訴分行指導組。」

「是。」

川村尚之面無表情地回答。他是外表看起來三十歲後半，不怎麼好相處的一名男人，看樣子就是舟町家居的融資負責人。

「在那邊說可以嗎？」

他指向營業課角落的一間小小接待區，接著說道：「請等一下，我去拿資料過來。」說完便往二樓走去，暫時消失在大家面前，隨後又抱著舟町家居的信用檔案回來。

「借我看一下喔。」

相馬開始翻閱資料。「原來如此，是川村先生提議融資來償還產業中央銀行的啊？」

「那部分有什麼問題嗎？」

或許是被刺激到了，川村突然頂了回來。「誰知道舟町家居會做這種違法的事啊，而且融資部還不是通過書面文件的申請了。」

「嗯，是這樣沒錯。」

相馬表示認同。「產業中央銀行對轉貸有什麼想法？」他問：「很反彈嗎？」

「一般都是這樣吧。」

川村回答。

「這次呢？」

「這次——不知道啦！」

川村的眼神飄向別處，嘆了口氣。「我們是給貸款了，但向產業銀行提出想還款的是舟町家居自己。我沒聽說他們有跟產業中央聯繫過，但就算聽說了也不能怎樣。不過，看這個情況，我猜他們應該很反彈才是。」

川村想說的應該是，舟町家居是各家銀行都想要來往的對象，簡單說來就是這樣。

相馬觀察著川村，同時也在想著什麼的樣子。

「雖然他們真的做了那些非法行為，但之前都沒有徵兆嗎？」

「沒有。」

「也沒有討論過他們家跟其他公司比起來，收益率高太多了之類的嗎？」

川村的臉上浮現不滿。

「您是說因為收益率高就要懷疑人家從事非法行為嗎？收益率也不只我們，融資部的審查擔任監察也有看過，先別說誰也沒指出這點有問題，還因為收益率高給了不錯的評價，難道不是嗎？」

「我想也是。」

相馬給予認同，將視線暫時移回手中的文件。

「舟町家居的銀行窗口是會計部吧，他們的應對方面有什麼可疑的地方嗎？」

「沒有。」

對於川村快速且簡短的回答，相馬輕輕地嘆了口氣。

「我知道了，不好意思打擾了。」

看來從川村這可以打聽到的事大概就這樣了。

「這樣就好了嗎？相馬先生？」

等川村離開接待區後，舞開口問道。

「從舟町家居的工程開始偷工減料據說都有五年了，可是在這段期間，沒有半個人發現這件事，所以也不能只責怪川村一個人吧。的確，用收益率上升這種理由多少可以說明啦。」

「換句話說，現在四谷分行的授信評審沒有問題。」

「一般的授信審理也很難發現這種非法行為吧。」

相馬再次沉默，陷入思考。「但是，為什麼產業中央銀行可以逃過一劫，沒有任何損失？」

「記得融資部認為那只是單純的偶然。」

但也很難判斷究竟是真是假。

「或許是這樣吧，但總覺得有點不太自然。」

相馬說到。「那間產業中央銀行會這麼容易就同意償還高達一百五十億圓的貸款嗎，怎麼都覺得難以置信。」

借錢給往來公司客戶是銀行的謀生方式，對銀行來說，因借出金額獲得的利息是很重要的收入來源。

「而且一百五十億圓的融資還是一次還清，悔過書上面是這樣寫的。」

「那相馬先生你是怎麼想的呢？」

「我是在想，說不定產業中央銀行事先就掌握到舟町家居的非法行為了。」

相馬繼續盯著牆上的某處，徐徐道來：「然後剛好又接到我們的轉貸，所以就順水推舟，讓他老實地還錢——」

「但這不是沒有證據嗎？」

「是啊。」

相馬乾脆地承認。「而且就算產業中央銀行從哪裡得知舟町家居做了什麼違法的事情，也沒辦法避免四谷分行的過失。」他繼續說道：「但不管怎樣，這絕對是一起消極的事件。誰對誰錯，這種事就算調查了也不會有什麼結果。可以說這大概直接被當成失敗的處理方式了。」

「是這樣嗎？」

舞反駁。「哪裡做錯了、哪裡做得不足——正是在失敗的時候好好探究原因才能繼續下去。如果現在沒辦法改變，未來也無法改變吧。」

相馬許久都沒有回應，後來才開口。

「或許是妳說的那樣吧，但是，事情的真相卻在產業中央銀行這層面紗對面。」

「才沒有這種事呢。我們走吧，相馬先生。」

舞突然起身，相馬一臉驚訝地看著她。

「走？是要去哪裡？」

「舟町家居已經償還產業中央銀行一百五十億圓的貸款了，我們就去打聽真相啊。」

「妳在說什麼啦？妳該不會要直接闖入舟町家居吧？那我們直接請剛才的川村先生幫——」

「才不是，不用去舟町家居也有更簡單的方法吧。」

「更簡單的方法是指？」

相馬抬起眉頭，有種不好的預感。果然不出所料，舞下一句就是令人意外的話。

「我們去跟產業中央銀行的四谷分行打聽看看吧。」

「妳說什麼？」

相馬突然大叫了出來。「喂喂喂，誰會告訴敵人自己的內幕消息啊？」

「反正就要合併了，才不是什麼敵人呢。而且不是說昨天的敵人就是今天的朋友嗎？你要是不去，我就自己去問了。」

舞飛快地走出接待室。「花咲、等等，我也要去。」相馬慌張地追在後頭。

# 6

「東京第一銀行事務部分行指導組？」

接過名片後，依照預期所想的那樣，對方臉上浮現出訝異的表情。「請問是要問舟町家居的什麼事情呢？」

他們在產業中央銀行的櫃檯表明來意，就被帶到接待室。出現在那裡的是一名四十歲上下的主力行員，名片上寫的是融資課長，小牧健次郎。看起來有點像在裝糊塗的樣子。

「上個月，貴行回收了借給舟町家居的一百五十億圓貸款對吧，我們來是想問當時的狀況。」

對於舞的發問，「啊，是的。」對方雖然這樣回答了，但不曉得是發生了什麼事，只見小牧突然吸了一口氣，神情凝重起來。

「我們銀行很積極地給舟町家居建議，最後成功讓他們跟您們產業中央銀行轉貸——我這樣理解可以嗎？」

舞直截了當地發問，接著……

「有點不太對耶。」

意料之外的回答。

「不太對？」

相馬不禁往前靠了點。「哪方面不對？」

「如果是這樣的話，不就像是你們家的四谷分行被耍了一樣摸？我跟你們說，毋是這樣的。」

小牧講話微微帶點關西那邊的腔調。

「但是舟町家居有向您們申請償還貸款是事實不是嗎？」

舞開口問道。

「毋是，其實誤解就是從這裡開始的啦。」

小牧修正說法。「是我們銀行拜託舟町家居償還貸款的。」

「你說什麼？」

相馬瞪大雙眼。「也就是說——後來交易才會取消囉？為什麼？」

「為什麼？」

他並不是在問相馬，而是像在問自己的樣子。「這個理由，我想你們應該也知道才對。」

舞不禁與相馬對看了一眼，接著開口問道。

「您是指他們在工程上偷工減料的事嗎？所以這件事產業中央銀行事前就知道了。」

「嗯，可以這樣說啦。」

雖然他的回答有點曖昧不明，但果然——產業中央銀行早就發現舟町家居的違法行為。

「方便的話，可以請您告訴我嗎？」

舞開口問：「請問您們是怎麼知道這件事的？」

「關於這點，我也不太清楚能說到什麼程度。」

小牧的視線落在相馬跟舞剛才拿出來的名片，小心地選擇用詞，應該是因為這部分有關內部機密。「總之是從跟舟町家居有往來的業者那聽說的。」

「有往來的業者……」

相馬喃喃地重述了一次。「請問這個消息是產業中央銀行靠自己的門路打聽到的嗎？」

如果是的話，東京第一銀行四谷分行本來就不可能會知道。然而……

「說是自己的門路嗎，還是偶然呢？」

小牧模糊地帶過。「但其實我也有點驚訝耶，因為我以為您們東京第一不會轉貸一百五十億圓過來，本來還想說這個申請會被擱置。」

無法充耳不聞的內容。

「那個、請問您這句話是什麼意思？」舞問道。
「因為貴行應該也事先就知道這些事才對。」
相馬看著對方，但從他的表情可以看出他的內心十分混亂。
「那個、不好意思，您的意思是，把消息告訴貴行的那個業者，也跟東京第一銀行有來往嗎？」
舞開口問了之後，小牧瞬間露出有些困擾的表情。
「這部分說起來就有點……如果貴行並不曉得這件事的話，我的判斷是沒辦法回答這個問題。」
「因為守密義務嗎？」
「嗯，就是這樣。」
小牧回答舞的問題。「不過，我覺得那個業者確實有跟貴行來往，畢竟他是被我們的窗口建議，去舟町家居的主要往來銀行，東京第一銀行問問看的。」
「受到窗口建議──」
大概是對一臉認真發問的舞感到有些過意不去，小牧又補上最後一句──
「這件事我們也有跟警方提到。」
舞在聽到這句話的那瞬間，突然抬起頭。

# 7

「喂，花咲，對方提到警方到底是什麼意思啊？」

再次往自家銀行的四谷分行前進時，相馬小聲地問：「該不會舟町家居的事情已經出動警察了吧？」

「不是這樣的，相馬先生，是貸款啊，貸款！」

「什麼？」

相馬驚訝地回問。

他們走進大門，往二樓上去，在那裡看到了小夜子的身影。

「不好意思，我們想再跟三宅先生聊一下，可以幫我跟芝村經理說一下嗎？」

舞開口請求。

那時已經超過晚上八點了，整個辦公區飄浮著一股一天已結束了的疲憊氣息。

「要找三宅？請等一下，我現在就跟經理聯絡一下。」

小夜子打了內線電話到會議室，跟正在和下屬開會的經理告知舞他們的來訪。

他們現在大概就是在討論今後與舟町家居的交易。

「經理說如果要找三宅的話，他也要一起。三宅剛才去了書庫，我去叫他吧。」

小夜子從舞的態度察覺到了什麼。

「我也一起去。」

舞追在後頭，跟往書庫所在位置三樓去的小夜子一同往上跑去。

上到三樓後，左手邊有一間房，一扇很厚的不鏽鋼門敞開著。

裡頭的燈是亮著的，鐵欄杆的內門也是開著的。

書庫裡的書架高達天花板，整整齊齊地排列著。裡頭有銀行的各種書籍依照分類排放，按時間順序整理而成。

「三宅你在嗎？」

小夜子喊了一聲。她往左手邊更裡面看去，只見幾個箱子堆在地上，三宅拿了椅子代替凳子，正在將文件清出來。

感覺像在找什麼的樣子，白色襯衫已經捲到手肘的三宅額頭上布滿了汗水。

「花咲小姐說有事情想問你。」

「不好意思，在你這麼忙的時候來打擾了。」

舞從小夜子身後喊道，在看到三宅的臉時暗自吸了一口氣。因為她看到三宅一臉緊張、眼睛裡也都是血絲。

「發生什麼事了嗎？」

舞忍不住開口發問：「不，沒事。」三宅笑了一下，想簡單把事情帶過去，便開口：「那就去接待室吧？」

「不用了，這裡就可以了。」

舞開口說，接著問：「我是要問前些日子在新宿發生的那場暴衝車禍犯人的貸款，我記得那個人的職業是司機沒錯吧？」

「呃，對，是的。」

三宅回答後，舞又接著問。

「是什麼樣的司機？」

「喂，花咲——」

追過來的相馬在她身後小聲說道：「妳幹麼問這些毫不相關的事情？那件事早就都已經解決了吧。」

「請等一下，我現在去拿貸款的檔案過來。」

就在三宅正要踏出步伐時——

「沒有檔案你就想不起來了嗎？」

舞的這句話意外地不給對方面子，語氣尖酸到小夜子突然回過頭來，但她馬上又將視線放回三宅身上。

「我想是，混凝土攪拌車。」

三宅的聲音也出乎意料的緊張。

「暴衝車禍的犯人富樫研也——對吧？那個人是在哪間公司上班的，你應該知道吧？」

氣氛瞬間沉默下來。被厚重牆壁包圍著的書庫內部，現在安靜得令人窒息。然後入行兩年的三宅一臉疲累地站著開口。

「是舟町建設。」

「那是舟町家居的承包商嗎？」

確認三宅微微點了個頭代替回答後，舞繼續問：

「之前，在發生富樫研也的暴衝車禍後，你有給我看過富樫的貸款申請書對吧。那時候我有注意到申請日是在九月五日，但附上的住民票卻是將近一個月前申請的，這件事你也有注意到吧？」

「喂，花咲，妳到底——」

相馬一臉搞不清楚狀況，然而舞卻完全忽略他，只是凝視著三宅的樣子。現在這名將視線落在地板的貸款負責人新人，彷彿被凍結了一般全身僵硬。

舞看著持續沉默的三宅，毅然地說道：「以下是我的推測。」

「犯人富樫在跟我們申請貸款前，其實先去找了產業中央銀行四谷分行申請了對吧？從討論貸款到正式申請，然後還要繳交文件到結果出來，大概要花兩個星期吧，但結果卻被拒絕了。以富樫就拿著被產業中央銀行退件的住民票來我們這裡申請貸款，住民票的發行日期之所以會早這麼多，也是這個原因吧？」

雖然舞都是用問句，但感覺並沒有在期待三宅開口回答。

「然後，我們銀行審查的結果，同樣也拒絕了富樫的貸款。但就在三宅先生告訴他這個結果的時候，你也從他那裡得知了一件很重要的事情，是這樣沒錯吧？」

三宅一動也不動，好像沒有聽到舞的聲音似的。

宛若鉛重一般的時間籠罩著四周，小夜子以及身後的相馬也始終維持著不發一語。

「三宅先生，請你老實回答，就算你繼續隱瞞，這種事情總有一天也會水落石出。有可能是富樫本人口述透露給警方，也有可能是從產業中央銀行傳出來，你繼續沉默下去也不會有什麼好結果。」

三宅抬起頭來，瞳孔中帶有不安，嘴脣才剛有些震動時——

「對不起。」

那句話就這麼出來了。

## 8

「那是在結果出來，拒絕他貸款的時候。」

面向書庫的三宅緩緩地開口說道：「犯人富樫是在舟町家居的承包商工作，但賺的錢不夠他償還貸款的錢。他才剛換混凝土攪拌車，負債又變更多了，以他目前的狀況來說要貸款很難。我這樣跟他說之後，他就說『你們不肯貸款給我，卻可以給舟町家居融資嗎？』……我問他是怎麼一回事，他就開始說工程有偷工減料的事情了。」

「然後，你就一直裝作不知道有這件事。」相馬責備地說。

「我沒有。」但三宅搖了搖頭。

「我馬上就把這件事跟負責人川村先生說了。」

舞稍微看了一下相馬的側臉。照三宅的說法，川村應該是說謊了。

「但是川村先生說他什麼都不知道。」

「不可能。」

三宅提出抗議：「川村先生跟我說要把這件事寫成報告書上呈。」

「喂喂喂，等一下。」

相馬面有難色地低下頭，右手手指用力地撐著下巴。「然後呢？如果報告書有遞上去的話，埜村經理應該也會知道這件事才對吧。」

自三宅拒絕富樫貸款以來已經經過一個星期左右，現在是九月中旬。繼產業中央銀行，東京第一銀行在這個時間點應該也掌握了相同的資訊才是。

然後，雙方在那之後的應對方式卻不同。

產業中央銀行非常看重這件事，馬上就回收貸款了；但主動向舟町家居提出融資的東京第一銀行卻選擇無視已暴露的事實，繼續實施企業融資。

「三宅先生，你寫的報告書可以借我看一下嗎？上面應該有蓋埜村經理和其他審閱者的印章吧。」

舞話一說完，三宅的表情有些扭曲。

「那個……我找不到。」

「什麼!?找不到？這又是怎麼一回事？」

相馬大聲喊道。

「把話好好講清楚。」看著再次沉默的三宅，小夜子以嚴厲的口吻說道：「包含你目前為止做了些什麼，我覺得你應該好好說明一下。」

畢竟是自己師父小夜子說的話，三宅先是咬緊嘴脣，接著開始慢慢地說道。

「報告書——是在拒絕貸款的九月十五日那天晚上打好的，隔天我就跟貸款的文件一起放進課長的【未批准】箱……之後，在那天中午前報告書就被送到經理那邊，然後就被經理下達『交易方針不變』地回到我這邊了。」

「你是說明明得知了這個事情，經理卻什麼都沒做？」

相馬瞪大了眼睛。「怎麼會這樣？一般應該會引起一陣騷動才對啊！然後呢？後來怎麼了？」

三宅的眼眶充滿淚水。感覺他無力說出的話都像眼淚一般，一滴一滴當場掉了下來。

「然後——昨天下午舟町家居違法的事就爆出來了，為了要呈現我們不知道有這件非法行為的樣子，上頭指示要把那份報告處理掉。可是，我現在卻找不到應該要被收好的檔案……」

紙箱亂七八糟堆在書庫的走道上，就像在訴說著三宅的苦惱。

「前天有些舊文件被整理送到書庫來，我想那份報告大概也被帶到這裡了……」

「經理也知道報告書不見了嗎？」相馬問道。

「我剛才跟他報告過了。」三宅的表情越加黯淡，從他扭曲的神情可以看出他非常煩惱的樣子。「他說一定要給我找出來。」

「剛才企劃部的昇仙峽稽核有來過吧，她得到的也是錯誤的資訊嗎？」

相馬話一說完的同時，背後突然有一股人的氣息壓迫而來。

「喂，你們擅自做這些事會給人添麻煩的，在我們分行書庫鬼鬼祟祟地做什麼！」

回頭一看，一臉不安的埜村分行經理就張開著腿站立在那。「給我出來！」

「啊，經理──不好意思我們自己跑過來──」

一見到地位比自己高的人就會反射性開啟謝罪模式的相馬說道。

「才不是那樣。」

舞毅然決然地放話，壓過相馬接下來要說的話。

「現在我們正在問三宅先生事情。」

「問事情？什麼事情啊三宅？」

埜村斜眼瞪去，三宅縮了一下身子，什麼話都不敢說。

「有關舟町家居偷工減料的事情，您應該有看到三宅先生寫的報告了。」

舞代替三宅發言：「那個時候，你至少也要調查一下究竟有沒有違法行為才對吧？」

「報告？」

埜村漲紅了臉，眼睛裡布滿血絲。「我不記得有看過什麼報告，這大概是有什麼誤會吧，對吧三宅？」

三宅一臉蒼白，明顯猶豫了。

「真的有那種報告就拿出來啊，三宅。」

埜村的話對三宅而言就像在考驗他的忠誠一般。「怎麼可能會有，對吧？——你們也是，話說成這樣也是因為有證據才對吧？」

後面那句話不是在對三宅說的，而是在對舞他們說的。看著沉默的三宅，埜村一臉得意。

「就是因為找不到那份報告，三宅先生才會這樣在這裡一直找啊，因為他被命令要把那份報告找出來處理掉。」

「我聽不懂妳在說什麼。」

埜村似乎打算裝不知情。「既然這樣，你們就去問副理跟融資課長啊，他們一定也不知道什麼報告。」

「你們早就套好要一起裝糊塗了嗎？」

埜村看著一臉不甘心的舞，冷笑起來。

「套好？哪有這種事，我說的本來就是事實啊。原來妳連證據都沒有，只憑臆測就說出那番話啊？可別以為這樣就可以過關喔。」

「簡單來說只要找出證據給你看就可以了吧，我知道了。」

話一說完，舞便走近三宅腳下的某個紙箱，開始翻找裡頭的文件。就在這時——

對著正在動手的舞——

「小舞，不用這樣。」

小夜子正氣凜然地說道。舞回過頭，映入她眼簾的是小夜子毅然決然的眼神，那之中有著不可動搖的心情。

她繼續對舞說：「不用做那種徒勞無功的事。」

小夜子下了結論。

在所有人的目光之下，小夜子走近書架上的某個紙箱，伸出手。

她打開箱子，從資料夾中拿出一張文件。

埜村「啊」地叫了一聲。

三宅半句話都說不出口，甚至忘了眨眼。

「為什麼，仲下，為什麼妳……」

埜村的低喃夾帶著非常憤怒的語氣。「妳不是要離開這間銀行了嗎，為什麼還要多管閒事……」

「我聽說是經理指示三宅做這件事的。就是因為我快要離開這間銀行了，所以我才要這麼做。」

小夜子正面朝向他，放話說道：「因為我喜歡這間銀行，因為我希望這間銀行能夠變得更好，碰到不利於自己的事情就徹底隱瞞——要是都用這種做法，總有一天這間銀行會毀掉的，可以的話——」

小夜子有些不甘心地顫抖著脣瓣。「我改變了想法，希望經理可以自行公布事情的來龍去脈。距離我離職還有半個月左右，我一直都這麼期盼著，所以我想要偷偷把這份報告書送回去，但結果還是在那之前就——」

「妳這樣做對妳也沒什麼好處吧。」

埜村的表情已然扭曲。「都是因為妳，妳知道妳這樣做會給我們所有相關人士帶來麻煩嗎？」

事情發展至今，埜村全然不顧相馬與舞還在場，只是瞪著小夜子。這是為了明哲保身而沒有自制力的男人發自內心的肺腑之言。

面對埜村的強詞奪理，小夜子閉口不言。

就在這個時候——

「你是不是搞錯了什麼！」

旁邊傳來大喝一聲。

是舞。

「喂，狂咲——別這樣！」

默默聽著大家說話的相馬慌忙地制止她，但是已經太遲了。

「真的被這件事帶來麻煩的不是你們，而是買了舟町家居有問題的房子的許多無辜者。作為貸款負責人，仲下小姐一直為那些努力工作幾十年、貸款買進屬於自己的房子的人盡心盡力。舟町家居的違法利用了那些人、欺騙了那些人，甚至還毀了他們的夢想。看樣子你滿腦子只有能不能升官、會怎樣被評價，我認為這是不對的。只要是多少會為客戶著想、做事認真的銀行員，一定馬上就會去問舟町家居，查明事實，再立刻做出妥善的處理。仲下小姐所希望的，不過是身為銀行員在得知這件事後，應該要做出承擔起這份責任感的行動。然而你的腦袋裡根本就不把客戶當一回事。先別論顧客的夢想和希望，你明明知道他們靠欺騙客戶來賺錢，還只想著要給他們融資來增加自己的業績。在討論授信風險審查是否正確之前，你作為分行經理——不對，你作為一名銀行員就已經不合格了。」

埜村漲紅的臉漸漸褪色。

原本紅通通的臉現在越漸蒼白，只見生氣、焦躁，接著是些微的害怕。他的嘴唇顫抖著，眼底深處像是企圖要反駁什麼，卻在瞬間垂下肩膀。於是接著到來的是一股令人窒息的沉默。

# 9

「事務部分行指導組？」

那時，剛看完昇仙峽玲子報告的紀本毫不掩飾內心湧上的厭惡感。「這是怎麼一回事？妳的報告裡面明明說授信風險審查沒有問題不是嗎？」

被質問的玲子開口說道：「非常不好意思。」

她一臉不甘心地道歉後，報告了事情的來龍去脈。

「事務部分行指導組竟然跑去找產業中央銀行四谷分行的融資課長打聽，才得到了真實的訊息。」

「那兩個人沒有得到許可就去了？假使如此，那兩個人本身就是嚴重的問題。」

玲子觀察著紀本的表情由困惑轉變為生氣。

「我早就跟事務部長再三強調，這件事不可草率行動，但是——」

紀本以銳利的眼光投向玲子：「妳的調查也不能說是萬無一失。不管怎樣，多虧事務部粗暴地寫成報告書上呈真相，讓之前打包票沒問題的總行丟了個大臉。」

「非常抱歉。」

看著深深一鞠躬的玲子，紀本重重提出警告。

「我們的使命是實現銀行最大的利益，必須徹底排除一切會阻礙利益的事物，就算那是我們銀行的行員。」

合併準備的交涉策略已進入白熱化。處於第一線而總是感到緊張的紀本面向房間的牆壁，眼底透露著光芒。他想到的絕對是之後大概還有很長的交涉。

# 第五話

# 神保町奇談

# 1

那間壽司店在靠近神保町交叉口的小巷子裡，悄悄地掛上門簾。

距離神保町地下鐵站出口徒步三分鐘。從連著好幾間舊書店的大街拐進一條小巷，旁邊一棟四方形建築物的一樓就是。

加戶勘，就是這間店的名稱。

是一間有著白木製的櫃檯，不到十個位置的小店。

東京第一銀行的相馬健與花咲舞兩人，現在就站在那個白木製的櫃檯一側，等著剛才點的生啤酒。

「相馬先生，真是令人期待耶！」舞低聲說道。

「這個如果不能算是查核的好處，我也想不到其他的了。」相馬對著舞說，他打量著裝滿食材的玻璃櫃，口水感覺都快流下來了。

加戶勘很好吃。這是幾年前還在神保町分行工作的次長芝崎太一告訴他們的。所以事不宜遲，昨天他們就趕緊預約了。然後今天神保町分行查核的第一天一結束，便從位於靖國路對面的分行直接前往加戶勘了。

大概是因為時間還早的關係，店裡的客人只有他們兩個。

「讓您們久等了。」

放在餐盤上的生啤酒被送了上來。

兩人拿起冰涼的玻璃杯乾杯——

「唔哇——好喝！」

相馬感慨地看著手中的玻璃杯，向櫃檯裡的老闆攀談：「你們的啤酒機一定都清得很乾淨。」

「喝得出來嗎？」

留著卓別林鬍子、戴著眼鏡的老闆一臉開心的樣子。相馬看著他，繼續說道：

「哎呀，當然喝得出來啊這個。」

相馬老早就想發揮出品酒的本領。「現在這個世界，要找到好喝的生啤酒可難囉，重點就是啤酒機一定要清得很乾淨，光憑這一點就可以看出這間店的好壞。真不愧是老闆您啊！」

「哪裡哪裡，講成這樣。」

看起來很高興的老闆問：「話說，芝崎先生過得還好嗎？」

這是一間不接待生客的店，之所以可以預約，是因為報的是跟老闆交情不錯的芝崎的名字。

「過得還不錯，不過最近有點忙就是了。」舞開口回答。

「啊啊，是說跟產業中央銀行合併的事情吧。」來這裡的客人大多都是經營業者和商務人士，所以老闆對這些消息倒是很靈通。

「我有聽說一些，應該很辛苦吧——好了，這個是銀魚，沾一點鹽就可以吃了，請用。」

「哇，已經是銀魚的季節了嗎？時間過得真快啊！」

現在已經是十一月下旬了。相馬一臉感慨地拿起筷子。

以那個為開始，接著送上的是鯛魚昆布漬、鳥尾蛤、蛾螺，然後是醃漬鮪魚跟扁口魚。這些菜非常配酒，所以相馬裝著生啤酒的玻璃杯一下子就空了，之後便改成溫熱清酒。舞倒是還一口一口地喝著啤酒。

「真好吃啊！」

陶醉於美食的相馬一臉茫神魂顛倒地對櫃檯說道：「吃了這些就想不起那些辛苦的工作了，芝崎次長應該也很想來吧。」

「因為他要開會。」

舞告訴看起來很想知道理由的老闆他不能來的原因。「因為沒辦法推掉，所以最後就只有我們來了。」

「那還真是可惜啊。他還在神保町的時候，帶了很多公司的社長，大概一個星期就會來一次吧。」

那時的芝崎應該還是融資課長，這種事絕對便宜他了。

「什麼？一個星期一次？夠了啦夠了，芝崎次長也來得這麼勤的話，大概把一輩子能吃的分量都吃完了。」

正當相馬隨口閒聊的時候，拉門嘩的一聲被打開，外頭的冷空氣也吹了進來。

「現在方便嗎？我沒有預約。」

接著是老太太的聲音傳來。

「啊啊，是您啊，請進請進。」

看來是老闆的熟人。這位新進來的客人依照老闆的指示，坐在離舞右邊的兩個位置。

「打擾了。」

向相馬和舞兩位禮貌打招呼的是年紀已過七十歲的女性。她的言談舉止透露出高雅的氣質，感覺應該是一位有錢的老婦人吧。話雖如此……

——女性獨自來壽司店吃飯是很罕見的。

舞在心中想著。壽司店這種地方很少會有女生單獨來吃，不出她所料。

「今天還真稀奇，竟然是一個人來。」
老闆也這樣說道。
「對呀，因為我先生出差了。自從我女兒去世之後，我一個人在家總是特別難受。」
暗中察覺到自己的存在對壽司店而言有點突兀的老婦人如此說道。老闆聽聞，將手放在面前揮了揮。
「哪裡，請好好享用。」
真是一間氣氛不錯的店。
接著就是一邊聽老婦人和老闆慢慢聊天，一邊吃著壽司的時間。
即便不是刻意要聽，他們的對話內容也會自然而然地傳入耳中。
不，老實說，大概是從「自從我女兒去世之後」這句話之後，就特別在意他們的對話了。這點相馬也是一樣的，他不著痕跡地聽著老婦人說了什麼。
「不過也過了五年了，時間過得真快耶。」
順著這個話題，老闆突然說了這句話。大概是指自從婦人的女兒去世已經過了五年吧。
「是啊！」
老婦人說：「那時候我曾想過，乾脆我也一起死掉好了，但沒想到這樣活著活著，五年一下就過了。」

說到這裡，她突然放下手中的筷子。「其實我今天是去銀行辦事情的。」接著又說出不容舞忽視的話。

「銀行？」

老闆雖然這樣問，但這裡畢竟是做服務業的，他並沒有讓相馬與舞是銀行員的身分暴露出來。

「對啊，其實，還發生了一件很神奇的事情喔。」

老婦人繼續說道：「前幾天，我想說整理一下女兒房間的櫃子，結果發現一本銀行的存摺，是產業中央銀行的。」

聽到產業中央銀行這幾個字時，正夾起毛蛤的相馬看了舞一眼。

「我一直以為女兒的存摺只有東京第一銀行的薪資帳戶，所以完全不知道她還有其他銀行的存摺。然後啊，我就想這下必須得去銀行辦手續了，所以今天就帶著存摺跟印章到銀行的窗口去辦了，結果啊，我嚇了一跳啊——」

聽得老婦人的語氣在這個時候提高了一下。「那個戶頭啊，在女兒死掉之後竟然還有在使用耶。」

「咦，怎麼會這樣？」

老闆停下手中的料理刀，抬起頭來，臉上全是驚訝。

「我女兒的存摺上只有當初應該是用來開戶存款的一千圓，雖然不曉得她開這個戶頭是用來做什麼的，但我想應該就是拿來轉薪資的吧。比起把那一千圓領出來，我本來是想說女兒的戶頭一直留著會給銀行造成麻煩，所以才要去解約。結果啊，銀行窗口的人卻跟我說，那個戶頭有過幾千萬耶。」

幾千萬？

這句話讓舞和相馬他們都往老婦人看了過去。

「不好意思，吵到你們了。」

發現他們看著自己的老婦人說了一句道歉，卻沒有要停止說話的樣子——而對於本來就在聽他們講話的兩人來說，也不可能就讓故事在這裡結束然後繼續吃壽司吧——於是故事繼續。

「那個銀行員把帳戶的往來紀錄都印出來給我，我才知道女兒過世之後就有一千萬匯進那個戶頭了。女兒過世是在五年前的十一月，但第一次匯款好像就是在十一月二十五日吧。之後每隔一個月就會有匯款進來，最多的時候那個帳戶竟然有三千四百萬呢，真是嚇死我了！」

「您一點線索都沒有嗎？」

老闆這樣問了之後，她用力地搖搖頭：「完全沒有。」用心整理過的白髮跟著搖晃，不曉得是不是清酒的關係，蒼白的側臉帶了點紅潤。

「女兒不過就是個普通職員，每個月能拿到的實領薪水有二十萬就不錯了，還是因為都是住家裡通勤才有辦法生活的。像那種龐大的金額，我覺得應該是跟她無緣才對，但是啊……」

老婦人輕輕地吸了一口氣，彷彿在看著遠方，繼續說道。

「先不管那些錢是怎麼回事了，看到女兒的戶頭出現這種狀況，怎麼說呢，就覺得是女兒在操作那些錢一樣。」

老婦人將手放在面前輕輕地揮了揮。「也不是，我也知道這樣想很奇怪，但明明一切都已經靜止了，突然發現又有個什麼動靜，看到那個紀錄的時候有種錯覺，好像女兒一直活到最近一樣。」

話一說完，她便從手提包裡拿出手帕，壓住自己的眼睛。

「真是對不起，怎麼會說這種話。」

吧檯的座位突然安靜下來，老婦人啜泣了一下後，又露出一個勉強的笑容。

「突然說這些很怪對吧。」

雖然她不是對著相馬他們說的，但那句話也讓他們不知該做什麼反應才好。

「誰知道發生了這麼神奇的事嘛。」

老闆開口回答，同時也在切著要給老婦人的鯛魚昆布漬。然而他手中的刀又突然停下。

「那您是怎麼處理那筆錢的？」

他開口問道。

「也沒什麼好處理的，因為全部都沒有了。」

「沒有了……？」

真的是太不可思議的事情了。

「怎麼沒有的啊？」老闆又問。

「說是每天領個九十萬，這樣一筆一筆領出來的，大概花了一個月就全都沒有了。剩下的只有一開始女兒存的一千圓而已，除此之外，其他全部都被領走了。」

「是喔。」

老闆一臉納悶，終於往他們相馬與舞兩人看去。「也是有這種事吼？」

「一般應該不太常見才是。」

回答的是相馬。

這是他第一次加入老闆和老婦人的對話。

「對吧？」

老婦人也這樣說。隨後相馬稍加客氣地停頓了一下，又開口問：「方便再請您說得仔細一點嗎？」

「仔細……」

相馬有點猶豫要不要告知對方自己的身分，但馬上又覺得應該沒什麼問題，於是說道：「其實我們也是在銀行工作的。」

「啊啊，原來是這樣，也太巧了。」

老婦人微笑之後，再次向他們點頭示意。即便如此，她也沒有問相馬他們是哪間銀行的。

這算是這間壽司店的一貫作風，就算一起坐在吧檯，也不會過問其他客人的隱私。

「不過那個是您女兒的戶頭吧，那筆錢又是怎麼被領出來的？」

端上昆布漬之後，老闆開口問道。這是個很基本的問題。

「就是這點呀！」

老婦人的語氣參雜了些許無法接受的感覺。

「銀行的人跟我說是用金融卡領走的。因為我沒有仔細找，所以也不能說很確定，不過至少女兒的錢包裡面是沒有產業中央銀行的金融卡。錢被領出的時候，女兒也已經過世了，我根本想不到誰手上會有女兒的金融卡，然後還去領錢。」

這件事與其說是不可思議，倒不如說是令人費解。「本來是想說女兒真的有那麼多錢，然後被誰偷走金融卡，就連密碼也順利拿到了；但是女兒才進入社會第三年，以我們做父母的來說，她算是個很認真的孩子，除了公司給的薪水，應該是沒有其他收入來源，所以這件事還是很奇怪吧。」

最後的一句話是對著吧檯內側說的。

「然後呢，您打算怎麼處理這件事？」

對於老闆的提問，老婦人歪了歪頭。「我想等我先生回來再跟他討論，不過我還真的不知道該怎麼做耶，是不是應該報警啊？你們覺得怎麼樣呢？」

她問相馬及舞。

「聽起來的確很神祕耶。」

相馬抱起兩隻手臂，臉朝著上方陷入思考。

「方便的話，可以請教幾個問題嗎？」

「好的，請問，真是不好意思，打擾你們美好的用餐時間。」

她向舞致歉。

「哪裡，請不要這樣說。」

舞慌張地回話。「不好意思，其實我剛才在旁邊聽著聽著也覺得這件事很神奇，如果能幫上忙的話就好了。」

「謝謝。」

相馬向這位客氣的老婦人問：「您剛才提到您女兒有在公司上班，請問是在這附近的公司嗎？」

「是的，那間公司從這裡過去的話，走路大概三分鐘。說是新創公司，才成立不到十年的一間小公司，員工好像還不到一百人。」

「那請問您女兒在那間公司裡是做什麼的呢？」

「她先當了半年的業務，之後就被換到總務部了，因為她身體不太好，好像是公司特別幫她安排的。雖說是總務，但工作其實包括了會計到打雜，聽她說也是很忙的。」

「您女兒的其他戶頭也有發生奇怪的事嗎？」

「她還有東京第一銀行的戶頭，那個戶頭是薪轉戶，女兒過世後我就去解約了，所以應該是沒特別發生什麼事。」

「原來如此。」

相馬點了個頭，稍微猶豫了一下，又開口問：「請問您女兒有在交往的對象嗎？」

「沒有，至少就我知道的部分是這樣。如果有在跟誰交往的話應該會跟我說才對，所以我想應該是沒有特定的對象。」

「您女兒在產業中央銀行開的戶頭，聯絡方式是登記家裡的住址嗎？」

「是的，是我們一起住的房子的地址。」

「我本來想說會不會是哪個人不懷好意以您女兒的名義去開戶的，看來也不是。因為如果是那種情況的話，上面應該就不會是家裡的地址了，會為了不讓本人知道這件事，刻意把聯絡方式的地址改成對方方便的地址。」

「那果然還是不曉得是怎麼一回事嗎？」

「至少目前可以確定這個戶頭是您女兒自己辦理的。不好意思再請問一下，您女兒過世的時候還有在公司上班嗎？」

「有的，因為她是在公司突然昏倒後送醫，三天後才過世的。」

將這件事說出口時，老婦人的表情一臉堅決地繃緊，感覺就是在鼓起勇氣面對痛苦現實的樣子。

「您是之後才去公司拿女兒的東西嗎？」

「對，是我先生去的，他把那些東西裝在紙箱後帶回來的。」

「當初桌子的抽屜和置物櫃是上鎖的嗎？」

「抽屜應該是沒上鎖，置物櫃好像有上鎖，但我聽說是公司的女職員幫我們整理好拿出來的。」

「您覺得產業中央銀行的金融卡有可能放在那個抽屜裡嗎？」

「不會的，女兒的個性很小心，金融卡、印章和存摺都是放在家裡保管的，而且因為擔心弄丟很麻煩，所以幾乎不怎麼放在錢包裡帶出門。女兒過世的時候，房間裡有個盒子就是專門裝貴重物品的，那些東西都放在裡面，因為女兒喜歡把東西都整理收好，真不知道這點像誰。」

「如果是這樣的話，那把東西放在抽屜被偷走的可能性也很低了。」

就算真的是被偷走的，不知道密碼也沒辦法使用金融卡。

「還是報警比較好嗎？」老婦人一臉認真地發問。

「讓他們瞭解一下情況也比較放心吧。」相馬回答。

「金融卡沒有被偷的話，說不定您女兒早就知道在她過世後戶頭會被動了。」

「您知道那筆金額是怎麼一回事嗎？」

「就現在得知的情況而言，什麼都說不準。」

相馬老實回答。「那個帳戶已經解約了嗎？」最後他向老婦人如此問道。

「嗯，剛才解約的。」

「原來，那這樣的話之後就不會再發生什麼事了，如果之後又發生什麼事，我覺得還是報警比較好。」

他的話一說完，老婦人便哀傷地垂下眉毛。

「謝謝您，但是啊，我想知道我女兒究竟做了什麼。」

相馬原本正要伸手拿眼前的酒，一聽到這句話便抬起頭來。

「如果可以的話，我想知道女兒還活著的時候是怎麼想的、又做了什麼。我的想法就只有這樣而已，誰叫她真的是走得太突然了。」

像在控訴似的老婦人表情中，寄宿著悲歡離合中的悲傷。

「我明白您的意思，是我多管閒事了。」

輕聲道歉後，相馬不發一語地喝著酒。

他們的對話一結束，店內便被一股寂靜包圍了。

老闆的料理刀發出清脆的聲響，相馬與舞繼續默默地用餐。在那之中，老婦人依舊抱著對女兒的思念和哀愁，還有對這件不可思議的事情產生的疑惑徘徊不去，總覺得像在發問著什麼。

無法言喻、心情不上不下的氣氛，終於在一組熱鬧的三人組進到店裡後消失了。

「謝謝招待。」不久，老婦人開口說道，在付完帳後又向相馬與舞兩人打聲招呼，就像剛進來時那般禮貌，之後就走出店了。

「她算是店裡的常客嗎？」

相馬開口問道，好像憋了很久似的。

「對，他先生在麴町那裡開了間公司，女兒也在附近上班，所以來了好幾次。」

「那間公司是在做什麼的？」

「我猜是專門在做金屬的貿易公司，記得名字好像是英文的 OOTANI 產業吧。女兒的名字叫奈保子，長得很漂亮喔，說是以前腦部就有什麼病，好像是叫毛毛樣血管疾病吧，真可憐啊。」

「毛毛樣血管疾病嗎？」

舞開口問道。

「我也不是很清楚，只知道好像是跟腦部血管有關的疾病，容易出現腦梗塞或是腦出血等症狀，但查不出原因的樣子。」

老闆說完之後，看了一眼相馬跟舞吃完的小菜。

「差不多可以開始捏壽司了吧？」

他開口問道。

# 2

「啊，就是這個人啦相馬先生，大谷奈保子，住在麴町，我看年紀也差不多。」

拉出老舊印章票據的舞對身旁的相馬說道。這是在神保町分行查核的第二天。結束今天預定要做的一連串事務指導後，現在他們正在看票據類的整理狀況。

「哪個哪個？」

相馬看了一眼。「原來如此，應該就是這個小姐沒錯了。公司是BIOTEX？」

他把填寫在公司欄的內容唸了出來。

「妳知道這間公司嗎？」

他向負責處理外匯的女行員詢問。

「我有聽過這個名字，可是不太清楚在做什麼……」對方這樣回答。如果連負責外匯的行員都不太清楚的話，這間公司應該跟神保町分行沒什麼交情。

「稍微調查看看吧。」

舞坐在電腦無人使用的空位，在搜尋畫面中輸入公司名稱，看著跳出來的結果，突然陷入了沉默。

「怎麼了花咲？」

「相馬先生，這間公司已經倒閉了。」

舞的臉上明顯浮現出錯愕的神情。

「BIOTEX 嗎？那間公司去年就已經結束回收，被歸到已處理了。」

回答他們的是在神保町分行負責債權回收的菊岡，是一名主力行員。

「是什麼時候倒閉的？」

「請等一下。」

菊岡打開旁邊的櫃子，從裡頭抽出一個很舊的資料夾，正是 BIOTEX 的信用檔案。

「距今四年前的七月。」

「是生技相關的新創企業嗎？具體而言，這間公司是在做什麼的？」

「我猜應該是製藥的吧。」

打開概要表閱覽的相馬正在看上面記載的內容。

「生技製藥的研發啊？」

在東京第一銀行的負債總額為三千萬圓。跟目前其他巨額不良債權比起來，倒不是多大的金額。

「相馬先生——」

一起看著檔案的舞指向釘在上面的某張銀行內部的筆記。

「你看這個。」

記錄債權回收前因後果的那個紀錄上，蓋著一排當時這間分行負責融資的行員一直到經理的印章。她指著其中一個。

「啊，這不是芝崎次長的印章嗎？」

相馬叫了出來。「原來是這樣啊，是在芝崎次長還在當融資課長的時候倒閉的啊，這間叫 BIOTEX 的公司。」

「既然是這樣的話，比起在這裡找文件，倒不如直接去問芝崎次長比較省事吧！」

「的確是這樣沒錯，再說，加戶勘也是次長介紹的，在這份文件上看到次長的名字還真不錯。」

感覺一切都是巧合的相馬深深嘆了口氣。「這簡直就像是在等著我們去調查一樣。」

# 3

「BIOTEX？啊啊，我當然記得啊，是生技製藥的公司吧，一間新創公司。」

那天他們一從分行回到總行後，就問了芝崎這件事，並馬上得到了這個回覆。

「那間公司的社長是個很優秀的人，就連我都很想做些什麼去協助他們，可惜業績突然就惡化了。」

「為什麼會業績惡化啊？」舞問。

「因為之前投資他們的公司某天突然提議說要M&A，社長拒絕之後他們就撤資了。因為資金周轉不靈導致業績惡化，後來就倒閉了。」

所謂的M&A指的就是公司的合併與收購。

「那間投資公司也太過分了。」

自認為是中小企業夥伴的相馬語氣激動地說道。

「因為當初提交給投資公司的成長策略有延遲，收益也比原本期待的低，理由就是這樣。以投資公司的角度來看，賣給其他迅速成長的同業，可以更快且確實地回收當初的投資金，也是有這種想法吧。但對於BIOTEX來說，這種提議實在太無情了。」

「沒辦法靠融資撐下去嗎？」

舞語帶同情地問道。

「誰叫他們沒有擔保啊。」

芝崎盤起兩隻手臂，一臉遺憾的樣子。「而且說是生技製藥，但分行跟總部都沒有人能夠判斷他們的技術究竟如何，結果只能依分行經理指示的額度放款，之後就看他們自己的造化了。」

「那不是見死不救嗎?」

「別說那種會讓人誤會的話啦,花咲小姐。」

芝崎虛弱地說道:「我也不是想做才這樣做的啊。是說你們怎麼會知道BIOTEX的事?是在神保町分行聊到的?」

「不,不是那樣的。」

舞告訴他在加戶勘發生的事。

「原來是這樣啊……」

芝崎的眉毛呈現八字型,一臉哀傷的樣子。「我也有女兒,一想到奈保子媽媽的心情,就覺得十分難受啊。那間BIOTEX公司開發的就是毛毛樣血管疾病的新藥,奈保子之所以會去哪間公司上班,說不定是為了想要拯救自己以及其他因為這個病受苦的許多人,想到這裡就覺得很難受。」

芝崎深深嘆了一口氣,顫抖著嘴唇說道:「平岡先生應該也很不甘心吧。」

「平岡先生?」

「是啊,就是BIOTEX的社長。」

芝崎對舞說道:「社長平岡秀紀是個很出色的男人,突然就離開東大的研究所,自己開創事業了。很棒的男人喔,志向遠高,做事認真。」

明明經營的公司倒閉了,芝崎卻還稱讚著這樣的平岡。然而,就算再怎麼會念書、見解再怎麼獨到,也不是想成功就能成功的,做生意就是這樣。

「然後呢，平岡先生在那之後怎麼了？」

面對舞的發問，芝崎歪了歪頭。

「不知道耶，那間公司倒閉後還不到一個月我就被調走了，之後的事情我也不太清楚，希望他好好的就是了。」

周遭流動著空虛的氣氛，他們三人都非常清楚，面臨倒閉的經營者還想東山再起是極為困難的。

「我有點放不下心，所以還是查了一下顧客資料系統，果然平岡秀紀的資訊從那時起就沒有再更新了。工作地點也還是 BIOTEX，以防萬一我還打了他家電話，但也是空號。」

聽完芝崎的話，才在想相馬坐在電腦前不知道在做什麼，後來他就說了這番話。

本來以為問平岡說不定他會知道大谷奈保子的戶頭發生了什麼事，雖然這樣聯想沒錯，但經常發生的狀況是，公司失敗後經營者也跟著跑了。倒不如說聯絡得上還比較稀奇。

「能用的辦法都用了。」

因此，有關這個帳戶的謎團就這樣不了了之——本來應該是這樣，但半個月後，舞在偶然之間又聽見了這個男人的名字。

# 4

在某個十二月上旬的星期六晚上，學生時期感情就很好，相處氣氛也十分融洽的社團夥伴辦了個女生聚會。

在赤坂的一間義大利料理餐廳裡，他們圍著一張桌子開心地聚會。

雖然其中有結婚成為家庭主婦的朋友，但大部分的人都和舞一樣進入社會工作。在那之中——

「那個啊，其實我下個月就要換工作了。」

向大家報告近況的人是桝岡佳奈。這個社團裡文組的學生占多數，佳奈是少數藥學系出身的，不同於其他人大學畢業後就進入職場，她是唯一繼續念研究所的學者一派。

在那之後，她進入了大型藥廠公司的大京製藥擔任研究人員，所以聽到她的這番報告讓大家都驚訝不已。

「妳要從那麼好的公司離職嗎？是有什麼不滿的啊？」

語氣聽起來像是在責怪她的人是室岡繪美。繪美雖然是在通訊業的中堅企業擔任業務，但直到剛才都在抱怨她的工作事多錢少，上司既任性又傲慢，做得實在很累。

「當然有不滿啊。」

佳奈有些意外地說道：「的確這份工作可能比較穩定，但工作內容很死板、會議又很多，公司採年功序列制又以男性為主，而且我會換工作的最大理由是他們一直不讓我做我自己很想做的研究。一直配合公司的要求，時間一下子就過去了，所以我就快刀斬亂麻，直接換到可以做我想做的研究的公司了。剛好他們來邀請我囉。」

「妳的研究是——」

繪美問到一半，突然住口不問了。「啊，算了，反正聽妳說也聽不懂。當我沒問，抱歉。」

一直聽她們說話的舞開口問道。

「所以妳這次要換的公司是製藥公司嗎？」

「是成立還不到五年的新創公司喔，名字叫 BIOBRAIN。」

「啊！我知道那間公司喔，最近要上櫃上市了吧。」

說這句話的人是在證券公司當業務的船越澪，在看重口才與行動力的證券公司裡跟一群男人競爭，不僅能幹，業績也很不錯。

「妳知道的真多，真不愧是澪耶。」

佳奈一臉驚嘆。

「因為那間公司的主幹事是我們公司的人啊。」

澪以理所當然的口吻繼續說道：「社長平岡秀紀好像是東大研究所屈指可數的研究員，雖然先前經營的小型製藥公司倒閉讓他有段黑歷史，但之後成立的BIOBRAIN可是獲得了大型企業JAPAN Capital的投資，公司也迅速成長壯大。在治療毛毛樣腦血管疾病的藥物研究也有不錯的成果，我記得妳的專業也是這個？」

「沒錯，妳還真的知道得很詳細耶！」

佳奈一臉佩服，但就在這時候。

「等一下！」

舞突然出聲打住這段對話。「澪，妳剛才說的是平岡秀紀？」

「我是說了。」

「妳還說他有段黑歷史對吧，那妳知道那間公司的名字嗎？」

「那部分我就不太清楚啦。」

就算趁勢追擊的舞瞪大了眼睛，澪也只能這麼回答。

「那間公司是叫BIOTEX喔！」

回答的人不愧是在那個業界工作的佳奈。「平岡社長以前經營的是製藥的新創公司，那時我就有在注意他了。舞也知道這間公司？」

意外的發展。

「也不算，我不是直接知道這間公司的。」

於是舞當場就將在加戶勘遇到的老婦人，和在那之後聽到的故事告訴她們。

「聽起來滿有趣的，但這跟平岡先生沒什麼關係吧。」澪如此說道。

「不，說不定有關係。」但佳奈卻意味深長地說了這句話。

「因為平岡先生的公司倒閉時，有謠言說是計畫性倒閉。」

「真的嗎？」舞驚訝地問。

「BIOTEX的確是一間小公司沒錯，但平岡先生在業界可是小有名氣的存在。其實在公司倒閉後三個月左右，平岡先生就成立了現在這間公司了。所以就有人在說這會不會是一開始就計畫好了。我聽說他有跟債權銀行一起設好還款計畫，也確實還錢了，你們銀行也應該回收了吧？」

記得神保町分行的菊岡也說已經回收了才是。

「我們公司是當作對之前出資的JAPAN Capital報一箭之仇，我也是這樣想的。雖然問的時候，社長倒是沒直接回答是不是就是了。」

「如果這些都是真的話——」

舞在氣氛熱鬧的義大利餐廳一角，做了一個大大的深呼吸。

大谷奈保子的帳戶，會不會是被平岡秀紀拿去利用為計畫性倒閉了——

# 5

「佳奈，不好意思，一定給妳添麻煩了吼。」

舞雙手合什舉在臉前。

「沒什麼啦，反正妳這個人不親自問到的話一定不肯罷休的吧。」

佳奈乾脆地說道，並快步走過有樂町的斑馬線，往旅館方向前進。

如果有可以跟平岡社長講話的機會，希望她可以幫忙牽線。前幾天在女子聚會上，舞這樣拜託佳奈。

正逢他們業界有個派對，所以這天她提早結束了查核的工作來到這裡。

「那個，我們這種外人出席真的沒問題嗎？」

相馬一臉不安地問道。

讓 BIOTEX 倒閉的平岡現在竟然是上櫃企業的經營者，聽到這件事時，相馬嚇得瞪大了雙眼。但聽到計畫性倒閉的事後，又從一臉驚訝轉變成像在思索什麼的樣子，不發一語。

究竟大谷奈保子的戶頭是不是被利用來計畫性倒閉，除了問平岡本人之外，實在想不到還有什麼辦法可以突破。

當然，也要等見到本人之後才知道他願不願意告訴他們事情的真相。

「這是很多業界相關人士都會來的年終派對，所以有銀行的人來也不奇怪啦。」

聽完佳奈的說明——

「如果是這樣就太好了，不然要是等下被說是來鬧場的，就我們的立場而言真的很難辦。」

相馬老實地說完之後——「聽好了花咲，可別又鬧出什麼事喔！」又對舞提醒了一句。

「我目前為止有鬧出過什麼——」

「沒有我就不會這樣說了。」

看著氣得噘起嘴的舞——

「我完全明白相馬先生的心情。」

佳奈呵呵地笑了起來。

「吼妳怎麼！」

舞正想回嘴的時候——「喂，是那個嗎？」相馬指向前方。

那是派對會場的服務臺。

不知道該不該說真不愧是製藥業界，位於有樂町一流飯店的會場聚滿了許多參加派對的人。

「這樣也很難找到平岡先生吧，有辦法看到他嗎？」

在入口拿了一杯兌水酒後才入場的相馬，立刻怯場得呆立不動。

「不，雖然看起來很難找，但意外地很容易就可以發現他喔。」

正如她所說的那樣，佳奈沒花多久時間，就找到和朋友圍在一張圓桌談笑風生的平岡秀紀了。

平岡是個身高很高的男人，給人充滿知性的感覺。沒有特別的打扮，與其說是一間公司的經營人，他散發出來的氣息倒比較像是一名學者。

「等我一下。」

走近平岡的佳奈不曉得和他說了什麼，可以看到平岡的視線抬起，看了一下相馬與舞兩人。

原本在放鬆閒聊的表情也一下子轉為嚴肅，他將酒杯放在桌上後，朝著他們走了過來。

「這是我的朋友，是東京第一銀行的花咲小姐，這一位也是他們銀行的，相馬先生。」

佳奈這樣介紹之後——

「不好意思在這種時候給您們添麻煩了。」

平岡說完又深深一鞠躬。或許從平岡的角度來看，舞他們就是過去被他添麻煩的債權者，所以才會這樣說的吧。

「哪裡哪裡，那些事早就解決了。」

相馬看起來更為戒慎恐懼，雙手在胸前不停揮動。

「比起那個，之後您能東山再起真是太好了，我聽說最近都要上市了，真是恭喜了。」

「謝謝，雖然現在還沒有往來，但之後一定會再次跟東京第一銀行——啊不對，到時應該已經合併成東京中央銀行了吧，希望到時候也能跟您們合作。」

「話說，平岡先生，您還記得大谷奈保子小姐嗎？」

舞一發問，就能明顯感覺到平岡些微的戒心。

「記得，她是以前在我公司的女員工，您認識她嗎？」

「算是吧。」

舞回答得含糊。「其實我最近碰巧見到她的母親，聽到了一件很不可思議的事情。」

「不好意思，這裡不太方便，我們去外面說吧。」

彷彿察覺到了什麼，平岡避開派對會場的喧譁聲，走到大廳，帶舞他們來到稍微有段距離的沙發區。這裡非常安靜，好像剛才會場的喧鬧聲全是假象。

舞開口說道。

「我想您應該知道，奈保子小姐是在五年前因為腦部疾病過世的。不過最近奈保子小姐在產業中央銀行開設的存款帳戶，被發現在她過世後曾匯入一大筆金額，之後又被領走了。查了一下才發現她的存摺跟印章都在，但卻找不到金融卡，可見應該是誰用了她的帳戶做了什麼。關於這件事，不曉得您知不知道一些什麼？」

對方會怎麼回應呢？某種意義上來說，這個問題也是一面照妖鏡。

他可以回答不知道來拒絕他們，也可以說不關你們的事來逼退他們。但不管是哪個，舞都有自信可以看穿對方是在陳述事實還是編造謊言，這是她長年以來接待許多客戶培養出來的自信。

平岡始終兩手交叉，視線落在桌子上。不曉得過了多久，他不慌不忙地抬起頭。

「你們應該是有查到什麼才會特地來找我吧。」

他如此說道。

投向舞的是真摯的眼神。

「我想你們應該都知道了，我將投資公司當作夥伴，卻被他們背叛捨棄了。那個時候，我只剩下倒閉這條路可以走。」

平岡緩緩地說道：「因為我沒有擔保，所以沒辦法期待銀行會願意給我融資，不對，就算我有辦法申請融資，當時的狀況也已經看不到未來了。那個時候，我所經營的 BIOTEX 簡直就是一艘泥巴做的船，對我而言，我必須要做的就是重新來過。先暫時讓 BIOTEX 破產，再創立新的公司。但是，為了要成立新公司並順利營運，我必須要先留資金下來。」

「所以你就利用了她的戶頭嗎？」

在舞的質問之下，平岡的表情明顯扭曲起來。

「利用……要這麼說我也無言以對，但是，大谷小姐是協助我的人。她幫我開了產業中央銀行的戶頭，讓我可以把營業額跟將來需要的錢存在那裡。等我整頓好公司後，再用金融卡把那筆資金領出來，就成為成立新公司的資金了。」

「在這個過程中，她過世了——但你還是好好實行了那個計畫了。」

或許是因為她的口氣聽起來像在指責，平岡只是閉緊嘴脣，垂下視線。

舞繼續說道。

「最重要的是，你是怎麼拿到奈保子小姐的金融卡的？我非常想知道這個答案。是身為協助者的她寄放在你那裡的？還是你在她過世後從哪裡拿到便擅自使用的？請你說清楚講明白。」

平岡抬起頭來，一臉陰鬱地說道。

「那是在五年前十一月七日、下午三點之後發生的事情。我在和總務部的人開會，突然大谷小姐說她頭痛，我當然知道她有毛毛樣腦血管疾病，我想她自己也自覺到這個就是毛毛樣腦血管疾病的症狀。雖然我不是當事人，但也馬上就看出來這次的頭痛跟平常不一樣。或許在我們等救護車抵達時，她就已經知道自己的命運了，因此她對我說了之前就想拿給我的事情，才會一直把金融卡帶在身上，就放在她的包包裡內。」

彷彿重新經歷那個時候的平岡繃緊了面孔，一臉蒼白。

「那是我和她最後的對話，後來她就昏迷了，三天後宣告過世。」

令人鬱悶的沉默降臨。

「我一直很感謝她。」

平岡說道：「現在這間公司之所以能夠存在，都是因為有大谷小姐的幫忙。我一直覺得，我現在的使命就是拯救許多像她那樣，受毛毛樣腦血管疾病折磨的人們。這是我唯一能為她做的，以慰她在天之靈。」

「喂，舞。」

就在這時佳奈開口了：「當初在 BIOTEX 工作的夥伴，幾乎都留在現在平岡先生所營運的 BIOBRAIN 裡。平岡先生或許真的讓公司倒閉了，但他會那麼做正是因為有在考慮自己和其他員工的未來，我希望妳能明白這點。」

「我很清楚。」

舞說道。

平岡說的都是事實。

「我並不是很清楚那種被逼到快倒閉的公司的事，但我完全可以想像拚盡一切只為了生存的心情。你和你的員工，還有——奈保子小姐都是這樣。現在的情況，奈保子小姐一定也有想像過吧。而且，可以的話，她一定還想在現在平岡先生的公司裡和你們一起工作，你不覺得嗎？」

在為奈保子感到遺憾的同時，舞的臉頰上也流下了一行清淚。

相馬不發一語地看著她，卻也沒對平岡說出任何指責的話。

這一定是因為相馬也理解了平岡的心情。

「這也是沒辦法的事啦。」

許久，相馬才低聲說出這句話，接著催促著舞離開飯店。

## 6

那之後又過了幾天。

由於寒流來襲，街道的溫度一口氣驟降，感覺就好像要下雪那般烏雲密布的一天。

這天傍晚，位於神保町的加戶勘中，有一名客人正在安靜地喝著酒。這個男人年紀約四十歲前後，看起來有些神祕。

雖然正值尾牙季，卻沒想到在這種時期，加戶勘這種壽司店竟沒什麼客人。

再過不久就要傍晚六點了，不曉得是不是時間還早，並沒有其他客人。

就在這時隨著拉門拉開的聲響，新的客人走進店內。

「歡迎光臨，好久不見，咦，結果還是下雪了嗎？」

老闆驚訝地問道。

「結果還是不行了呀，下雪了喔。」

說完之後拍了拍肩上的白色粉屑，走進店裡的是年過七十、頂著一頭黑髮混雜白髮的老人。

「親愛的，請你快點進去，會感冒的喔。」

在他後頭邊說邊跟著入內的是一個月左右前，相馬與舞看到的那名老婦人。

「聽說您前陣子去出差了。」

老闆這麼說了之後，老人便回答：「即便到了這個年紀，還是一直都很忙啊。」

說完之後點了一杯啤酒。

接著他才突然注意到先前那名客人一直在盯著他們兩人，於是也向他微微打了聲招呼。

「——不好意思，請問是大谷先生嗎？」

在老夫婦倆乾杯之後，那名男子站起身，走到他們身旁。

「是的，有什麼事嗎？」

因為突然被搭話，老人瞪大了眼睛。男人一臉慎重地繼續說道。

「我是奈保子小姐之前待的公司 BIOTEX 的社長，敝姓平岡。其實是我拜託這間店的老闆，如果您要過來的話，請他跟我說一聲。」

一切都非常突然，讓老人不曉得該怎麼回答，露出一臉困惑的樣子。

「如果您願意的話，我想跟您談談有關奈保子小姐的事情，我一直在等這一天。」

老人仔細地盯著說出這些話的平岡的臉，之後──

「那還真是麻煩您特地過來了。」

接著他很歡迎地說：「我們很願意聽。方便的話，要不要過來這裡跟我們一起吃？」

平岡恭敬地行了一個禮，之後安靜地坐在他們旁邊的位置。

老闆俐落地倒了新酒，放在他們面前。

老夫婦與平岡的時間開始流動。

門簾之外，開始不斷下著雪，彷彿要染白整個神保町街道。

第六話

# 第51區

# 1

最近，紀本的心情非常不好。

因為新的一年開始，與產業中央銀行的合併準備委員會也差不多進入了神經質的交涉階段了。

從人事制度、薪資體系的磨合調整開始，還有分行與部門的統一與廢止，以及線上系統的挑選——

交涉內容複雜繁瑣，每個領域都是關係到雙方驕傲的一決勝負。這並不單純只是要將己方已習慣的操作留在新銀行裡的那種情感上的理由，而是被新銀行所採用的那一方，等同是他們在那個領域上的「勝利」。

然而在交涉現場，東京第一銀行不得不面臨苦戰。

人事制度、薪資體系，以及出納方面都採用了產業中央銀行的操作，東京第一銀行好不容易才在擅長的證券領域上留下他們的系統，但很明顯已經居於劣勢了。眼下委員會還在爭論不休的，就是可稱之為銀行業務根本的融資系統的選擇。

這場仗絕對不能輸，紀本費盡苦心要讓東京第一銀行的融資系統留下，拚了命想在新銀行延續那份影響力，然而——

讓紀本原本就不太好看的臉色更添上一層霜的大事件，就發生在那樣的一天。

那天早晨——

昇仙峽玲子一如往常般在六點起床，在去廚房沖杯咖啡前，她先走到玄關的信箱拿了早報。

她往廚房過去，隨手翻開報紙，出乎意料的標題映入眼簾，令她停下腳步。

『東東電機疑似巨資造假』

東東電機是代表我國綜合電機製造商的權威，東京第一銀行正是他們的主要往來銀行。

根據新聞記載，疑似造假的是過去兩年的結算，這期間因灌水獲得的利益高達數千億元。表面上貌似維持高收益，在經由內部告發後，一直在營業額灌水的實際財務狀況暴露在光天化日之下。

這件事非常嚴重。

突然湧上的焦慮和無處宣洩的怒氣，讓她拿著報紙的手開始顫抖。

如果這個報導是事實的話——不，恐怕就是事實吧——其帶來的負面影響不會只有他們公司，一定也會影響到東京第一銀行的業績。

業績會下調，甚至社會上的信用也會慘跌，與顧客離心——視情況還有可能造成無法挽回的後果。

「偏偏發生在這種時候——」

她沒來由地對銀行的管轄機關營業第三部感到生氣。

為什麼沒有事先察覺這件事——

不但沒有發現造假，還先被刊登在報紙頭條上，除了丟臉就是丟臉。發生這種事，不曉得在合併準備委員會上會被產業中央銀行怎麼嘲笑。

玲子動作俐落地將泡好的咖啡倒掉，一臉陰沉地走出位於神樂坂的公寓，快步走在前往車站的坡道。

## 2

東京第一銀行營業總部有層貫通整層樓的寬闊地方，是屬於第一部至第六部的區域。

光是這樣看過去就十分壯觀，然而銀行總行更有著像是被什麼追著似地焦躁感與壓力，籠罩著整層樓。

到了公司之後，玲子直接前往總部中央附近的營業第三部區域。第三部是管理與資本無關的製造商交易部門，現在玲子要去找的是在擔當次長座位附近的調查稽核，木口憲吾。明明時針才剛過早上七點半，那一區已經宛如戰場般處於一片混亂之中。

木口和她是同期進入公司的舊識，也是東東電機負責小組的一員。她喊了他一聲，拿著電話話筒、殺氣騰騰的男人轉過頭來。他一臉蒼白，看起來有些神經質，感覺是很會唸書卻完全不擅長運動的資優生長大成人的樣子。

「──等我一下。」

對玲子說完這句話後，他飛快對電話另一頭的人下了簡短的指示，放下話筒，接著又用手指了指外頭。之後他直接走到走廊，進入旁邊的會議室。

「東東電機這期結算中的損失額大概有多少？」

「我現在馬上確認。」

木口回答。在營業第三部中的他非常優秀，而且也十分謹慎，不會輕易敗給對手。

「你只要跟我說你的預估就好了。」

他只花了幾秒就回答。

「說不定不只數千億。」

換句話說，比報紙上報導的金額還要更高。她沉默地看著跟她同期進入銀行的男人。

「對本業的影響呢？」

「那部分的預估，在現階段什麼都無法保證。」

木口用手指抓了抓鼻子周圍，一臉不耐煩地嘆了口氣。「首先，要先查證財報數字不準確的實際情況。」

不是造假，而是數字不準確。木口的用詞同時也含有對報紙頭條上報導「造假」的不滿，雖然可以理解他的心情，但不論實際狀況如何，一旦被報導「造假」，就無法預估東東電機會受到多少衝擊了。

「為什麼事前沒有發現？」

木口的表情因對方直率的提問而扭曲，可以看出那瞬間有什麼情感顯現出來。究竟那到底是什麼情感呢？

還在觀察他的表情時，對方投射過來的視線反而像在試探玲子的反應。

「這件事不過就是以營業額的統計為基準來炒的話題而已，不然妳想要怎樣？難道要我去現場分門別類，一個數字一個數字確認嗎？根本就不可能做到那種程度，當然，我想妳也很清楚我想表達的，也就是說——」

木口繼續說道：「我們計算的並不是虛造的營業額，所以不能說是造假，這點希望妳不要誤解。比方說，只是把類似計算下期的營業額往前提而已，報紙上寫得太誇張了。」

「聽說一般財務分析沒有辦法看出來。」

「就連我們分析過了也看不出來，所以不管是誰來做都是一樣的，再說監察法人也審查過那個數字了。」

這些話聽起來像是在為自己找藉口，但既然提到了監察法人，事實也的確如木口所說的那樣。都能逃過專業的會計審查了，可見應該是相當巧妙的財務操作。

「那內部告發的部分是？」

「雖然不曉得是誰，不過東京經濟報紙是說有人去告發東東電機的營業額灌水，後來就吸引其他報社的人也私下進行調查了——」

「——然後就變成今天早上的頭條了。」

玲子說完之後，再度問向木口。「也就是說，你們也大吃一驚？」

木口將視線從玲子身上移開，只看得到側臉。

「可以這樣說，我很遺憾。」

木口低聲說道。他的樣子與其說是當事人，更像是冷靜的第三方的口吻。

「你知道我們銀行現在正在面臨什麼吧。」

玲子以責難的語氣說道。

「不然妳是要我怎麼做？」

木口很明顯地表達不滿。「可以了吧，我很忙。」

他站起身，往門口走去。

「我再確認一點就好。」

玲子發問：「接下來不會再發生其他事情吧？」

「再發生其他事情是什麼意思？」

「我要問的是，有關東東電機的醜聞，只會有這個吧？」

木口以銳利的目光盯著玲子。

「廢話。」

拋下這句話後，他的身影消失在會議室外。

## 3

「這附近好像有很多不錯的居酒屋喔！」

相馬嘴角看似很放鬆地說出這句話。事情發生在虎之門分行查核的第一天午後的時光。

說到虎之門，就連在東京第一銀行的知名分行中，也是數一數二的大分行。然而一個月都還沒過一半，這間大分行就已經充滿鬆散悠閒的氣氛。

「跟新橋那種市區不一樣，有在商業街的小巷裡默默擺出招牌那種不為人知的店喔。」

回答的人並不是舞，而是經驗豐富的櫃員杉下未玖。未玖是之前舞還在中野分行工作時的前輩，偶爾也還會聯絡的朋友之一。

「不介意的話我可以帶你們去，小舞也一起去看看？」

「好耶，那就拜託妳了。」

雖然舞這樣回答，但又指了指二樓。「不過，那邊沒問題嗎？」

虎之行分行的一樓是營業課，二樓有融資課和外勤，然後就是分行經理辦公室。

舞會這樣問，是因為這天東京經濟報紙的頭條提到了東東電機造假的事情。有很長一段時間，東東電機都是這間虎之門分行最大的交易客戶，但三年前正逢組織單位改革，便以強化提案力與管理效率的名目，將交易移交給營業第三部處理。

「畢竟現在已經沒有跟東東電機直接往來交易了。」

未玖有些寂寞地笑了一下。「不過，如果是在我們分行負責的時候發生這種事的話，現在可就不得了了，所以某種意義上來說也算是幸運。」

沒想到這種大事發生在取代這間虎之門的總行上。

「但就算沒有直接往來也不能完全置之不理，畢竟我們跟他們家的員工還算熟悉。」

雖然公司方面的交易移交了，但是社員的戶頭還是留在這裡，薪資轉帳和房貸之類的都還是由虎之門分行繼續處理。

就在這個時候——

「杉下小姐。」

營業廳的櫃員叫了一聲，未玖起身，她的視線停留在剛走進來的一名男人身上。

「市村先生——」

未玖走到櫃檯，她搭話的對象是一名六十歲上下的微胖男人。

本來往二樓樓梯方向走去的男人，因為未玖的叫聲停下腳步。

舞裝作不經意看去，只見男人的臉非常憂鬱，讓她腦中忍不住「哎呀」了一下。

「好久不見，您過得好嗎？」

看著向他搭話的未玖，他說：「怎麼可能過得好，都發生這種事了。」說完之後皺起眉頭。

「明明已經離職了，真是辛苦您了。」

對於給予自己同情的未玖，男人看了一下手錶，又往分行經理辦公室所在處的二樓樓梯看了一下，一臉在意的樣子。

「畢竟我跟這件事也不能說完全無關，經理找我去問話，說要我詳細報告知道的部分。」

「是這樣啊，不好意思還把您叫住。」

「下次再好好聊吧。」看著對自己行了個禮的末玖，男人留下這句話，轉過身去，快速離開現場。

「那位是？」

舞看著男人的背影問道。

「他是東東電機之前的會計課課長，也是對銀行的窗口，以前幾乎每天都會來。大概三年前離開東東電機，跑到相關的子公司擔任會計部部長了。」

「也就是說，他是知道違法事件內部消息的重要人物囉？」

相馬抓了抓下巴，開口說道：「在旁邊聽都覺得他是再適合不過談這件事的人了，害我都想去偷看一下了。」

看著興致勃勃的相馬，舞「哎呀哎呀」地嘆了口氣。

「比起打聽那種事，還是趕快把我們該做的工作整理好吧。」

說完之後，舞便開始專注在眼前的文件，從她的表現可以明顯看出來，她並不把東東電機的事情放在眼裡。

「再說，巨額交易客戶突然爆發醜聞這種事，跟我們分行指導組一點關係都沒有。」

相馬也只是哎呀哎呀地叫了幾聲後，就將目光放回眼前的文件了。

雖然是同一間銀行，但部門不一樣也只能隔岸觀火——他們的態度反映出這樣的氣氛。即便如此——

相馬與舞兩人再次正面迎向東東電機的醜聞，完全是因為一起很偶然的事件。

# 4

「這個雞肉丸子是在我們點了之後才開始捏的吧，實在是有夠好吃啦！」

用備長炭烤出來的顏色恰到好處，再淋上最適合燒烤的沾醬。

相馬一邊大口吃著盤子上的雞肉丸子串，一邊露出大快朵頤的表情。

「吃得出來嗎？那先生您可不是一般人喔。」

大概是會這樣說的客人不多，一人身兼燒烤師傅的老闆因為這句話看起來十分愉悅。

這是未玖介紹他們的，面向虎之門小巷裡的有點老舊的綜合大樓。大樓一樓低調地掛著烤雞串店的布簾。

而這位未玖也和分行指導組的兩人一同坐在吧檯享用著美食。

「確實是杉下小姐介紹了我們這麼好的店，光這點就一定得繼續查核啦。」

「相馬先生說是來查核，其實真正目的是去餐廳吧。」舞開玩笑道。

「這樣才好吧，不管什麼工作都要有上班族的小確幸，人生才不是只有升官發財咧。」

「真的！」

未玖贊同相馬的話。未玖明明跟相馬喝的速度差不多，但從臉上完全看不出來喝了那麼多，也一點喝醉的樣子都沒有。

老闆將新烤好的肉串一一放在吧檯上的盤子裡。

「烤雞肝來了。」

「哇，我就在等這個。」

就在相馬開心地伸手去拿的時候，門口的拉門突然被拉開，新的客人進來了。

「咦、那個人——」

最先注意到的人是舞，接著未玖也往那邊看去。

「啊，市村先生！」

突然被叫住，市村一臉驚訝。

「啊啊，你們好。」

他馬上露出笑容，並對相馬與舞兩人點頭示意。

「您一個人嗎？要不要跟我們一起吃？」

未玖對他說道。

「這樣好嗎，會不會打擾你們開心的用餐時光？」

市村看起來有些抱歉。「哪裡，我們很歡迎，快過來快過來。」在相馬的勸說下，市村在未玖旁邊的位置坐下。

「你們是總行的人吧？」

交換名片之後，市村有些稀奇地在相馬與舞身上來回打量。

「其實我跟花咲小姐以前都在中野分行，我比她稍微大了一點。」

未玖在講到「稍微」的時候笑了出來。市村似乎是店裡的熟客，明明還沒點餐，雞胸肉就送上來了。

「不過，事情還真的走到這一步了。」

在一陣閒聊後，話題因為市村的一句話轉到了東東電機。而內心其實一直很想問這件事的相馬也忍不住問：

「那個真的是社長下的命令嗎？」

雖然直接問了，但大概是覺得自己的問題有些草率——「啊，算了，在這種酒席上說這些實在不好意思，不小心就這樣了。」他又道歉。

「哪裡哪裡，沒事的。」

市村把手放在面前搖了搖。「關於違法事件，現在暫時設立了第三方委員會來調查真相，所以調查結果也遲早會出來吧。不過社長對於業績的要求相當嚴格這也是事實，因此出現了不恰當的會計處理這點，倒是沒什麼藉口。」

「我們總行也嚇了好一大跳。」

市村對著說出這句話的相馬說了聲對不起，但話講到一半突然又閉嘴不語。

「怎麼了嗎？」

相馬看他的樣子覺得奇怪，便開口問道。市村猶豫了一下後，接著回答：「其實這次的事，我聽說銀行早在兩個月前就得知並指出這點了。」

「請等一下，你說的是真的嗎？」

相馬會這麼訝異也是情有可原。「那你的意思是，我們銀行比新聞的頭條還要早得知真相囉，你有把這件事——跟經理說？」

這麼問了之後——

「當然有跟他說啊，我猜他早就知道這件事了。」

假設早在兩個月前就已經知道事實的話，到目前為止都沒有鬧出來就很奇怪了。

看著歪了歪頭的相馬——

「應該是在想什麼對策吧。」

市村回答：「我聽說他們好像在討論能不能私下解決。」

「那不就是說——要裝作沒這回事？」

相馬因為未玖的一句話臉色大變。

「這下糟了，要是這件事鬧出去的話，我們銀行的信譽也會出問題的。」

「不只東京第一銀行，現在已經有這個不準確的數字，如果又被知道在計畫怎麼隱瞞這件事的話，東東電機也會信用掃地的。」

市村拿著啤酒杯說道：「讓一個已經調職的老人這樣說是有點什麼，但東東電機經營團隊的想法很明顯有問題啊。一旦發生這種事，東東電機這間公司就無法捲土重來了。」

「難道會計部裡都沒有人反對這個不準確的財報數字嗎？」

舞開口問道。

「因為社長周遭都是不會反對他意見的人。」

市村說：「現在公司裡應該沒有人會反對社長的意見，所以大家就算知道，也只會保持沉默。某種意義上說來，就算被說整間公司都在違法大概也沒辦法反駁。」

市村一臉不甘心的樣子。

「相馬先生，我們來做些什麼吧。」

舞憤憤不平地轉向相馬，神色嚴肅地說道。

「喂喂，給我等一下，妳說要做些什麼是怎樣，妳想幹麼？」

相馬一臉警戒地看著舞。「妳該不會又想搞什麼事了吧？」

舞看向市村發問，順便藉此回答相馬。

「市村先生，剛才的事可以讓我們跟銀行報告嗎？」

市村稍微想了一下，接著才下定決心地看著舞。

「那就麻煩你們了，我說的全都是事實，妳要把我的名字報上去也沒關係，反正在被內部告發之前，像我這種人本來就應該要站出來說話了。」

儘管他的舉止看似很果斷，但表情卻參雜著悲痛。

# 5

打開門後，正在看這文件的紀本一臉不高興地抬起頭，沉默著催促對方說明來意。

「虎之門分行的橫川經理打了電話過來——是有關東東電機的事。」

話說完後，還沒等到上司的回答，昇仙峽玲子就繼續說道：「是有關這次財報不實的事，說在登上報紙頭條兩個月前——也就是去年的十一月，東東電機應該就已經被我們銀行指出這點了。」

一片沉默。

紀本原本就一臉不高興，現在表情變得更加嚴厲，就算不說話也能看出他的怒氣逼人。

「這是哪裡來的消息？」

「消息來源好像是東東電機原本會計課的課長。雖然他已經調到相關子公司去了，但他很清楚公司裡的事情，所以應該不會有錯。聽說兩個月前，營業第三部的負責人就指出會計數字是否不準確了。」

玲子的表情變得僵硬，因為她前幾天才問木口這件事，那時他說什麼都不知道，看來是在說謊。

「吉原部長知道了嗎？」

吉原俊二是負責東東電機的營業第三部部長。

「我想他應該知道，畢竟這不是主管層級能夠置之不理的事情。」

紀本微微點了個頭後開始思考著什麼，他撇過頭去，直直盯著牆壁上的某一點，許久才又開口：「長達兩個月嗎？」

他喃喃自語：「營業第三部到底在想什麼？」

「據前會計課課長的說法，好像是在交涉，看能不能隱瞞過去。」

「愚蠢！」

紀本罵道，他握起拳，輕敲了幾下桌子。「還真的以為可以隱瞞過去嗎？本來因為要跟產業中央合併就已經夠麻煩了。」

紀本因為最近身體與精神上的疲勞，臉色變得很差，表情也跟著扭曲。

「要怎麼做呢？」

對於玲子的問題，紀本交叉起兩隻手臂，閉上眼睛思考。許久，他才張開雙眼，看向玲子的表情瞬間變得嚴厲。

「這件事先放在我這裡，我直接去跟吉原部長說。」

雖然無法想像他究竟要說些什麼，但那個也是身為策士的紀本的工作，絕對會想出不錯的方法來解決才對。

然而——

玲子再次與紀本聊到這件事是在那天的隔天。

「東東電機那件事，妳就當作忘了吧。」

沒想到他卻說出讓她懷疑自己是不是聽錯的這句話。

「當作忘了是什麼意思？」

「哪有什麼意思，就是字面上的意思。」

紀本的兩隻手肘都放在桌上，他看著玲子，一副以威嚴強迫她別再繼續問下去的樣子。

「您跟吉原部長聊過了嗎？」

「當然，這件事全部交給他們了，我們什麼都不知道，明白吧。」

「請等一下，部長。」

玲子忍不住反駁：「就算您叫我裝作沒這回事，這也不是光靠我們就能隱瞞的事情，只要有第三者指出這件事，絕對會毀了我們銀行在社會上的信用。我們不是應該在事情變成那樣之前就先自主應對嗎？」

「有關東東電機的財務資料，監察法人已經確實做好他們的工作了，我們銀行只是遵循他們的立場做事而已——沒有隱瞞任何事。」

看著如此斷言的紀本——

「我不認為這樣說就有辦法過關。」

玲子忍不住放話，同時又因為想到什麼而閉上嘴巴。

紀本會說到這種份上一定有他的理由，紀本在隱瞞什麼。

「部長，發生什麼事了吧。」

玲子再次對保持沉默的紀本問道。

對方並沒有馬上回答。

準備挨罵的玲子卻看到了紀本令人意想不到的表情。平常總是一臉堅毅的他，現在看起來有些軟弱，一點都不可靠的樣子。

看著凝視著自己的玲子，紀本才透露說道。

「妳知道『51區』嗎？」

「什麼？」

以為自己聽錯了的玲子又向紀本問了一次。

「您方才，說的是『51區』嗎？」

如果玲子的記憶沒有出錯的話，51區是美軍用來隱瞞外星人屍體，充滿祕密的一個基地名稱。那不過是喜歡那類東西的人謠傳的八卦，只能說是一個不合時宜的名字。

紀本開口說道：

「我以前曾聽本行的董事說過，據說銀行裡存在著無法拿到檯面上來說的融資，他講得還挺有那麼一回事的。黑社會、某些私下處理的問題款項、礙於情面沒辦法拒絕的人情貸款——因為是由銀行長官中的部分人士主導，所以行內也只有少數人知道這件事。然後，這種融資還是由銀行的某人在銀行的某處，祕密管理著的黑暗信貸，所以才會用覆蓋一層祕密面紗的美軍基地來比喻這種融資，51區。雖然不知道這名字是誰取的，但取得還真好。」

「真的有那種融資嗎？」

玲子迅速地吸了一口氣，開口問道。

「51區的謠言開始散布是在距今約十五年前，那時妳還沒進來，是因為一起事件開始的。」

紀本說的是發生在當時的，東京第一銀行京都分行經理刺殺事件。

那是在七月的某一天，當時的京都分行經理丸太芳彥在走出自家公寓後，被不明人士襲擊，胸口有多處刀傷。聽到騷動的家人發現後趕緊叫救護車送醫，但丸太還是不幸死亡。警察以殺人案為由進行搜查，但到現在還沒有抓到犯人。

「妳知道為什麼嗎？」

他問。

「不知道。」

看著搖了搖頭的玲子，他說出了令人意外的話——

「因為銀行只有表面上配合進行搜查而已，實際上並沒有將掌握到的資訊全盤供出。」

「明明一個分行經理都被殺了？」

「大概是因為有太多不像話的事了，當時大部分行員都是這麼想的。如果協助警方的話，一些不想被人知道的、暗地裡的往來關係都會浮上水面。比起行員的性命和檢舉犯人，我們銀行更重視表面的名譽。但是，誰都不清楚關於那個不得不隱瞞的融資底細。恐怕有『什麼』是只有行內一部分的人才知道並參與的——但這不過是一個例子，除了這個之外，我們銀行還有幾個絕對不能讓外部知曉的祕密融資，傳說那些融資的存在都被隱瞞起來了。」

「而那些融資就統稱為51區嗎？」

「我本來以為是都市傳說之類的東西，但就像妳也不知道那樣，大家也都不清楚。51區是知道的人才知道的，潘朵拉的盒子。」

紀本倚靠著扶手椅，語調憂鬱地說：「沒想到會在這種狀況下碰到這個東西。」

「為什麼說這件事也算是51區的其中一件？」

紀本只有眼睛動了一下，盯著玲子說道：「剛才高橋會長聯絡我了，說這件事就交給他處理。」

「高橋會長？」

玲子驚訝地倒抽一口氣。

擁有代表權的高橋是牧野董事長的前任董事長，也是東京第一銀行位高權重的人之一。就算是紀本，也無法抵抗對方的權勢。

「一個組織裡，一定有外人無法接觸的祕密。」

「我們銀行也不例外，您是這個意思？」

紀本沒有回答，既不贊同也不反對。

「這件事就這樣，別再插手了。」

他重重地說完之後，對話就到此結束了。紀本交叉起兩隻手臂，閉口不言。

## 6

事務部長辛島伸二朗眉頭深鎖，一臉嚴肅地看著相馬與舞的報告書。

那份報告書上描述的是在虎之門分行查核得到的，有關東東電機的資訊。

昨天傍晚，兩人將從市村前會計課長那聽來的消息整理好後，放進直屬上司芝崎太一的【未批准】箱子。

芝崎將報告書呈到辛島那裡後，馬上就被辛島叫過來了。

「如果這個報告書上寫的都是真的，事情就不妙了。」

上的芝崎問道。

辛島呻吟似地說道：「關於這件事，營業第三部怎麼說？」他向坐在旁邊椅子上的芝崎問道。

「不，這些都仍只是報告書上的內容，我還沒有去問他們，想說先看部長怎麼說。」

辛島不發一語地點了個頭，可以從他的表情看出他在苦惱該怎麼做。

「營業第三部大概不會承認這件事吧，就算有人證，對方也已經不是現任職員，早就離職了，而且內容還是聽說來的，要是被說可信度有問題也沒辦法。」

「怎麼會？市村先生不是那種會亂加油添醋的人。」

舞開口說道：「他在虎之門分行也非常受到信任，就算現在調職到了其他地方，也還是對東東電機會計部裡的事情非常清楚。」

辛島不發一語。他的腦中一直在思考著，彷彿看到了自己被捲入行內各種問題以及派系之間了。

「至少應該讓營業第三部的吉原部長看過這份報告書，要求他們確認是否為事實比較好吧。」

芝崎說道：「這份報告書記載的事實，也有可能反映在東東電機的調查委員會的報告中，到那時候就來不及了。」

「到那時候就來不及了嗎？」

辛島喃喃自語，接著陷入了沉思，又過了一陣子才吐出一句「我知道了」，接著又說道：「我會把這份報告書上呈，營業第三部要否認的話就讓他們去否認吧，這不是我們在說三道四，而是要確認當事者那樣做是否恰當才對。」

說完之後，辛島在舞他們面前，在報告書上蓋印後放入【批准】箱，接著又嘆了口氣。

「真是艱難的時代啊。」

他說，並沒有特別在對誰說話。

「哎唷喂呀，我都冒冷汗了。」離開辛島的部長辦公室，一回到分行指導組的辦公間，芝崎就拿起手帕壓著額頭。「再怎麼說，事務部去揭穿營業第三部的醜事，這種行為是不是做得太過分了？」

「怎麼了嗎？」

舞一發問——

「營業第三部的吉原部長和辛島部長之後就……」

他伸出兩隻食指，比了一個叉叉。

「都做到部長了，下個位置就更重要啦，究竟誰有可能做到董事留下來呢？吉原部長跟辛島部長這兩位一個管營業，一個則是在事務部名揚天下的對手啊。」

「也就是說，這份報告書有可能會成為拖累吉原部長的因素囉？」

舞驚訝地問。這份報告書的目的明明只是想端正銀行這個組織，沒想到卻無心插柳成為雙方對峙的道具。

「從結果上來說，很有可能會變成那樣喔。」

芝崎說，他皺起眉頭，看起來有些為難。「妳也知道辛島先生不是那種人吧，但一旦那份報告書傳到行內，很多人都會因此站出來。我猜部長一定也是考慮到那些層面後才下定決心的。」

「話是這樣說啦。」

相馬說道，他將一直放在桌上、都已經冷了的咖啡往咽喉吞下。「既然如此，問題就在董事會和營業第三部對那份報告書的反應了？」

「不好意思，並不是，絕對。接下來的發展難以預料。」

「那樣也太奇怪了吧！」看著臉頰發抖的芝崎，舞毅然決然地說道。

「這不是整個銀行的問題嗎？這種時候還在搞什麼權力鬥爭！」

「哎唷，花咲小姐。」

芝崎本來就細小的眼睛瞇得更細了，他安撫著舞：「既然報告書已經遞上去了，大概也會造成董事會那邊的問題，那他們一定會採取應有的對策，分行指導組已經做好該做的事了，剩下的就交給上面的人了。」

舞的表情看起來還是忿忿不平，但芝崎都這樣說了，她也只能小小嘆了口氣，暫時停戰了。

# 7

「到底會發生什麼事啊，那之後都過了一個星期了，到現在還是一點消息都沒有。」

在分行指導組辦公間的舞像是忽然想起什麼似的，一臉悶悶不樂。

她指的是之前那份報告書。

「怎麼說，這件事情非同小可，不會那麼簡單就下決定的吧。」

相馬看著筆電的螢幕，頭也不回地說：「畢竟這件事可是攸關我們銀行的信譽。」

「既然有關信譽，我覺得就應該更早採取措施才對。」

舞越來越焦躁。

就在那時，被叫去跟辛島一起開會的芝崎回來了。

「啊，你們兩位可以過來一下嗎？」

芝崎將原本抱著的文件放到自己的座位上，愁眉苦臉的，不曉得發生了什麼事。

「其實我是要跟你們說上次那份報告書——」

「我們兩個剛好聊到這件事耶。」

舞開口問：「報告書究竟怎麼了？營業第三部說了什麼？我們銀行真的在兩個月前就得知這件事，卻還包庇隱瞞嗎？」

看著問個不停的舞——

「等、等一下啦花咲小姐。」

芝崎伸出雙手示意她停下，然後在自己開口之前又拿出手帕，擦著額頭上爆出的汗，接著才重新看向舞與相馬兩人，表情有種難以言喻的為難。

芝崎繼續說道：「其實辛島部長叫我過去就是為了這件事。部長好像在開會時把這份報告書交給整合國內事務部門的林田常務了，就是在和我們說完的隔天。」

芝崎繼續說道：「後來報告書被林田常務拿到董事會上提出，審議營業第三部對東東電機的應對是否正確——原本應該要是這樣才對。」

說到這裡，芝崎突然大大地嘆了口氣。

「其實我也不知道要怎麼跟你們兩個說才好。」

芝崎來回看了一下相馬與舞兩人，鄭重其事地說道：「這件事你們就當忘了吧。」

「這是什麼意思？次長！」

舞忍不住起身。「我們明明寫了報告書，算是正式提出問題了，怎麼可能忘記啊？」

「是、是啦。」芝崎招架不住她的怒氣，手裡緊抓著手帕安撫著舞。

「其實今天早上林田常務有跟辛島部長聊了一下，說這件事因為攸關各種原因，所以希望可以撤回這份報告書。理由我不曉得，但總之報告書就暫時寄放在我這裡了。」

在說這句話的同時，他也從放在書桌的檔案夾中拿出那份有關東東電機的報告書。

「撤回嗎……」

不曉得是不是因為上頭的反應令他感到意外，相馬有些失望。

「各種原因是什麼意思？次長。」

舞開口問道，她的語氣聽起來完全無法接受。「一定是有什麼原因，才會讓他們將那份報告書含糊帶過吧，大概是有關我們銀行的信譽問題。」

「妳要說的我都懂，我也是這麼想的。」芝崎說道。

「但是我們是銀行員，花咲小姐，我們只能聽從上面的命令。」

「不是這樣吧，要這麼說的話，長官叫我們死我們就要去死嗎？」

舞說的話也合情合理。「的確，我們應該聽從上頭的命令沒錯啦，但在我們遵照那個命令之前，也必須要有合情合理的理由讓我們接受才對吧？請把理由告訴我。」

「我剛才就說他們隱瞞理由了啊，妳懂吧。不可能沒有合理的理由啊，只是沒有辦法說而已。」

「這只是在強詞奪理。」

舞乾脆地說道：「那些在我聽起來就只是因為他們不方便，所以才要撤回報告書。」

「次長，我可以問個問題嗎？」

相馬問：「請問那份報告書上有董事的查閱章嗎？」

「你為什麼這樣問？」芝崎說。

「沒什麼，只是想說如果是蓋印章後撤回的話我就可以接受，這樣就算之後被說什麼，至少可以證明我們有好好向董事報告事實了。但如果沒有印章的話，就沒辦法證明這件事。這樣之後發生了什麼，董事他們都可以說他們不曉得有這回事——」

芝崎的嘴唇顫動，卻沒有去確認文件上的印章。

因為用不著看他也知道。

「抱歉，上面並沒有董事的印章。」

芝崎慢慢地回答。

「那樣太卑鄙了！」

舞的表情因過於憤怒而僵硬起來。「因為對自己不利，就裝作不知道，這種行為一點都不像是大銀行的董事該有的作為。」

受到下屬的批評，芝崎表情有些不快。他低下頭來，但馬上又抬起頭說道：

「我們銀行現在正面臨重要的時機，即將來臨的合併在準備交涉上也不太樂觀，所以才會有這樣的考量。我知道這樣太過分了，但是就請你們接受吧，拜託了。」

說完之後，芝崎將雙手放在桌上，深深一鞠躬，一點也沒有要把頭抬起的樣子。

舞愣然地看著他的舉動，在那之前她眼中原本布滿了什麼情緒，一下子全部消失了。

「我們的工作到底算什麼啊？相馬先生。」

那天，開口邀約「去吃個飯吧！」的人是相馬。他們離開丸之內，前往的是相馬常去的、位於四谷四丁目的一間日式餐廳。他們坐在可以看到老闆操弄菜刀，被老闆娘打掃得十分乾淨的吧檯位。

老闆煮了小章魚，裝著燉煮好的山菜大葉玉簪的小碗裡還有烤水針魚塊，每個都很好吃。雖然很好吃，但他們兩人的表情都顯得無精打采。舞喝著沒有很烈的清酒，她不得不喝——不只舞有著這種心情，相馬也是這樣想的。

「我們的工作，不過就是查核罷了。」

相馬不知道在對著誰說：「我們的工作是去處理分行引起的問題，其他事情就沒必要做了，反正也沒有人期待我們做。」

「有事的時候就叫我們，沒事的時候還不准我們插手多做什麼。」

舞一臉不甘心地說道。

「誰叫我們不過是組織中的齒輪罷了。」

相馬一口氣乾掉玻璃杯裡的酒。「既弱小又無能，一旦被上頭盯上，就得馬上說再見的齒輪。」

「話是這樣說，但相馬先生，在公司工作的大家，每個人都是齒輪啊！」

舞開口說道，她的表情因為喝不慣的酒顯得有些空虛，視線投射在手中的酒杯。「不過齒輪也有齒輪的驕傲吧，至少我們是為了銀行好才整理出那份報告書的，結果對方根本不接受，還直接撤回了。不管有什麼理由，這種做法都太亂來了，這樣下去真的好嗎？」

舞轉過頭來，視線中感覺有股力量，相馬突然低下頭來。

「怎麼可能好啊，但不管我們怎麼做也沒用吧。」

「這種話都只是藉口啦。」

舞移開目光，脫口而出：「真的想做的話什麼都可以做，只是一直跟自己說不管怎麼做都沒用吧。」

「妳該不會又想鬧出什麼事了吧花咲？」

相馬一臉懷疑地盯著她。

「沒有啊。」

舞嘆了一口長長的氣。「對我們這間東京第一銀行，我只是原本還有點期待的說，但現在卻感覺像是被背叛了一樣。」

「這樣想會不會太早了？」

相馬開口說道：「雖然報告書被退回來了，但至少辛島部長和林田常務因此知道東東電機的問題了，這才是事實啊。就算他們那樣說，也應該會想出什麼對策才是。」

「如果是這樣就好了，不然我們兩個不就跟笨蛋一樣嗎？」

舞這麼說著，露出了打從心底感到寂寞的笑容。

# 8

「分行指導組？」

玲子眉毛上揚，看著坐在位置上面有難色的紀本問道。

「好像是從虎之門分行的客戶那裡聽到東東電機的問題後往上報告的。」

「然後呢？那份報告書怎麼樣了？」

「聽說退回去了。」

玲子直直地盯著說出這番話的紀本。

「退回去了嗎？但是那份報告書應該才暫時從辛島部長那裡移交給林田常務了——」

「林田常務是很謹慎的人，事前應該已經跟上面溝通過了吧。看來那個時候，就已經要他們等一下了。」

「因為是51區嗎？」

玲子說完之後，紀本表情也顯得不快，只回了一句話：「可以這樣說。」

「但是部長，就算封印了分行指導組的報告書，東東電機調查委員會的期中報告就都沒問題了嗎？」

紀本皺起眉頭。

正在調查有關東東電機財報不實問題的調查委員會在明天中午有個期中報告，那份報告書中很可能掌握了東京第一銀行事前已經得知消息。

「那件事是那件事。」

重重拋下這句話的紀本的雙眼，彷彿在盯著牆壁的某處，目光銳利。或許是調查委員會報告書的內容與其應對方式正是一決勝負之處。

「不過……」

目光看似灼熱的紀本話說到一半突然停了下來。

「不過——怎樣？」

「要想挺過這個緊急狀況，經營團隊必須要齊心協力……」
「他們沒有嗎？」
紀本沒有回答，但從他的表情可以看出玲子的猜想是正確的。
「現在的董事成員，不可能全都留在新銀行成立後，一定有人會留下，有人會離開。雖說這是必然的結果，但一定會有人因此心生不滿。」
隨著銀行合併，東京第一銀行的現任董事有一半都會離開，這是既定的事實。雖然董事成員是由董事長決定，但不難想像檯面下已經各種明爭暗鬥。
「但那也沒辦法，再說產業中央銀行內部也有相同的衝突吧。」
「當然，但誰叫我們銀行有就算是必然也不可忽視的問題存在。」
需要一點時間才能注意到他在暗指51區。
「本來我是想把這個祕密一直帶到棺材裡去的。」
讓紀本感到懷疑的，除了被排除於董事之外的忠誠心，別無其他。「要有祕密是一件很簡單的事，但要守住祕密卻不容易，尤其這個祕密牽扯到越多人就越難，進而還會影響到那個組織。」
這間東京第一銀行究竟是不是足以守住祕密的高級組織？那句話聽起來就像是紀本在如此自問。
「然後，一定要有一個對象才有辦法交易。」
紀本呻吟似地說道：「現在被測試的不只有我們銀行內部，還有與對方的信賴程度。究竟對方是不是足以共享祕密的對象呢——」

試問東東電機和東京第一銀行關係的最初試金石，果然可以這麼說吧——就是即將在隔天發表的調查報告書。

# 9

相馬與舞兩人剛結束自由之丘分行的查核第一天，已經是那天超過下午五點的時候了。從位於自由之丘車站正門前的分行望去，有許多時髦餐廳和居酒屋可以任君挑選。

「相馬先生，難得來自由之丘一趟，偶爾也去有點潮的義大利餐廳吃吃看怎麼樣？」

「我才不想去那種一堆年輕女生會去的店咧。」相馬冷淡地拒絕舞的提議。

「去吃感覺比較成熟一點的店吧，像是釜飯之類的，怎麼樣？」

「釜飯哪裡就比較成熟了？相馬先生跟個大叔似的。」

「我本來就是大叔，不然妳是有什麼問題啦！」

相馬的手機鈴聲剛好就在兩人鬥嘴的時候響起。

「啊，是芝崎次長。」

說完後，接起電話的相馬表情變得越來越僵硬。

「喂花咲，不吃了，我們回去總行吧。」

「怎麼了嗎？相馬先生。」

舞追在快速踏出步伐的相馬身後，開口問道。

「剛才東東電機的調查委員會發表了期中報告。」

相馬突然停下腳步，回過頭來。「聽說東京第一銀行的報告中提到了隱瞞的事情。」

「那不就跟我們寫的報告書一樣嗎？」

舞的語氣夾雜些批判：「所以就驗證我說的了啊。」

明明盡早將事實公開，說不定還能做些什麼——

「被搶先一步了。」

事情正如相馬所說。兩人穿過自由之丘車站的剪票口，朝著剛進站的電車衝了進去。

「下午七點開始，我們銀行要召開臨時記者會——公關室說不定要製作講稿，也可能需要聽我們怎麼說，所以部長命令我們要在那邊等。」

「現在才這樣做會不會太晚？」

舞一臉憂鬱地說：「是想用事前已經調查過了之類的說法嗎？」

「或許吧。」

相馬也草草回答。

兩人就這樣急忙回到總公司，待在分行指導組的辦公室，緊張地等著誰來叫他們。

然而就在時間超過六點、甚至超過六點半後，銀行內都沒有任何人來對他們說「想跟你請教一下」。

「他們到底想發表什麼啊？」

相馬看著手錶自言自語的時候，已經是下午六點五十五分了。

「電視上好像有現場直播，相馬先生。」

過了晚間七點，得知這個消息的舞打開室內的電視，螢幕上播放著正在東京第一銀行總行內舉辦的記者會現場。

新聞節目還特地轉播，可見大眾對於這個問題應該都相當關心。

從掛在牆邊的攝影機可以看到記者會要用的桌子還空著，但事先備好的記者位卻已坐滿，記者會還沒開始就已經人滿為患。一片嘈雜中，在銀行相關人士從右邊現身後，場內也突然安靜下來。

走在前頭的是副董事長羽田，接著是公關室長上野，以及最後的營業第三部部長，共三人。

「讓各位久等了，接下來是事前通知各位的，有關東東電機第三方調查委員會期中報告，記者會正式開始。」

直接拿起麥克風發言的是公關室長上野，上野簡短說明記者會的流程後，便將話題丟給坐在中間的羽田。「接下來將由羽田副董事長為大家說明這件事。」

「我是副董事長羽田，首先，我要為這次本行對東東電機的應對驚動大家一事，深深向各位致歉。」

羽田站起身，向眾人深深一鞠躬。

「今天下午，東東電機設置的第三方調查委員會發表了期中報告。其中，提到了關於該公司引起的財報不實問題，本行在新聞報導幾個月之前就已掌握了事實，但本行不僅沒有對外公開，還打算包庇該公司並隱瞞。我知道這件事後，就向該公司以及負責其公司底下相關企業的營業第三部進行了確認，結果是我們銀行並沒有做出如他們所說的事。」

他輕易否定眾人的疑惑的瞬間，注意到記者會現場充滿了無法接受的氣氛，空氣彷彿停滯了一般。羽田繼續說道。

「本行有設置由董事長直接管理的法令遵循部門，我們自始至終都徹底遵守著法規。此次東東電機第三方調查委員會是因何誤解事情的前因後果，本行會向該公司申請二度調查。」

營業第三部部長吉原接在羽田之後，開始講述更詳細的前因後果。

「東東電機是與我們來往超過半世紀、關係非常緊密的客戶。由於關係強化、交易規模擴大，負責部門裡的負責人，連同我都有許多機會能夠看到其財務的精密數字。關於東東電機的財務相關內容，從以前開始，對相關部門進行訪談就是一般業務的一環。其中，在與現場管理階級開會的場合，似乎也有針對計算基礎營業額對談的事實。或許是因此才認為本行掌握了該公司的違法事實，並誤以為本行要包庇他們。這樣想很合理，但那些言論只是自由地交換意見，不過是負責人個人的想法，無法與本行正式提出的申請相提並論。本行原準備要與東東電機一同檢證，究竟是哪個地方產生了誤解，但考慮到調查委員會的期中報告，只能臨時向大家報告。」

接著便進入開放現場問答的時間。

負責部門是哪個、是什麼時候又是在怎樣的會議上的發言、東東電機的負責部門又是哪邊等各種細密問題一一出現在記者會上，這些都由營業第三部部長吉原來回應。

吉原本來就是很有能力的男人，頭腦清晰、口才好、行動力也高，完全是足以率領東京第一銀行精銳部隊的辯論家。另一邊的記者群雖然不斷對發表內容感到懷疑，可惜的是吉原還是更勝一籌。

不瞭解金融現場的記者的提問，對他來說簡直輕而易舉。他們的問題幾乎都是什麼東西怎麼樣的，很容易就可以巧妙回應搪塞過去。最後記者們也不得不接受他的回答。記者怎麼問他就怎麼答，完全無隙可乘。

臨時記者會就這樣開了大約四十分鐘，還算平順地結束。

相馬與舞從頭到尾都盯著電視機，一言不發地看著。
新聞畫面回到攝影棚，話題也跟著改變，但舞還是直瞪著電視螢幕。她的眼神中有著令人畏懼的認真，且不知為何還有種悲壯感。
身邊傳來一聲嘆息，是相馬發出的。
「喂，花咲，妳是想看到什麼時候啦？」
舞回過神來，終於關掉電視，一臉茫然地坐在椅子上。接著她看向那面什麼都沒有的牆壁，盯著牆上的某處。
「這不就是在包庇嗎？」
舞沙啞地說道，一臉精疲力盡地轉向相馬。「那些人說的全部都是謊話，這樣也可以嗎？」
相馬沒有回答，只是重重嘆了口氣。他走了兩三步，粗暴地往自己的位置坐下，兩手放在桌上，低下頭來。
沉重的氣氛降臨分行指導組的辦公間。
「一直期待他們的我真是個笨蛋。」
舞開口說道：「結果只是故意擱置我們寫的報告書吧。」
相馬不發一語。
「這種謊話一般不可能會被接受的啊。」
沉默的辦公間裡，舞繼續說著：「撒這種謊，以為能夠騙過世人，這樣……這樣真的沒問題嗎？」

一陣沉默之後——

「怎麼可能沒問題啊！」

相馬抬起頭來，不吐不快地說道。他一直盤著手臂，身子僵硬起來。「只是，要是被大家知道真相，本行的立場就會有危險，權宜之計只能選擇隱瞞了。但那正是背叛客戶的行為，而他們卻都沒注意到這點。對於只想明哲保身的他們，這場記者會大概就已經夠他們累的吧。」

無論是羽田副董事長還是吉原部長，只看表面會覺得他們很誠實，一點都看出不出來有說謊的跡象。這場記者會就像是在說：報告書是基於誤解產生的，我們對於這意料之外的飛來橫禍也很傷腦筋。

然而那些全部都是假的——

親眼目睹對方堂堂正正地說謊，讓舞受到不小的衝擊，現在她的心彷彿乘坐在一艘小船上，在一片大霧中東倒西晃的。

「我們該怎麼做才對呢？」

舞的聲音聽起來虛弱無力又茫然。那句話像是在問相馬，又像是在自問。

「唉，該怎麼做才對啊。」

雖然相馬回話了，卻也不算是什麼回答。

「我想到之前……相馬先生你曾說過的話了……」

「我說的話？」

相馬低聲問道。他將雙手放置頭後，眼睛直盯著天花板。

「所謂的銀行員，就是知道什麼之後就得扛起責任的一筆買賣。你還記得你說過這句話嗎？一旦知道了，就算有人裝作不知道，也會被要求負責。如果是這樣的話，我們又該怎樣。」

相馬的目光動了一下，看著舞。舞繼續說道：「現在那些人就在我們面前面不改色地說謊，如果我們放任他們，稱得上是一名銀行員的正確作為嗎？如果我們保持沉默，就等同是那些人包庇那件事的幫凶，不是嗎？」

「妳想做什麼，花咲？」

舞沒有回答相馬的問題，只是平靜地站起身，沒有告知去向便走出辦公間。

## 10

昇仙峽玲子與紀本一同在記者會現場的一隅，觀看了副董事長等人出席記者會的樣子。

羽田副董事長展現出大銀行家的風範，一看到他，便會毫不猶豫地信任他。營業第三部吉原部長的回應也十分完美。除去他的發言幾乎都是虛偽的謊言這點。

在羽田離開記者會現場的同時，紀本也悄悄從身後的門離去，玲子則跟在他之後。

「他們否定了調查委員會的報告，想必對之後被追究的責任也有所覺悟，事前溝通沒問題嗎？」

「不曉得。」

紀本一臉不高興地回答。自他被要求不准對東東電機這件案子出手後，紀本一直在靜觀整個事態，大概也是想和身為當事者的營業第三部及董事成員們討教吧。

「高橋會長說了『交給他』，應該就已經和東東電機套好說法了吧。東東電機也是，考慮到往後的資金周轉，應該不可能拒絕我們銀行要求的統一口徑才是。」

羽田副董事長也是高橋會長派系的，營業第三部的吉原也跟羽田走得比較近。另一方面，紀本說來卻是牧野董事長的心腹那般的存在，與高橋和羽田之間的關係有些微妙。銀行內部的事情繁瑣複雜，沒辦法用一般的方法處理。

「既然都孤注一擲了，就讓他們背起責任好好謝幕，絕對不允許失敗。」

紀本的眼中射出銳利的光芒如此放話，留給玲子一個嚴厲的背影後，身影消失在往部長室的方向。

難以言喻的危機感往玲子的內心席捲而來。兩行合併近在眼前，但像這間東京第一銀行這麼巨大的組織卻七零八落的，她有種不好的預感。

正想回到自己的位置時，這邊卻有一個人影彷彿追著玲子過來。

「昇仙峽稽核。」

聽到聲音回頭的瞬間，玲子警戒的表情也隨之消失。走近她的是分行指導組的花咲舞。

她對著不發一語站在原處的玲子說道：

「有關東東電機那件事，我有話要說。」

與她面對面的花咲眼中，有種毅然決然的氣勢。

「很抱歉，我在企劃部裡並不負責東東電機。」

看著冷淡拋下一句便踏出步伐離去的玲子——

「剛才那場記者會是假的。」

丟出一句明確的話阻止了她的去向後，花咲繼續說道：「我去虎之門分行查核的時候，聽東東電機的前會計部職員說了，我們銀行早在兩個月前就發現問題了，卻討論著要包庇那件事。」

彷彿沒有聽到舞的話似的，昇仙峽並沒有任何回應。面向舞的側臉看似緊繃，卻不曉得是因為憤怒還是訝異所造成的。

「所以妳想要我做什麼？」

許久，昇仙峽開口問道。

「再這樣下去這間銀行會完蛋的，此時此刻，一定要想辦法做些什麼。」

舞拚命地訴說著，昇仙峽的表情無動於衷。而她那雙依舊讀不出情感的冷淡目光，也只是一直看著這裡。

「我想妳是誤會了什麼，那場記者會跟我毫無關係。如果妳覺得記者會上說的都是假的，寫報告書上呈給妳的長官才是正確做法。」

「我早就這樣做過了，但是報告書卻因董事的判斷被退回來了。可以說是整個組織都在包庇，我明明就知道這件事，不可能裝作沒看見。」

「這種事不該對我說，請去找妳的長官吧——先告辭了。」

看著踏出步伐的昇仙峽——

「請等一下。」

舞再度說道：「妳身為合併準備委員會的一員，也在為這間銀行的將來努力著不是嗎？確實妳跟我不論是地位還是立場都不一樣，但我們都是東京第一銀行的行員，妳應該跟我一樣，都希望這間銀行變得更好才對，所以我才會來拜託妳。」

不甘心的她顫抖著聲音說道，內心湧起一股熱情，然而……

「關於這件事，我什麼忙都幫不上。」

昇仙峽冷漠地回應。「妳的心情我明白，但這並不是妳想怎樣就可以怎樣的問題，我勸妳不要再跟這件事扯上關係了。」

「我只是想知道真相而已。」

舞挑釁似地說：「我沒辦法知道卻裝作不知道，否則我也成了包庇那件事的共犯了。」

昇仙峽還是沒有回應。

「——我很忙，先告辭了。」

彷彿要拒絕繼續對話似的，昇仙峽乾脆地轉過身去，為這段對話畫下了句點。

無計可施的舞一直站在原地，如今湧上她心頭的不是不甘心，也不是生氣，而是悲哀。

明明在同一間公司工作，但大家不只不親近彼此，也沒有向心力。有的只是相互勾結的組織內的複雜情事，以及上下關係的派系意識、只顧利益的思考方式。

這樣下去這間銀行真的會走到死路的。

舞一直茫然地站在原地，危機感占據她的內心，以一種絕望的速度開始膨脹起來。

# 11

記者會後過了幾天，昇仙峽玲子跟隨紀本一同出席與菊川春夫的聚餐。

「前幾天的記者會似乎引起眾人的議論了，紀本老弟。」

他們在位於六本木的法式餐廳裡的半開放包廂。是可以用香檳乾杯，享用由主廚任意搭配當季食材的高級餐廳，還會隨著不同料理送上適合的酒。對於常跑國外、以懂酒之人出名的菊川而言，偶爾像這樣約人一同用餐也算是半個興趣。當然，在這種情況下，也是可以想像這天紀本會受邀的。

紀本是在昨天叫玲子一起來的。

「妳沒有事的話就一起來吧，不然都是男的也很無聊。」

當然，紀本才不會因為都是男的就特地邀請一個女的，那不過是表面上拿來當作玩笑的理由，其實只是紀本不想跟菊川單獨用餐吧。

玲子唯一能想到的理由就只有這個。

菊川在東京第一銀行這個組織裡屬於「失敗組」。

止步於執行董事，長年在東京第一銀行位居顯要職位的菊川，並沒有被選入新銀行的合併委員會成員中，事實上就是宣告他已非主要戰力了。

他們和菊川約在店裡。在來這裡的途中，聽紀本說高橋會長不同意菊川留下，似乎還逼牧野董事長要排除他成為新銀行的董事成員。但目前為止行內的人都以為菊川將來會當上董事長，所以紀本才覺得菊川應該跟高橋之間有什麼不愉快吧。

套餐的餐點十分豪華。

每當新菜端上，菊川就會一臉驚豔，時不時還會拋出「還差了點味道」之類的食評感想。

既然是和專務一起吃飯，紀本當然也附和了幾句，但玲子卻連好好享用餐點的閒暇都沒有。因為在這種困難時期，菊川不可能只為了一頓飯就把他們叫過來。

「話說，因為東東電機的問題開的那個記者會，各界的反應如何？」

主餐吃完後，他拿著餐巾擦嘴時，若無其事地將這句話說出口。

「正反兩面的意見——應該都有吧。」

紀本謹慎地回答。自己不過是站在中立立場——之所以散發出這種態度，或許是在警戒菊本。

「東東電機的調查委員會應該會持反對意見吧！那群人還會因此再開一次反對立場的記者會吧。」

「也要看最終報告書的結果如何吧。」

紀本拿起裝著白酒的玻璃杯放到嘴邊，窺探著菊川的表情。

這個男人究竟想說什麼？他的眼神正在打量著對方。

「東東電機跟營業第三部的事，你早就知道了吧？」

對方如此問道。

從紀本的表情可以看得出來他在猶豫，不曉得該不該說。然而菊川掌握著行內的大小情報，不是可以隨便糊弄過去的人。

「我有聽說。」

紀本一回答後——

「你看了那場記者會後有什麼想法？」

對方便馬上追問。

「老實說——要說沒有不安，那一定是在騙人。」

他謹慎地回答：「但是，我不能跟這件事有所牽連，所以就不開口了。」

「不能有所牽連是指？」

男人的眼神閃爍出如針的光芒。「那又是怎麼一回事？」

「是高橋會長下的指示。」

「高橋會長的……」

菊川的視線下移，陷入思考，接著又抬起目光。「你有問理由嗎？」

「沒有問得很清楚。」

紀本回答：「專務知道這件事的底細嗎？」他反問。

「我有私下問過。」

菊川知道這件事情。

「您是向誰打聽的？」

紀本問了之後。「東東電機的梶田先生啊。」出現意想不到的人名。

梶田貫一是東東電機的副社長。在銀行負責國際相關的菊川，不曉得是在哪與東東電機的董事結緣的。

或許是察覺到他的疑問——

「梶田先生跟我是大學網球社的朋友，只是——」

菊川一表明後，便用右手輕輕轉著手上的玻璃杯。「我是覺得啦，在發現的當下就應該馬上公開才對。」

菊川當然也應該知道有不能公開的理由。

「無論是客戶想要粉飾太平，還是財務報表不實，那些都不是我們銀行的過失或醜聞，本來就跟銀行的信譽無關。」

菊川說道：「簡單說來，那時候公開的話，我們銀行一點問題都沒有喔，紀本老弟。有問題的應該是高橋先生吧。」

他面帶微笑地說道，卻突然能感覺到他對高橋的異常憤怒。那份激動讓紀本與玲子都倒吸了一口氣。

「高橋會長的問題嗎？」

紀本重複說道，像是在自言自語般。

高橋的問題是什麼問題——

當然，這個答案只有菊川知道。

而只要紀本現在開口發問，是不是就能知道那個祕密呢？然而——

紀本並沒有問。他故意不問的，他只能這樣做。

理由很簡單，因為只要他問了，他就會被迫從一個第三者變成當事者那方——51區內部的。

「我這人很快就會被銀行捨棄，所以要讓我說的話，就算是高橋先生，只考慮自己方便，就濫用客戶跟銀行，這種事沒有那麼簡單就能被原諒吧。還不只那樣。」

他繼續說著對高橋的不滿：「明明驚動了社會，給那麼多人添了麻煩，卻還不想負責，只躲在臺下摸魚。東京第一銀行這個組織什麼時候變成高橋先生的所有物了？我很想這樣問啊。」

毫不隱瞞地批評，加上憎恨。被宣告從主要戰力排除的男人，其憤怒不同凡響。

菊川繼續說道。

「這個問題之所以會那麼麻煩，就是因為社會正義與組織正義沒辦法一致。要是爆出高橋先生的違法行為就會傷了銀行，隱瞞的話雖然銀行可以平安無事，但就無法處罰真正該被處罰的人。我這幾年經常在這樣的糾葛之中，究竟該不該公開這個祕密呢？但最後我還是什麼都沒做。」

「請問是為什麼呢？」

紀本終於開口，他沒有辦法不問，他被那份衝動影響了。

原本一直看著酒杯慢慢轉啊轉的菊川將目光上移。「因為，我是一個銀行員。」

菊川的答案讓玲子感到很意外。

「比起這個世界的正義，我更常以銀行的利益為優先。正義裡沒有得失，得失中也沒有正義。我們銀行員就是要經常處在這條界線上戰鬥，不是嗎？」

「我認為您說得沒有錯。」

紀本重重地回應，玲子也沉默地點了個頭表示同意。

「身為一名銀行員，我其實是守護了眾多的利益一路走來的，不過這份工作再過不久就要結束了。這個任務我就交給後面的人，在不遠的將來，紀本老弟，或許會是你來繼承也不一定。」

話說完後，菊川注視著紀本。「到了那時，你究竟會選擇正義還是利益呢？」

「這個，不到那時也不會知道。」

菊川對紀本的回答點了個頭。

「或許是這樣吧，不過有一件事你可不能忘。」

菊川舉起右手的一根指頭，一臉正直地看向紀本。

「不管是什麼祕密，總有一天都一定會暴露，銀行就是這樣的組織。或許會在合併後幾年，也或許要更久，又或許——出乎意料地發生在不遠的將來。」

他這句話令人感到不安，玲子猛然抬起頭。

同時也注意到了一件事。

菊川剛才說自己之所以會保密是因為「自己是銀行員」，但是他再過不久就要離開銀行了，那個時候菊川不也沒有繼續保密的意義了？

這或許是來自菊川的預告。他將那件事當成給面臨合併交涉的紀本的忠告。這個才是這次聚餐的真正意義不是嗎？長年在東京第一銀行這個組織裡服務，最後卻被夥伴背叛的男人的反擊。

紀本也在思考同樣的事情。

「如果是銀行員，不論過多久都還是銀行員，不是嗎？」

這句話聽起來也像是心平氣和的牽制。然而──

「是這樣嗎？」

菊川的回答卻是否定。「只要離開了銀行，就只是普通人了不是嗎？」

那個瞬間，玲子隨著強烈的疑問，目不轉睛地盯著菊川的表情。究竟對菊川而言，銀行員是什麼呢？銀行員不是普通人的話，那到底是什麼？應該要被唾棄的菁英意識或民族思想。

「正如您所說。」

閉上眼睛的玲子聽到了紀本的聲音。

玲子張開雙眼，重新看向兩位銀行家。她沒有辦法點頭。

「我可以問一個問題嗎？」

紀本小心翼翼地開口詢問：「專務打算什麼時候公開您所知道的祕密？」

那個瞬間──

「我嗎？」

菊川驚訝地看向紀本。

「怎麼會？」

他笑了出來。「我啊，可是奉行保密主義的喔，而且是很徹底的，說到這個──」

菊川像是突然想起什麼似地說道：「聽說最近有份報告書送到上頭，提到東東電機和營業第三部的關係了。」

正打算拿起酒杯的玲子突然停下動作，因為她想到了分行指導組的報告書。

「高橋先生一定會擱置那份報告書的吧，但是，我覺得這樣的做法不夠嚴謹，應該要快點調走寫出這種一點都不謹慎的報告書的人，把他給捨棄才對。要做到這種程度，才有辦法守好祕密。雖然我在無意中聽到這點時，就已經暗示林田常務了。」

真是可怕的男人，玲子以一種既不畏懼又不輕蔑的眼神，看向這個男人。

他不是善，也不是惡。

不為正義，也不為利益。

不求地位，也不求保身。

他對於銀行和其中的人際關係既愛又恨。

這個男人的精神構造已經超出玲子的理解範圍。他是妖怪，他是正常的，也是異常。

然後，玲子現在打從心底後悔一同出席了這場聚餐。

# 12

因為要參加之前待的分行的聚會，舞很早就離開銀行了。故事發生在二月中旬的星期五晚上。

「相馬，要不要一起去吃飯？神保町有一間很不錯的日式料理店，也是之前我還在神保町分行時常去的地方。」

芝崎少見地約了相馬。說到神保町，前些日子在加戶勘那間壽司店才剛發生一點小事。

加戶勘的菜的確撐得起那個價格，想到這裡的相馬——

「哦，好啊！」

他反射性地回答，但馬上又露出詢問的目光：「如果是很貴的地方就算了喔。」

「你覺得我會去哪種高級料理店嗎？而且今天還是我請客。」

聽到芝崎難得的回答，相馬瞪大了眼睛。

「請客？發生什麼事了嗎次長？」

「沒事沒事。」

芝崎不再多說，只是準備收拾下班。他們從大手町搭乘地下鐵，很快就來到神保町，走進離玲蘭街不遠的小店門簾。

掌廚的老闆看起來已經超過六十歲，有一個女兒在幫忙。是一間只有一個吧檯，卻整理得乾淨齊全的小店。雖說週五的客人十分多，但不曉得是不是特別體貼芝崎，吧檯正中央的位置空著。

他們吃著滑溜滑溜的醋拌味噌螢烏賊，再把薄切寒鰤生魚片跟紅葉蘿蔔泥一起沾著橙醋吃。

「小美沙，麻煩再一杯熱燗酒。」

熟客芝崎對那個小女孩喊道：「哎呀，老闆，你們的菜還是一樣好吃耶。」接著又對吧檯內的人說道。

「謝謝你。」

話不多的老闆笑著道謝，芝崎點頭回應，接著又對相馬提問感想：「覺得怎麼樣，相馬老弟？」

「當然是好吃啊，芝崎次長果然都知道好店在哪，讓我變成熟客也可以嗎？」

這並不是客套話，一本正經說完那句話後的相馬還咂了一下嘴。「而且神保町離我們工作的地方也很近。」

但不知怎麼回事，他的那句話卻令芝崎變了臉色。本來看起來很開心的臉瞬間烏雲密布，右手還拿著酒杯的他突然用力地盯著吧檯桌。

「次長，您怎麼了？」

注意到他的變化，相馬開口問道。芝崎將手中的酒放下，兩手啪的一聲放在膝蓋上。他看著相馬的臉——

「那個啊，你再過沒多久，就要調職了。」

他突然說出事實。

「你、你剛才說什麼？」

相馬正將酒杯送到嘴邊，結果手一抖弄翻了酒。「調、調職？我嗎？」

原來是這樣啊。同時，相馬也理解了。芝崎之所以會找他來吃飯，就是要暗示調職這件事。

「那、我之後會被調去哪裡？」

沉醉在美食和好酒的氣氛一口氣消失殆盡。

「我覺得你真的很努力。」

芝崎並沒有回答相馬的問題，只是說了這句話。「都不知道你一直以來幫我們處理了多少查核對象那邊的問題，辛島部長也很清楚你工作有多認真，這點希望你能明白，只是……」

才剛以為他在捧相馬，但芝崎接下來要說的卻如同失速一般。「沒能讓上層充分理解你工作有多認真，或許是我能力不足。」

一開始還對芝崎說的話大大點頭的相馬也漸漸失去笑容，取而代之的是面露不安的神色。「那個，我究竟要被調去哪裡……」他再次提問剛才的問題。

「我猜你要被調去的地點是，希望之丘的辦事處。」

「辦事處，嗎？」

相馬垂下肩膀。雖然不想表現出太失望的樣子，但還是失敗了。原本還以為會被調去總公司的哪裡，再不然就是普通的分行，沒想到竟然會是辦事處……

「這個叫希望之丘的地方在哪裡？」

「橫濱市。」

芝崎答：「從橫濱車站出發，搭相鐵線十五分鐘就會到離那裡最近的希望之丘站了。為了那附近的個人戶，兩年前成立了這個辦事處，算是橫濱分行旗下組織的位置。你會在那裡擔任融資部門的課長，雖然位階沒有改變，但實際上可以算是升遷吧？」

怎麼可能會是升遷。

證據就是芝崎表現出來的尷尬神情，因為是當課長所以算是升遷，這只是說起來比較好聽罷了。

就算是辦事處的課長，只要現在的位階沒有改變，根本上就還是跟一般分行的組長差不多，換句話說，只是換個位置而已。那裡終究不像是工作受到認可的人會被分配的場所。

「你不是一直很想在融資部門工作嗎？這個願望實現了，所以我覺得也不是壞事。雖然那裡地方不大，但這次就好好讓人事部認可你的實力吧。」

相馬一邊聽著芝崎無趣的激勵，一邊回顧起在分行指導組的過往。

只要去查核就會遇到一堆鳥事，一旦插手又會被擺臉色。儘管如此，在那些日子裡他們糾正了多少不對的事，點出了多少過錯呢。雖說那些事大多都是因為花咲氣到抓狂才弄出來的，但他以為他們做出的成果挺不錯的。

原來那個成果就是這個啊——

升官不是一切，但我這幾年的努力到底算什麼？這個人事異動跟在銀行沒有得到該有的評價，工作還要從頭來過有什麼不同？

這些想法化作軟弱卑微的話語，從相馬的口中說出口。

「誰叫像我這種傢伙，對銀行來說沒什麼價值啦。」

「你說的這是什麼話，相馬，才不是那樣，我一直覺得你的工作能力很好。」

「是嗎？」

相馬嘆了口氣說道。和芝崎繼續這種對話只會覺得更寂寞而已。

「次長，您可以告訴我事情的真相嗎？我哪裡做得不夠好？」

經他這麼一問，芝崎再也受不了地嘆了口氣，移開目光。他抬起頭來看著吧檯位置，下定決心似地發出了「嘖」的一聲，接著看了相馬一眼。

「上面給我施了一點壓力。」

他壓低聲音。「有董事看不順眼你們的工作，好像去對人事部說了些什麼，聽說辛島部長拚命為你們說情了，但最後還是沒辦法保護你，抱歉。」

芝崎在吧檯位子低下頭，向他道歉。

「該不會是前陣子寫的那份報告書吧？」

他能想到的原因就只有那個，看來自己踩到了老虎的尾巴。「到底是哪個董事可以給你們施這種壓？」

「我們也不知道對方是誰啊。」

芝崎不甘心地抿起脣。「不管怎樣，結果就是這樣了，你能接受嗎？」

「這是個蠢問題喔，次長。」

相馬虛弱地笑了一下。「只要派令一下來，哪裡都得去，銀行員就是這樣啊。再說我早就放棄升官了，也不是要殺了我，不管什麼地方都有值得期待的事，就是這樣啦。」

相馬一口氣喝乾手中的酒，視線直直地看向前方。

還是在權力面前低頭了。但組織不就是這樣嗎，只不過是程度上的差異罷了。

他內心湧上的就是這種放棄的想法。或許會有人認為這種想法太過消極，但仔細回想起來，從當銀行員到現在，從來沒有過讓他覺得是人生勝利組的時候。

「聽到你這麼說，我放心多了。」

芝崎說完後，又幫相馬空了的酒杯添了些酒。「祝你在新的職場大放異彩，乾杯！」

真是不可思議，相馬心想。明明是同樣的酒，現在喝起來卻覺得那麼苦澀。

「對了，派令什麼時候下來？」

相馬問道。

「下星期就會下來了。」

「這麼快？」

看來那個董事看相馬的工作非常不順眼。他不認為自己做錯了事，但是，就算做對事情也不代表就能升官。

「不好意思，請你先有個心理準備。」

話雖如此——

相馬家就在門前仲町站。

從橫濱過去要十五分鐘啊，這樣通勤時間就更長了。

相馬喝著酒，腦中閃過的卻是這種跟工作毫無關係的事情。

# 13

「相馬。」

那天早上，在相馬因芝崎次長的呼叫站起時，舞一點都沒發現有那裡不對勁。

這不過是每天都會重複發生的日常之一，註定會被堆積在記憶深處再被埋沒的，命運中微不足道的風景——應該要是這樣的。

然而，不知怎地看到相馬一臉若有所思地穿上掛在椅背上的外套時，舞瞬間回頭看向芝崎，她看到是一副差不多的表情。

難不成——

她叫住不發一語地正準備和芝崎一同走出辦公司的相馬，但對方並沒有回頭，只是突然舉起右手。

「——相馬先生。」

果然，是人事異動的派令。

目送著兩人離去的舞一點也無法冷靜，彷彿接到派令的人是自己一樣，她看著文件，卻一點也沒辦法工作。

相馬要離開了——

她很清楚只要是銀行員，總有一天一定得接受上面的調動，但她以為這種事還早。突如其來的變化讓她感到驚訝與不安，不止如此，她發現自己對於這件事深受打擊，這讓她有些困惑。

相馬總是懦弱，尤其在那種該出手的時候特別軟弱，但這樣的他其實是最理解舞的。回想起來，她能夠做些近似失控的行為，也是因為有他在身邊支持著她。

就算嘴巴上兩人總是互相吐槽的，但在心裡的某處卻很信任對方。也因為如此，這幾年他們才能以分行指導組的身分，一路這樣走過來。就算遇到不合理的對待，或因為失敗感到挫折，相馬都一直陪在舞的身邊。

「真是笨蛋啊我。」

都到了要失去相馬時，才第一次注意到他的存在原來如此重要，這點也讓她覺得自己真的非常愚蠢。

但是，他們這麼努力走過來了，也獲得了辛島部長跟芝崎次長的信賴，相信下個去處一定會很不錯的。

因為舞一直深信這點，所以在從經過二十分鐘後才回來的相馬口中得知，他的下個職位是希望之丘辦事處的融資課長時，舞感到十分錯愕，並打從內心感到氣餒。

她無法判斷原本想好的「恭喜」這句話適不適合說，所以在說完「相馬先生」之後，後面的話就說不下去了。

好不容易她才擠出一句：「這樣就變遠了耶。」

「是啊，總之就是這樣了，花咲，我們就要說再見了啊。」

相馬聽起來一點也不眷戀，他以非常開朗的聲音繼續說道：「也不對，我到目前為止因為妳受了多少罪啊，一想到之後再也不用那麼膽顫心驚，我就鬆了口氣啦。」

相馬說著如同平常的討人厭的話，卻讓舞泫然欲泣。她好不容易才壓抑內心湧上的情緒——

「一直以來，謝謝你了。」

對相馬深深地一鞠躬。

有些難為情的相馬用手指磨了磨自己的鼻子，稍微往下看了一下，接著再擠出勉強的笑容。

「我也是，謝謝妳啦。」

「相馬，在新的地方也要好好加油喔，知道嗎？」

芝崎一臉認真說出來的話卻讓舞咬緊了唇。在東京第一銀行裡，會把部門或分行稱作「地方」。

為什麼不能把他調到更好的地方去呢？

她知道相馬的確是和升官扯不上邊的男人，但也應該給他與這幾年的努力相符的考績才對。

就算不是東京都心也沒關係，至少也給他一間不錯的分行和合適的位置呀。舞才不是那種可以單純說出「雖然是辦事處，但是融資課長很不錯耶」的好人。

「怎麼啦妳，花咲，幹麼擺那個表情啦吼。」

察覺到舞心中所想，相馬露出笑容。就是這個當下，舞懷疑相馬早就知道這次調動，一定是芝崎事先暗示他了。

所以相馬才會一臉早就放棄了的表情。

她以模糊的視線看著那張臉——

——所謂的組織啊，不過就是這樣。

彷彿能聽到相馬內心的聲音。

突然，前幾天的那份報告書從舞的腦中閃過。

再怎麼努力，也不一定就能獲得銀行這個組織的正面評價。

或許是這樣，或許是這樣吧，但是——好不甘心。就在那個當下——

「對了，芝崎次長，接替我工作的人是從哪裡來的？」

相馬問道。

「這個嘛。」

芝崎一臉困擾地歪了歪頭。「不會有人來接你的工作。」

「你是說沒有人？」

相馬與舞幾乎同時叫出聲。

「分行指導組，花咲小姐——接下來就只有妳一個人了。」

芝崎的話對他們而言簡直是晴天霹靂。「但是這種狀況不會維持太久的，隨著與產業中央銀行的合併確定，我們銀行的組織架構也會大幅變動。雖然我應該跟你們兩個好好聊一下的，但我猜在不遠的將來，分行指導組應該會面臨解散。」

「對這間銀行來說，我們是不被需要的，是這個意思吧。」

舞堅定地問道。

「我沒這麼說啊，怎麼能這麼說。」

說完後，芝崎咬緊唇瓣。「我也很不甘心啊，說什麼不被需要，才不是那樣，就是現在才更需要，就是現在才……」

才剛以為他不說話了，就看到芝崎拿著平常擦汗的手帕壓著眼角。舞因此深吸了一口氣。

芝崎也很痛苦。

他和相馬與舞一樣，打從內心希望這樣銀行可以變得更好。一發現這個事實，舞感到鼻子深處發酸。

「就算在不同的地方工作，我們的心情也會一直一樣的。」

芝崎抬起泛淚的眼，直直地看向前方。「就算我們解散了，也要信心滿滿地相信我們至今做的事情絕對沒有錯。」

盯著芝崎看的舞突然大吃一驚。

難道那份報告書——將東東電機與營業第三部之間的祕密公開的那份報告，就是造成相馬調職和分行指導組解散的原因嗎？

這只能說是舞獨有的敏銳直覺。

這之中有什麼龐大勢力在推動著。舞現在很清楚地可以感受到其活生生的觸感。

然而，無論是芝崎還是相馬甚至舞，都沒有對抗那股龐大勢力的方法。

在那股強大勢力面前，他們只能不斷屈服，順勢而為。到底什麼是正確的，又什麼是錯誤的呢？那些標準在這間組織裡毫無意義。社會上理所當然的事情，在這裡也能被扭曲否定。

這種組織還有未來嗎？

對席捲而來的壓力毫無辦法的舞站立在原處，如此想著。

# 第七話

# 小卒之戰

# 1

「相馬，過來過來。」

聽到聲音回過頭去的他，只見小安明處長一臉神經質地皺著眉頭。

小安用的還不是用一般的招手方式，而是歐美那種勾起右手食指微動幾下的方式來叫相馬。

「你啊，這種分析沒必要吧，幹麼要做這種多餘的事？」

一走到辦公桌前，小安便以整間辦事處都能聽到的音量大聲指責他。

那是星期三銀行開始營業沒多久發生的事。

即便狹小的店內只有白髮蒼蒼的老婦人，以及推著嬰兒車來談貸款的少婦兩人而已，但他也能感受到兩人的視線都集中在自己的背上。

「呃，不好意思。」

無論他認不認同對方的指責，總之還是先道歉吧——這是相馬這一個月來學到的處世哲學之一。

再說，小安處長極度厭惡跟自己唱反調的人，厭惡程度極端到已經讓人覺得不太正常了。一旦開啟他的開關，那一整天他都會表現出各種反對的樣子。

對相馬而言，長期在總公司深耕發展的小安是年紀比自己小的長官。四年前，任職總公司稽核的他被調到橫濱分行擔任融資課長，之後，在這間希望之丘辦事處開設後他就被提拔為處長，背負著要在幾年內將希望之丘辦事處升級為分行的業績壓力。

假使真能做到，小安就是同期之間最年輕的分行經理。帶著優秀能幹的黃金招牌，凱旋回歸總公司的理想職務，這就是小安所描繪的未來藍圖。

相馬之所以知道這些，是在他上任後沒多久舉辦的歡迎會上——表面上是這個名目，其實卻是小安的個人舞臺——不是誰，就是他本人自己說的。

因此，他對相馬只有一個要求——那就是一心一意為提升業績奉獻。

辦事處負責的範圍不多，想必很悠哉吧。要是這樣想就大錯特錯了，這裡可是相當忙碌的。

公司戶的對象大多是母公司橫濱分行不放在眼裡的小企業，但總之工作內容非常繁瑣。個人戶的貸款則是現在辦事處的主要收益來源，件數多到處理不完，因此相馬每天都是早上八點前就到公司，晚上趕著搭逼近末班車的班次回家。

更讓人受不了的是，本來就已經很忙碌了，這位小安又非常難以取悅。

「你啊，到底是在幹麼啊？真是的！」

小安吊著狐狸眼。「我拜託你的是要給花房產業的會簽，會簽！在我決定融資之後要用的那個，為什麼你連這種事都不懂？」

「呃，不好意思。」

相馬再度道歉，低頭看著攤開在小安桌上的，結論寫著「財務狀況有些令人擔憂，必須要有其他來由的資源支援」的會簽。看來相馬寫的「財務狀況有些令人擔憂」這個分析讓小安很不高興。

「拿回去重寫！」

小安以不容分說的口吻下達命令。「這個今天就要交出去，要是拖延了，就全都是你害的，相馬，你有聽懂吧？」

相馬一臉沮喪地回到近在咫尺的課長位置。

因為辦事處非常小，就算想咳聲嘆氣，小安的位置也就在他的正後方，沒辦法大搖大擺地嘆氣。不論是跟客戶講電話還是跟下屬說話，全部都會進到小安的耳朵裡，令人感到窒息。

回到自己的位置後，只見未批准箱中有一本信用檔案。

那是綠川建設的檔案，打開一看，裡面夾了張已經過期的查定文件。

「舟木。」

叫了一下，坐在自己面前的舟木翔太便抬起頭，將椅子轉了過來。

「有什麼事嗎？」

舟木沒有站起，只是轉了一下坐著的椅子來到相馬面前。

「我說舟木，上司叫你的時候就應該好好立正站起來啊！」

像這樣，這一個月不知道已經提醒他幾次了，但他都只有那幾天會改善，過幾天又故態復萌。就像今天這樣。

「喂，你這個是怎樣啊？」

相馬小聲地問道，擔心被小安聽到。「這根本不行啊，查定文件都沒有遵守期限。」

「對不起，因為我在忙貸款的事情所以就拖到了。」

舟木每次用的藉口都是這個。

「我知道你很忙，但也不能因為這樣就遲交吧。」

「對不起。」

舟木搔了搔後腦杓，漫不經心地低下頭，看起來一點都沒有反省的樣子。雖然像花咲那種野丫頭也很令人困擾，不過對舟木說話簡直是白費力氣。相馬很想嘆氣：為什麼我總是遇到這種部下？

就在那時——

「課長，方便請教一下嗎？」

在窗口跟客人講話的木村惠理香叫住相馬，只見剛才推著嬰兒車的少婦面帶不安地窺伺這裡。

「那位是來申請貸款的客人。」

繪里香壓低音量。「好像是跟先生離婚拿到三百萬圓的贍養費，這樣有辦法申請貸款嗎？」

相馬不禁向後仰了一下，他看著推著嬰兒車的女人。「那位客人有工作嗎？」

「沒有的樣子，但說離婚之後，現在有交往的對象，那個人會很認真工作的，所以有辦法償還貸款。」

「妳覺得這樣有辦法通過貸款申請嗎？給我拒絕！」

「怎麼可能會讓那種貸款通過啊！」其實相馬是想這樣怒吼的，只是他忍住了。

「果然不行吼。」惠理香喃喃自語著回去了。

這個舟木和那個惠理香要達成總公司交代的基本業績根本是不可能的事，但小安又嚴格下令一定要達成，那這之間的矛盾又該怎麼處理？說到這裡，就完全仰賴相馬的工作能力了。

這究竟該說是工作價值還是中間管理職的悲哀呢？答案因人而定。

「哎啊，分行指導組好多了啊。」

相馬再次有這個念頭，一邊注意不會被上司跟部下發現，一邊暗自嘆息。

## 2

「事情稍微變得有點麻煩了，方便跟妳聊一下嗎？」

彷彿算好昇仙峽玲子到公司的時間，營業第三部的木口打了內線電話過來，語氣非常急迫。那是發生在東東電機那場記者會之後大約五個星期的事情。

「我八點半要開會，在那之前都可以。」

「我現在就過去。」

掛斷電話後，木口的確按照他所說的，不花幾分鐘就出現在企劃部的辦公區域。

他們往空著的小會議室過去，重新面對面之後，她才發現木口的臉色蒼白，看起來很著急，彷彿發生了什麼大事。

「事情是這樣的，我們跟東東電機的關係惡化了，事情有可能沒辦法按當初預期的進行下去。」

木口顫抖著聲音說道。剛開始，玲子完全搞不懂他想表達什麼。跟東東電機的什麼關係惡化了，沒辦法按預期進行下去的又是什麼？木口太過慌張，講話不清不楚的。

「我聽不懂你在說什麼。」

「抱歉。」聽到玲子這句話後，木口伸出左手手掌，吞了口口水讓自己冷靜下來。

「前幾天的記者會上，我們銀行否認了有關財報不實的事情，這點妳也知道。但那其實是我們跟東東電機的董事事前私下套好話的，結果現在有部分董事背叛了，我猜調查委員會的最終報告中，會把我們銀行曾經參與的部分列入。」

玲子冷冷地向木口看去。

想當初——不是還很有自信地完全否定了財報不實嗎？

「簡單說來，就是你以為東東電機會跟你們套好話一起說謊，結果現在對方卻翻臉不認人了？」

對於玲子的問題——

「就是這樣。」

木口皺眉承認。

「那場記者會上說的全是謊話，這件事快要被社會大眾知道了，這就是你想說的嗎？」

湧上玲子心頭的情緒，與其說是對木口的不滿，更是對整個營業第三部的憤怒。

「那又怎樣？現在才來找我說這個是要我怎樣？」

「不管怎樣，我想說至少有必要提前告知妳。」

木口口齒不清地回答：「我的意思是……合併準備委員會上也會有爭論吧，要是晚對方一步就糟了。」

「開什麼玩笑！」

玲子尖銳的聲音打斷了木口的話，她怒氣沖沖地說：

「事到臨頭你才在說什麼？你以為用這種理由就能過關嗎？之前那麼不負責任，現在這樣了才來問我怎麼辦，還能怎麼辦啦！」

玲子的聲音因為憤怒聽起來有些顫抖。「判斷可以跟東東電機套好說詞的是你們吧，又不是我們拜託你們做的，現在才來說關係惡化？惡化又怎樣？惡化了就修補啊，那是你們的責任，不是我們企劃部的問題，是你們營業第三部的問題吧，拜託不要在那邊撒嬌了！」

玲子大發怒火後，木口的臉色更加蒼白，他說不出一句反駁的話。

「我想你應該清楚，這可不是開一個新的記者會道歉就能夠一筆勾銷的小事，到了發現財報不實的程度就已經不行了。再說，你們不但沒有糾正對方，還選擇隱瞞，這問題很嚴重耶。不願承認事實還撒謊，那場全盤否定的記者會已經沒辦法再找什麼藉口了。如果東東電機的調查報告書表示那場記者會全是謊言的話，我們銀行確實會受到社會的強烈抨擊。現在說什麼都沒有用了，要說你們現在還有什麼應該做的，就只有把當初有按照計畫進行的事情整理出來吧。你還有什麼要說的嗎？」

「抱歉，看來沒辦法了……」

木口露出絕望的微笑。令玲子感到厭惡的是，那個微笑好似看破了什麼一般。

「我對你很失望喔，木口，紀本部長那邊我會去報告。」

冷淡地拋下這句話後，玲子轉身離開那間會議室。

「稍早營業第三部的吉原部長正式聯絡我有關東東電機財報不實的問題，東東電機的部分董事似乎向調查委員會提出了與本行行員之間的對話紀錄。聽說裡面還有營業第三部對於財報不實的回應，甚至連包庇的指示等具體內容都有，導致我們銀行在那場記者會上的主張出現矛盾。」

企劃部緊急召開的會議被一股沉重的氣氛包圍著。紀本剛才說「矛盾」，但其實就是「虛假」。

「那份紀錄中提到的我們銀行行員是哪位？」

德原副部長開口問道。

「是吉原部長。」

紀本的一句話讓整個氣氛變得更加沉重。追究到部長的話，簡直是致命的傷害。

「還有辦法跟東東電機交涉──」

圍繞在會議桌的次長拋出問題。

「沒辦法。」

然而紀本果斷的一句話讓現場彷彿凍結一般。

玲子的內心突然感到不安。

去年開始，先是巨額倒閉與不良債權，再爆出大廠往來客戶的醜聞，然後這次又是虛假的記者會──

現在的東京第一銀行簡直就是比薩斜塔，而且還遠比薩斜塔傾斜更猛烈的速度，令人害怕地增加著傾斜的坡度。

玲子再也無法忍受內心急速膨脹的危機感──

「我可以發言嗎？」

等她回過神來，自己已經舉手請求發言了。

「如果營業第三部無法對此反駁，必須承認東東電機調查委員會報告書內容中本行的虛假，那本行不是也應該設置調查委員會來調查財報不實至今的事情發生經過嗎？」

玲子如此提議，然而……

「那個不會由我們提案。」

紀本在她說完後馬上接著說：「我們該思考的是在這個結果之下，合併交涉會怎麼繼續進行。這件事的真相究竟為何，又該怎麼應對，交給該處理的人去處理就好。」

紀本話一說完，室內氣氛也跟著緊張起來。

之所以會用這種冷淡的說法，是因為紀本帶著焦躁的情緒。儘管當初已經從虎之門分行經理的報告掌握了整件事，他還是不可避免地被迫看著營業第三部做出那些愚蠢行為。雖然他沒將這些心情說出口，但絕對將憤怒的矛頭指向了高橋部長、羽田副董事長，以及營業第三部長吉原。

要是讓企劃部來處理這件事，才不會發生這種事──這絕對是在場所有人的共同想法。

之所以會走到這種慘狀，除了因為銀行內部複雜的政治這個弊端之外，別無其他。

## 3

「本調查委員會從東東電機董事那裡取得了開會紀錄等物證，根據公司內部關係人士的說法，斷定東京第一銀行當初在得知財報不實後便提議包庇。」

舞是在公司的電視上看到那場記者會的，提到東京第一銀行的記者會還在繼續進行。

「該銀行在前幾天，對於本調查委員的期中報告內容，主張沒有事實根據並加以否認，然而那場記者會上的內容全是謊言，很明顯是為了包庇當初的包庇行為。本調查委員會將盡力對該銀行查明事情真相。」

辦公間裡只有舞一人，芝崎次長在這場記者會開始之前就被辛島呼叫，慌慌張張地過去了。

東東電機似乎在記者會開始前不久，就已經將調查報告書的內容告知銀行端了。因為內容跟銀行的主張完全相反，大概還在商討怎麼應對吧。話雖如此，他們真的打算反駁這場記者會的發表內容嗎？再說又真的有辦法反駁嗎？舞實在難以想像。

「哎呀，花咲小姐，事情變得一發不可收拾了。」

芝崎才剛結束開會回來，他邊說邊擦拭著額頭上的冒汗。

「雖然剛才因為這件事緊急開了董事會討論，但看來我們銀行大概也會設置調查委員會。」

「調查委員會？現在才設置這個會不會太晚？」

明明就不准舞他們的報告書公開，現在沒辦法逃離社會的制裁才開始補救，愚蠢到令人生氣。

「大概是因為東東電機的調查結果跟我們銀行的主張有很大的落差吧，這樣下去沒辦法讓大眾媒體認可，牧野董事長是這樣判斷的。」

「所以這個調查委員會是為了要說服媒體才設置的囉？」

覺得事情太過荒唐的舞順著內心湧上的憤怒，直接放話說道：「現在我們銀行應該做的不是該承認那場記者會上說的都是假話，好好跟大家道歉嗎？」

「哎唷。」

看著舞發怒的樣子，芝崎再度拿起手帕擦拭額頭上冒出的汗水。「其實羽田副董事長主張說是雙方理解上有誤差，不承認造假一說。」

承認的話，自己的立場就岌岌可危了。「看來東東電機提供的紀錄，是營業第三部長吉原提議能不能隱瞞財報不實的事，羽田副董事長的說明好像是認為那是吉原部長個人的行為。」

「是要逼一個人辭職來解決這件事嗎？」

舞驚訝地脫口而出：「這樣做有什麼意義？」

「這次的包庇行為無關銀行整個組織，而是負責部門的部長個人求表現的行為導致，羽田副董事長應該是想以這個結論收尾吧。」

「說是調查委員會，也只是在銀行內部做些為本行利益著想的事情嗎？」

這個預先建立和諧的結論被看得一清二楚。雖然舞是這麼想的，然而……

「不，應該不只這樣。」

芝崎的話讓人感到有些意外。「這次的事，聽說產業中央銀行提出如果要設置調查委員會的話，他們也希望派人擔任調查委員。」

就算之後預定要合併，現在的立場也是兩間獨立的不同銀行，這種提議原本應該要拒絕的才對。

「我們同意了嗎？」

「有看法是說，如果調查委員會最後只有我們內部人員的話，在合併準備委員會上反而比較不利。妳想想，如果是這樣的調查委員會，東東電機就像之前那樣大多都是只有第三者立場的人員所構成。如果是這樣，那讓產業中央銀行參加的話，不就有人會幫我們說話了嗎？這樣的批判也有，另外要是事情辦得好的話，也能增進彼此間的信賴不是嗎？」

「我不覺得暴露本行內部的事情可以增進彼此的信賴關係。」

舞一臉懷疑地說：「反正也只會公開對我們有利的部分而已，對我們有害的部分還是打算隱藏吧，我們提出的報告書現在不也還是在次長的手上嗎？」

「妳這麼說我也沒辦法反駁，但反過來說只要設置調查委員會，那份報告書也能公諸於世了不是嗎，就這樣相信怎麼樣？」

舞只能暗自嘆息，芝崎次長這個人就是人太好了。

「然後啊，說不定就會以這個為契機，讓分行指導組繼續下去了，我想賭一賭這個渺小的希望。」

舞深深地嘆了一口氣。

拒絕採納他們的報告書，最後還把相馬調到偏遠地區的分行，這樣的上層主管怎麼有辦法信任？在舞心中，對東京第一銀行這個組織的不信任早已根深柢固。

究竟是為了什麼而設置的調查委員會？那種鬧劇怎麼可能行得通——

「調查委員會的負責人會是誰？」

「啊，說到這個啊，聽說是牧野董事長直接指明要菊川專務負責。」

舞回想起只在行內雜誌上看到的，菊川那張彷彿會吞人的臉。

「為什麼是由菊川專務負責？」

芝崎對發問的舞露出了複雜的神色。

「本來應該要由羽田副董事長來主持調查委員會比較合適，但他畢竟是那天記者會的當事人。雖然也有考慮讓高橋會長擔任調查委員會長，但羽田副董事長又被認為是高橋會長最得力的部下，關係太近了，所以牧野董事長才選菊川專務來當犧牲品，聽說是這樣——」

芝崎壓低音量。「這話可不能外傳，聽說牧野董事長好像把高橋會長視為眼中釘，反正看他很不順眼，誰叫他已經離開會長這個職位了，卻還要插手牧野先生的經營判斷。所以他才任命跟高橋會長不合的菊川專務擔任調查委員長，可能想在暗地裡牽制他吧，這是辛島部長的看法。」

「也就是說，這之中牽涉到銀行內部的政治吧。」

舞諷刺地說道：「像他們那樣只想著自己，這間銀行是要怎麼變好啊？」

「我知道妳想說的。」

芝崎小心翼翼地說道：「但是啊，花咲小姐，現在先請妳忍耐一下好嗎？說不定有天妳也能成為銀行的助力，在那之前就耐心等待吧。」

話是這麼說，她卻怎麼也無法想像會有那麼一天。

# 4

「不好意思在你這麼忙的時候還叫你過來呢，紀本老弟。」

菊川邊說邊優雅地從書桌前站起，示意紀本往接待區的沙發坐下。

他一早就接到祕書詢問空檔的時間，但紀本太過忙碌，好不容易到菊川的辦公室拜訪時已經是超過五點之後的事了。從辦公室拉起的百葉窗望去，可以看到大手町的大樓在夕陽的照射下閃閃發亮，美到令人窒息的程度。

夕陽照在紀本的側臉上，紀本看著對方，沉默地點了個頭，一臉緊張地等待著對方切入主題。

「你也知道的，之前東東電機那件事，本行內部要成立調查委員會，我被任命擔任總召。」

他的語氣一點也感受不到熱情，只是輕描淡寫地帶過。菊川用那雙看不出在想什麼的雙眼看著紀本，繼續說道：

「調查委員會的成員也是由我決定，我打算在本行內選出五人，因此我有件事要拜託你，可以請你答應我，加入委員會成員嗎？」

原本還坐挺身子聽對方說話的紀本，絕對稍微露出了感到棘手的表情。

「我能夠幫上忙嗎？」

雖然看似平靜，但紀本表現出的是一副消極的樣子。

這件事風險太高了。

首先，還不清楚菊川所率領的調查委員會的目的是什麼，究竟是有利於銀行這方，還是他打算徹底調查。

如果是前者，之後就會受到社會大眾的批判，作為調查委員的一員，可能會被問罪。而如果是後者的話，最後又會撞上統稱為「51區」的祕密之牆。

換句話說，這個調查本身並不利己，也沒有要徹底追查真相，必須瞄準這種不上不下的目標吧，紀本的看法是這樣的。發表這樣的調查結果有辦法贏回社會的信任嗎，他深感疑問。

「這次的事你早就已經知道了吧？」

那件事是在前幾天的聚餐上跟菊川說的。紀本暗自後悔，不該說些多餘的話，應該安靜吃飯就好了。但對方接著對紀本說出一句更令人意外的話。

「紀本老弟，說起來，你不覺得這件事很奇怪嗎？」

紀本無法理解這句話背後的意思，菊川繼續說道：「你被告知這件事的時候，高橋會長為什麼要出來插手？又為什麼高橋會長不公開財報不實的問題？這種事總有一天一定會公諸於世，會有誰指出這點甚至出來告發，更別說東東電機還是上櫃上市企業，根本不可能隱瞞，你不覺得我說得很有道理嗎？」

的確如菊川所說：「然而營業第三部──不，應該說是高橋會長在發現財報不實後卻選擇隱瞞包庇，而東東電機的董事也遵照他的做法，但他們才隱瞞兩個月就被抓包了。究竟那兩個月代表了什麼意思，我想找出這個答案。」

「那兩個月代表的意思嗎？」

紀本不斷地打量著這名深不見底的男人的表情。他根本沒想過這些事，說起來，就算他想，這件事也很快就被人從紀本的手上直接拿走了。

「我請教一個問題。」

紀本開口說道：「專務打算挖掘這個問題的本質到什麼樣的程度？」

「什麼樣的程度嗎？」

菊川瞇細眼睛，看向紀本：「這句話是什麼意思？」

「就是說──」

對方跟那天聚餐有哪裡不一樣，注意到他的不對勁後，紀本開始說明：「這似乎會牽涉到本行較內部的根本問題，但之前專務不是說，銀行員會一直守住那個祕密嗎？」

「哦，你是在說那件事啊？」

菊川一副沒什麼大不了的樣子，看著對這個回答感到困惑的紀本。

「這個和那個不一樣，問題是在被發現之後才第一次變成問題的喔。」

菊川瞇起雙眼，看向他說道：「而當問題的存在公諸於世時，就已經脫離組織的祕密這個框架了，對我們來說就只是麻煩的現實而已，必須嚴正以待的現實。」

就在那時，菊川的臉上露出微笑。他的語氣從容不迫。在得到了調查委員長這個位置後，他會毫不猶豫地將高橋給打下。剛才的話表明了他的決心。

這不是在虛張聲勢，而是徹底抗戰——紀本暗自打了個冷顫。

菊川的調查委員會不只會讓東京第一銀行的信用度大大墜落，還可能導致銀行內部變得七零八落。

因為菊川並非不知情的第三者，而是熟知內部的人，所以有些領域他也可以深入。

恐怕在牧野董事長指名他擔任調查委員會總召時，就僅僅是要牽制對經營策略插手的高橋吧。熟知牧野的紀本非常清楚這件事。

實際上菊川目前為止也應該說過：既然是一名銀行員，就要守密。卻沒想到一下就變成這個樣子——

紀本現在一臉懷疑地看著菊川。

菊川該不會在那場聚會時就已經猜想到設置調查委員會之前會發生的事了，然後一直在為自己擔任調查委員會長布局。

可想而知，他之所以會邀請與牧野董事長親近的紀本聚餐，真正的目的也是那個。紀本確實會將與菊川的聚餐狀況告訴牧野。

於是，按照他埋藏在內心的計畫，菊川現在當上了調查委員會的總召。

菊川打算公開的內幕究竟是什麼？

這一點都不誇張，要說東京第一銀行的招牌就取決於那點斟酌也不過分。

銀行就跟落入一個夾雜私人恩怨、內心瘋狂的男人手中沒什麼兩樣。

加入這個調查委員會並非他的本意，但無論如何他都想避免銀行的重大決定在自己不知道的時候定案。

現在，紀本的腋下附近流出一條冷汗。

「還有誰也被任命為調查委員了嗎？」

紀本發問。

「我現在的想法是業務管理部的山內、人事部的小池、審查部的浪岡——大概是這樣。」

換言之就是集結了東京第一銀行的王牌銀行員，但同時也鎖定了一個目的——讓行內的人知道這個調查委員會的重要性。

「在明年誕生的新銀行裡，你們將會是為東京第一銀行的銀行員發聲的存在，所以你們自己出手斬斷弊端是很有意義的。以產業中央銀行的角度來看，也是這樣的你們才足以信任吧。不管這個調查會得出什麼樣的結果，對你們來說都沒有害處。萬一真的發生什麼事，所有的批評與責任也會由我菊川一人來承擔。」

他感受到了沒有什麼東西可以失去的男人的厲害之處。

「您說的話我明白了。」

當然無法拒絕，紀本注視著菊川說道：

「首先要先找相關人員來問話嗎？」

他進一步詢問。

「畢竟他們應該也有想說的話吧。但是，真相不是應該在別人手中嗎？」菊川的回答包含了他猜疑的心。

「對於問話得到的內容進行驗證是必要的。」

「當然要驗證沒錯，但光是這樣，真的有那麼輕易就能得到真相嗎？」

菊川說完後，臉上浮現出意味深長的笑容。

「您的看法是？」

老奸巨猾的男人心中在想些什麼，就算是紀本也很難猜透。說起來菊川對於東東電機的問題，本來就有可能掌握了什麼紀本不知曉的事情。

「剛才的調查委員會，還有一個人我也想叫進來。」

菊川繼續說道。

「哪位？」

「事務部的辛島喔。」

「要辛島……加入嗎？」

事務部長辛島雖然比紀本年輕，但也是公認很有才幹的男人。「之前我們聊到這件事的時候，您不是對事務部呈上的報告書很不滿意嗎？」

「立場換了，看法當然也會跟著換，銀行員就是這種生物啊，紀本老弟。」

令人訝異的是，菊川竟然說得如此肯定。「只要是可以利用的東西，什麼都要拿來用。」

「辛島可以拿來用嗎？」

紀本忍不住如此問道，但菊川只是露出曖昧不明的笑，並沒有回答他。

這個男人到底有什麼企圖，他怎麼想都想不透。

面露笑容的菊川眼中，有著宛若漩渦一般的無止盡的想法。

## 5

「花咲小姐，下星期的查核啊，本來說要去的蒲田分行好像有筆金額很大的倒債。」

「又是倒閉嗎？」

從文件中抬起頭的舞因為芝崎的話而眉頭深鎖。現在幾乎可以說是每天都能聽到倒閉這兩個字，像這樣不斷產生新的不良債權，正慢慢侵蝕著銀行的業績。

「畢竟現在不景氣嘛。」

明明泡沫經濟崩壞都已經過了十年，日本的經濟卻像是走進沒有出口的漫長隧道裡，許多公司苦於業績慘跌的窘況，銀行也不例外，所以他們才會選擇和產業中央銀行合併以求生存。

「我跟辛島部長報告這件事時，他說既然如此那也沒辦法，就改去希望之丘辦事處吧。」

「希望之丘辦事處是——那個相馬先生待的地方？」

舞開口問道，但這其實根本不必問，因為天底下本來就沒有兩個希望之丘辦事處。

「沒錯，就是那個希望之丘喔！雖然才成立不久，我猜在業績和人事方面也都還在摸索中。相馬也在那裡努力著，妳去看一下應該可以幫忙他們改善吧，辛島部長是這樣說的。怎麼樣，可以幫忙跑一趟嗎？」

「當然沒問題。」

自從相馬調走已經過了兩個月，因為在那之前每天都會見到他，甚至已經到看膩的程度，所以這兩個月就好像過了好幾年一樣。對舞來說，她很期待可以再次見到相馬，同時她也很好奇他在新職場中的工作表現。

「好，那就拜託妳了花咲小姐。啊！對了——」

原本還輕鬆地說著的芝崎，突然像是想起什麼似地伸出右手食指：「我忘記講了，希望之丘辦事處的處長小安是個有點個性的人，這點還請妳注意一下喔。」並補充了這句令人在意的話。

「事務部來查核，嗎？」

相馬有種不好的預感，不禁又重複問了一次。

站在處長辦公桌前的除了相馬之外還有一位人士，是營業課長園山敏幸。園山是辦事處營業課——也就是負責處理帳戶的存錢、付款、轉帳及各種帳單付款的團隊負責人。年紀比相馬大，快五十歲了。雖然就相馬的立場實在沒什麼好說的，但總而言之對方就是個萬年課長，恐怕下次調動一定會被派去哪裡的客戶端。

「沒錯，查核喔查核。」

小安一臉不耐地說，眼睛瞪著相馬。「那就是你之前待的地方吧，什麼分行指導組的，想點辦法處理吧，最近可是忙翻天了。」在這麼忙碌的時期，小安可無法忍受把時間花在查核上。

「呃，真是不好意思。」

相馬一面低下頭，一面低聲嘆息。

我到底為什麼要道歉啊，明明自己就沒有道歉的原因……

「總之啊相馬，我可不想被分行指導組說我們辦事怎樣怎樣的，受不了在那種奇怪的地方吹毛求疵，所以能請你協助園山先生，別出什麼問題嗎？」

小安稱呼圓山為「先生」，卻沒有這樣稱呼相馬，原因不明。大概是小安腦中有什麼理由讓他這樣做吧。

「我明白了。」

相馬回答後──

「相馬課長，再請多多指教。」

園山一本正經地向相馬和小安行個禮後，便往有段距離的自己的位置走去。他走路的樣子毫無精神，像一個硬邦邦的鐵皮玩具。簡單說來，從外表上看起來，園山就是一個怪人。

相馬也向小安行禮示意，走回自己的位置，他暗自大大地嘆了一口氣。好不容易跟那個莽撞的花咲分道揚鑣了，沒想到又要再見面了啊。而且還挑這種超忙的時候，都不要來不是比較好嗎……

那些抱怨在他的胃裡翻騰，彷彿漩渦一般打轉著。

話雖如此，相馬的真心話其實是：這下事情可麻煩了。

雖然擔任辦事處處長近兩年的小安總是一副盛氣凌人的樣子，但在相馬所見，現階段他們辦事處行員的實力，完全可以說效率相當低落。工作很常出錯，除此之外，不只園山，連相馬前一位課長都不擅長行政作業，稍微翻一下以前的文件就會發現各種錯誤。這種程度已經不是行政單方面的問題了，負責抓漏卻沒發現而任由問題繼續存在的處長小安，他的辦事能力也令人質疑。話雖如此，現在說這些也沒什麼用就是了。

總之只能先請花咲睜一隻眼閉一隻眼嗎？

「課長，這個麻煩你。」正當他還在思考這些的時候，下屬舟木一如往常地坐著椅子滑過來，將新的文件放進未批准箱中。

真是的，拿他沒辦法……明明都已經講好幾次要他起身走過來了。

對他目瞪口呆的相馬已經不想再提醒他注意工作態度了，只好苦著臉伸手拿向剛才被丟進箱子裡的文件。

他打開手寫島谷不動產的文件封面，只見裡頭夾著一張融資的會簽。

喔，兩億圓嗎！

內心感到驚訝的相馬忍不住瞄了一下舟木的背影。明明感覺就不怎麼樣的下屬是從哪裡弄來這麼大筆的案子，以希望之丘辦事處的規模來看，兩億圓的融資可是非同小可。

然而同時他也感到很突然。

這種規模的案子，事前應該要先跟身為課長的相馬討論才對，畢竟相馬本來就管理有關融資的各種數字預測，老實說有這筆兩億圓的新案子，還真希望他可以事前通知自己一下，因為這實在是太突然了。

「喂，舟木。」

相馬叫住眼前的背影，舟木將椅子轉過來，右手還拿著原子筆，只有上半身轉過來。「你呀，像這種金額這麼大的案子，應該要事前跟我報告啊！畢竟還要看這個月的融資餘額、融資的實行目標之類的。」

「啊，抱歉。」

舟木突然低下頭來，但他的目光並不在相馬身上。就在相馬注意到他的目光越過自己，落在他身後時——

「相馬。」

小安發出聲音。相馬轉過頭去，只見小安眉頭深鎖，一臉不高興地伸出右手食指動了幾下。

「那是我負責的案子，你什麼都不用管，往我這裡呈交就對了。」

「處長的案子……嗎？」

相馬忍不住回問：「以前有過這筆融資嗎？」

「有的話拜託早點告訴我啊！」這句話他倒是吞回肚子裡了。

「誰叫你們這麼不爭氣，我只好自己去開發新客戶了。」

他拋出一句高高在上的臺詞。「你是不是應該謝謝我一下？」

辦事處這種小地方，開發新融資客戶不單純只是融資課自身的工作，身為處長的小安也背負著同樣的任務。只是上一位課長並沒有告訴他這間島谷不動產，所以他也不清楚內情。

「是這樣啊，那還真是謝謝您了。」

就算得硬吞下那些他無法釋懷的事，相馬還是露出一個虛假的笑容。真是上班族的可悲心態。

「總之你快點呈上來就對了。」

話說完後，小安便不再理會相馬，開始打起電話了。

看來沒辦法了。

相馬嘆息著翻開檔案夾，開始看起上面記載的周轉資金的名目，以及舟木亂七八糟的意見。

島谷不動產這間公司的業績感覺還不錯，那就這樣吧——相馬才剛這樣想並翻起過去保存的文件，卻突然停下手。

這什麼東西啊？

——周轉資金三億圓。

那是大約五個月前的融資，是比相馬在去年十一月調來這間辦事處更早發生的事。雖然是短期融資，但文件上卻沒有記載任何具體的金錢用途。

如果是泡沫經濟時期，像這種平空捏造程度的會簽倒不少見；但現在已是泡沫經濟崩壞之後，這種沒有好好審查、讓人覺得只是在鬼混的會簽倒是很稀奇。

會簽文件上的負責人欄位，蓋著舟木和相馬上一位課長的印章。

真虧他們可以同意這種融資過關。

在東京第一銀行——不，或許其他銀行也多是這樣，融資的審查會有兩個形式。

一是只要分行經理和辦事處處長同意就可以實行的、金額比較小的融資。雖然依分行大小可以批准的金額不一，但只要在範圍之內，靠該分行內部審查就夠了。

再來就是超出這間分行可以批准金額範圍的融資。若要通過這樣的融資，審核就必須要總行認可，因此作業規模也比較大。

像希望之丘辦事處這種小地方，只要小安批准就可以實行的融資額度也不會多大，因此三億圓的融資案子一定要經由總行審核才可以。

儘管如此，這種亂七八糟的會簽也交出去了嗎？

「舟木。」

相馬再次喊了已經轉過身去的舟木。

椅子才剛轉過來，舟木就坐著椅子叩隆隆地滑到相馬面前。

「有什麼事嗎？」

「之前的這個融資靠得住吧？」

相馬刻意壓低音量不讓背後的小安聽見。「真虧這種融資可以通過耶。」

「唔，畢竟這間公司業績很好啊。」

舟木一副理所當然的樣子。

「應該有鬧了一陣子吧。」

會鬧也是很正常的，畢竟不只財務分析很隨便，竟然還寫了「因為是來往關係很好的公司要借周轉資金，所以想通過他們的融資申請。」這種不像話的理由，才不可能輕鬆過關。然而實際狀況卻與相馬的想法背道而馳。

「處長靠他的政治人脈很輕鬆就過關了。」

舟木如此回答。

「政治人脈？」

就在相馬忍不住大叫出來的當下——

「喂！你們在那邊聊什麼八卦！」

充滿焦躁的發話打斷了他們。回過頭去，只見小安凶狠的臉正瞪著相馬。

「你們對我的工作有什麼意見嗎？」

小安激動地向相馬辯解：「才不是輕鬆過關，只是沒讓他們提出抱怨而已。」

小安自豪地說道，好像是想說自己在總公司很吃得開的樣子。相馬看著小安一臉得意的樣子——

「沒有擔保品還能通過三億圓的融資，真的很厲害啊！」

沒辦法，只好奉承地附和。

「那當然，你要是也有這種能力就好了，這樣的話，融資課的業績也能一口氣直飛而上吧。」

最後那句話聽起來有點討厭。

「不好意思。」

行了個禮後，相馬轉過身去背對小安，用他聽不到的音量小小聲地嘆了口氣，接著又有了些想法：這種隨隨便便的融資就是造成我們銀行有一堆不良債權的原因啊！到底是從什麼時候開始變成這樣的——雖然因此嘆息，但自己什麼都做不了。相馬的存在太過渺小，無法改正已經扭曲的組織。現在相馬能做到的程度，不過就是暗自接受這些就是現實。

相馬不斷咳聲嘆氣，再次開始閱覽起能力低落的下屬交上來的會簽文件。

# 6

隔著一張桌子坐在對面的男人臉色蒼白，看得出來他的身心都很疲累。

「我就直接問了，一開始到底是誰先注意到東東電機財報不實的？」

男人原本落在桌上的視線倉皇地抬起，看向紀本。

「是我。」

東東電機負責團隊的木口有些猶豫地回答：「我仔細分析了銷售狀況，注意到該公司的實際狀況偏離有價證券報告書上記載的數字。」

「那是什麼時候的事情？」

木口不加思索地告知了大約五個月前的日期，可以看出他在這次的問話，又重新整理了整件事情的發生經過。

「你注意到數字不對，然後呢，你做了什麼？」

「我想說是不是我搞錯了，所以當天就去和負責團隊的高本稽核確認，然後就馬上跟吉原部長報告了。」

「是口頭上報告還是用文書？」

「口頭。」

木口的語氣中夾雜著後悔的情緒，若是文書的話就有證據了。「我本來是想說先跟部長報告，之後再去該公司把事情問清楚，然後再寫成報告書。」

紀本凝視著這名虛弱到幾乎要昏倒的「被告人」的雙眼。

看起來不像是在說謊。

同時，雖然跟這件事沒有關係，但他也注意到這個男人欠缺了一個很重要的東西，運氣。身為銀行員，不，應該是社會人士的運氣——可以說是命運吧。

先不管這些內在分析了，紀本繼續提出問題。

「那關於這點，吉原部長是怎麼對你說的？」

「他叫我去跟東東電機的負責人確認事情真相。」

「是在確認完你們的分析後才下的指示嗎？」

「當然。」

他們當天就跟東東電機會計的負責人聯絡，一開始是木口跟高本兩人一同去該社拜訪。確認完事情真相後，對方暫時先保留回答。隔日，董事的會計部長堀江育生拜訪了吉原，認了財報不實這件事並為此謝罪。木口跟高本兩人也在場，問題發生在那之後。

「也就是說，吉原部長是在後來拜訪該社時才提出要隱瞞這件事囉，把你知道有關這件事的前因後果都說出來！」

「那個是——」

木口臉頰僵硬地低下頭，接著一臉像是要告發什麼似地抬頭看向紀本——

「我——不，我們負責團隊什麼都不清楚，堀江部長謝罪跟報告的隔天下午，吉原部長才口頭指示我們負責團隊先暫緩對於該社的處置。」

「你們沒有把那段期間發生的事情整理成報告書嗎？」

紀本所知道的部分並沒有那類文件，但考量到東東電機的企業規模與社會影響力，以及與本行的關係，照理說應該會整理成報告書的才對。

「因為上面叫我們等一下，所以就這樣放著……」

木口顫抖著唇瓣，停頓了一下才繼續說：「我們以為部長會跟董事會報告。」

「就像你也知道的那樣，董事會幾乎都不曉得這件事，知道的只有高橋會長、羽田副董事長，然後就是吉原部長——除此之外還有誰？」

「我不清楚。」

紀本注視著左右搖頭的木口。先別說這不是需要說謊的場面，他也沒有說謊的理由。這個男人在這次的醜聞中扮演的不過只是個配角罷了。

「察覺財報不實並向內部告發後，在這件事被公諸於世之前你做了什麼？」

紀本的提問明顯地包含了指責的意味。

「非常抱歉，因為被指示要暫緩，所以什麼也……」

自己只是遵照吉原的指示——木口想表達的就是這樣。但是，在得知財報不實之後將近兩個月都沒有動作才是問題所在。

然而紀本關心的並不是他的怠慢，他現在想知道的是別的事。

「你在這段期間都沒有關心這個問題，而命令你們不要行動的吉原部長卻向東電機提出隱瞞，你對於他的行為有什麼想法？」

「您問我有什麼想法也……」

木口露出疑惑的表情。「我想部長應該也有部長自己的考量……」

「不覺得很矛盾嗎？」

紀本指出問題。「發現會計處理不確實的本行反倒提出要隱瞞這點，這個判斷的背後一定有什麼原因。」

「的確如您所說……」

木口陷入沉思。

「再說，難道你覺得這種問題有辦法隱瞞嗎？」

他花了幾秒鐘才回答這個問題。

「不，我一直覺得哪天一定會被爆出來。」

「既然如此，為什麼要隱瞞？為什麼不趕快公開這件事？」

對方沒有回答。紀本看著這名既疑惑又可憐的男人，在知道他沒有辦法得出答案後，紀本壓低音量繼續說道：

「即使是吉原部長，應該也不認為可以一直隱瞞下去，但他還是下了這樣的指示。我認識吉原部長很長一段時間了，他其實是個狡猾又聰明的銀行家。也就是說，吉原部長會這麼做一定有什麼理由。」

木口的眼神像是被恐怖寄宿了一般，他害怕地看向紀本。紀本繼續說道：

「在知道這件事總有一天會公諸於世，卻還提出隱瞞的吉原部長，他的目的究竟是什麼？」

木口沒有辦法回答這個問題。但聽出來紀本的疑問都是針對吉原的行動後，他的表情也放鬆許多。看著這樣的木口——

「你可不要以為拿『因為是上司的命令』這種幼稚的理由就可以免除罪刑，身為調查負責人員的你，責任是相當重大的。」

紀本毫不遮掩厭惡感地放聲說道。

# 7

「相馬先生、相馬先生！」

正要穿過車站票口時，背後傳來呼喊聲。

「什麼啊，是花咲啊！」

相馬看著站在那裡的花咲。

「才不是什麼什麼啊，就沒有過得還好嗎、我好想妳啊之類的話嗎？」

花咲鼓起臉對他說道：「我可是因為很久沒見，一直很期待可以見到你耶。」

「誰會期待查核啊拜託。」

「你說這是什麼話啊，明明你自己前不久也還在做這份工作的。」

看著一臉詫異的花咲——

「立場變了想法也會跟著改變，這就是銀行員的習性啦。」

相馬淡然自若地說：「話說回來，花咲，為什麼會是挑我們辦事處來啊？應該還有其他地方可以去吧，來這種地方可沒什麼好東西吃喔。」

「我又不是你，才不是刻意跑來吃飯的呢。」

花咲說完後又繼續說：「因為本來要去的蒲田分行發生了巨額倒閉，所以辛島部長才叫我來幫相馬稽核——啊，不好意思，是來幫相馬課長的。」

「那個啊，花咲，這就是所謂的單方面的理由。」

相馬邊走邊說：「妳猜這次查核會給我帶來多少麻煩啊？光是我原本是分行指導組的就被處長盯上了，還叫我負責本來不歸我管的營業課，真是倒楣。」

「處長是指小安先生吧？他感覺怎麼樣？芝崎次長跟我說他這個人有點個性。」

相馬忍不住停下腳步——

「沒錯啊花咲！」

像是戳中他內心所想的那樣，相馬的臉皺了起來。「又有個性、又討人厭，加上滿腦子只有升官，我就像是處長的跳板一樣。怎麼樣，妳明白我的辛苦了嗎？」

「嗯，多少吧。」

「喂花咲，妳給我聽好。」

相馬和花咲並肩走在一起，繼續說道：「因為這個緣故，拜託妳可別再做些什麼會刺激處長的行為呀，還有啊，我們辦事處才開設沒多久，有些事妳睜一隻眼閉一隻眼就得了，拜託啦！」

「也就是說，辦事處還亂七八糟的囉？」

「妳這種有話直說的個性還是改一下比較好吧。」

別說花咲因相馬的話點頭稱是了，只見她看來不正滿臉笑意嗎。「有什麼好笑的？」

「因為聽到你講這些，讓我覺得相馬先生果然還是相馬先生啊。」希望之丘辦事處位於車站前方的風水寶地。花咲站在大門口，重新對相馬行了個禮。

「接下來這三天還請你多多指教了，相馬融資課長。」

「相馬，喂喂。」

事情發生在那天中午過後，處長小安似乎一直在等著公出訪客的相馬回來，他面有難色地走到相馬的位置，小聲地說道。

「那個叫花咲的女人是怎樣啊？」

「什麼怎樣？」

相馬一邊回應一邊往那看去，只見花咲坐在空著的辦公桌，正在與山一般高的傳票奮鬥著。

「聽園山先生說，她已經找到快三十件行政過失了，根本就是來找麻煩的啊。」

「呃，這跟我說也……」

被找麻煩的是相馬才對，哪有被找出行政過失，結果還把錯怪在找出過失的那個人身上。

「總之你想點辦法，這可關係到我們的評價。」

就算沒有反省，也不該發這種牢騷吧。「我知道了。」雖然心裡這麼想著，但相馬還是只能點頭答應。「等下我去跟她說看看。」

「真的拜託你了啊！」聽到他這麼說之後，小安又補上這句話才回到自己的位置上。

雖然之前就有不好的預感了，果然還是發生了。

「可惡，花咲這傢伙來真的啊！」

相馬忍不住發出「嘖」的一聲。

# 8

營業第三部部長吉原和他就隔著一張桌子對坐，面有難色地抱著手臂。這是在企劃部裡的某間小會議室裡。

桌子這一側放了兩張扶手椅，紀本坐在裡面的那張椅子，靠近入口處的椅子上坐的則是事務部長辛島。

問話繼續進行著。紀本安靜地觀察著吉原的樣子，他的目光、嘴角和臉頰上細微的震動、蹺腳、交叉著雙臂——毫無疑問的，他浮現出的情緒是焦躁。儘管他保持著冷靜，那份無法壓抑的情緒也隱約從他的言行與態度中顯現。

「吉原部長，請告訴我您對東東電機提議要隱瞞這件事的理由。」

目前為止的問話中，有關發現財報不實的經過都跟從木口那裡聽到的內容差不多。真正有問題的是接下來的部分。

「就——」

吉原眼神閃爍，目光先落在腳下，接著才又回到紀本身上。「我是覺得這個會計處理並沒有違法，所以我就跟東東電機的會計部長堀江提議，希望處理這件事的時候不要平白引起騷動，就只是這樣建議而已。然後過幾天就被講成是我提出要隱瞞這件事的，我真的感到很遺憾。」

「東東電機的報告書上表示你很明確地說了要隱瞞這件事，究竟誰說的才是真的？」

「我不可能將說過的話一字一句重現出來，但我真的沒有說要隱瞞。只是聽了我的話之後，堀江部長好像也有問我的意思是不是要隱瞞。」

以吉原如此聰敏的人來說，這樣的辯解是非常模糊的。吉原之所以看起來很焦躁，也許也包含了他對沒辦法明確回答問題的自己感到受挫吧。

那麼，為什麼他無法明確回答問題呢？

答案非常簡單。

因為他的話裡含有假話。

「吉原部長，我就不拐彎抹角了。」

紀本筆直地注視著他。「您真的認為這個不實財報有辦法一直隱瞞下去嗎？」

一道冷靜的視線朝紀本看去。

那道視線中沒有憤怒也沒有悲傷，硬要說的話，比較近似於後悔的情感。

「當然。」

吉原又說謊了。

「你真正的目的是什麼？」

紀本無視吉原的發言，如此問：「你的部下會注意到這件事絕對不是偶然，而且你還在和堀江部長的面談中，提到了內部告發的事情。連查證這些事情也沒有，就深信隱瞞作業可以成功的你的想法也不合理。你不能跟我們說實話嗎？」

吉原的眼底湧上憤怒。或許是因為紀本的指責感到被羞辱，他是一個自尊心很高的男人。

「您要討論的好像是否可以成功隱瞞這件事，但絕對跟那個問題沒關係。我只是在考慮到本行的現狀時，想到主要客戶東東電機的財務不實問題有可能演變成動搖銀行經營管理的事態，我想避免這種情況發生，就只是這樣而已。」

「您覺得只要隱瞞這件事就有辦法避免那種情況發生嗎？」

發問的人是辛島。

他平時是個溫厚又冷靜的男人，但他提出的問題卻尖銳地讓人突然緊張起來。

「不是只有隱瞞，我只是做了全部可以避免風險的事，就是這樣。」

「是你提議要隱瞞這件事的嗎？」

對於辛島接下來的發問，吉原立刻將話吞了回去。

要是說是自己的意思，吉原最後是有可能要背負所有責任的。

但若是他不小心說出第三人的姓名——羽田副董事長或高橋會長的話，就會變成背叛他們了。

可以看出吉原心中非常糾結。

「到了這種地步才開始思考也沒意義了吧，希望你能將真相說出來。」

辛島毫不留情地說。這是真的要決勝負了。

「隱瞞——」

吉原現在陷入了猶豫不決的巨大漩渦中。恐怕要回答辛島問題的答案，嚴重到會影響吉原的整個銀行員人生。

要犧牲自己的銀行員一生，來守護自己所屬派系的領袖高橋跟羽田呢？還是要背叛他們，明哲保身？

吉原被迫面對這個最終選擇。

「隱瞞——」

紀本注意到再度說出這幾個字的吉原，額頭上冒出了豆大的汗珠。

數分鐘前還有的虛張聲勢已被剝落，看來這名被逼到絕路的男人，已被他們掌握住了焦躁與恐懼。

吉原的喉結在那個當下因為吞嚥口水而上下動著。之後，他才吐出了能讓人浮現出當時場景的話。

「——是高橋會長下的指示。」

話一說完，吉原的頭便直接垂下。

紀本不發一語地看著低著頭、不發一語顫抖著肩膀的男人，好一陣子才靜靜地將身子靠在椅背上，嘆了一口氣。

那是吉原完全失守的瞬間。

辛島不為所動，只是靜靜等待著吉原接下來要說的話，卻發現他並沒有要開口的意思，於是他再度發問。

「請你具體說明一下那時的事情。」

對方沒有回答。

那段沉默長到讓人懷疑他是不是沒有聽到對方的問題。

「那是……東東電機來道歉的那天……」

一直低著頭的吉原，用勉強能讓人聽到的聲音說著：「我聽完堀江會計部長的說明跟道歉後，馬上就去跟羽田副董事長和高橋會長兩人討論這件事。」

「你還記得那天的日期嗎？」

他緩緩抬起頭，眼神空洞，表情呆滯得像是一點感情也沒有。

接著吉原用喃喃自語的音量回答了日期，還補上了一句：「地點是在會長辦公室。」

「話都說完之後，當時的氣氛也變得……有點詭異……然後，會長才說，不准公開……」

「請你再說得更正確一點。」

吉原先是因為紀本的這句話緘口不言，接著才又繼續說道。

「這件事、如果現在公諸於世，就糟了……你去跟堀江先生說——他是這樣說的。」

「高橋會長下了要隱瞞的指示，理由是什麼？」

雖然辛島這麼問了，但吉原的頭只是慢慢地左右搖了一下。

「我不清楚。」

「現在公諸於世的話就糟糕了，這句話真正的意思是？」辛島接著問道。

「我想應該是因為要跟產業中央銀行合併的關係吧。」

對於吉原的回答——

「這點我沒辦法相信。」

紀本毫不猶豫地放話說道。

沒想到自己的話會被反駁，吉原稍露驚訝地看向紀本。

「吉原部長，其實就是因為沒有報告書，所以我也從某個地方打聽了這件事，得知一些消息。那時候高橋會長是這樣說的，這件事跟本行的祕密有關，你不准出手——他說的話是什麼意思？」

吉原的眼睛瞪得像襯衫上的鈕扣那般圓，連眨眼都忘記了，只是一直看著紀本。

紀本看到他的頭現在安靜地向左右搖晃了一下。

「我……不是……很清楚。」

那個時候，被紀本注視著的吉原的雙眼，就像深海一般幽暗，沒有半點光芒。

「你說的，是真的嗎？」

他的話立刻就像被吸進黑暗深處，在那之後，只有令人窒息的沉默。

「對吉原部長的問話怎麼樣？」

菊川來拜訪的時候，剛好是紀本結束對吉原的問話並回到自己辦公室的時候。

紀本說明完稍早記錄的內容後——

「老實說我覺得裡頭有真有假。」

又補充了自己的感想。

「你對吉原很失望吧。」

菊川倚靠著沙發，握起雙手。「隨便就捨棄了對提拔自己的人的忠誠心，但整件事情卻沒有因此明朗化，這個人也太不上不下了吧？」

這麼說著的同時，菊川的表情浮現出了喜悅，因為那個趕走自己的、高橋會長派系內的主力已被擊倒了。

「正如您所說，但說起來，他也有可能真的不知道高橋會長為什麼要下隱瞞這個指示的理由。」

菊川不發一語，彷彿在細細咀嚼這句話。

「不，他知道的。」

接著他如此斷言：「要向東東電機提議隱瞞那件事，還有那個充滿疑問的記者會，想把吉原捲進至今發生的事情裡，他們必須得說出真相。而正是因為他知道那個必須守護的真相，才會做到那種程度，我覺得是這樣才對。」

「原來如此。」

紀本也同意地點了個頭。的確，這個道理說得通。而同時，他都已經說到那種程度了，卻還是在最後一步停下，就表示這件事背後一定有什麼讓他忌憚說出真相的理由。

那個理由，究竟是什麼？

「結果還是得直接去向高橋會長問話才行嗎？」

紀本說完之後，菊川沉默了一下子。

「不——」

菊川的眼中像是藏著什麼，綻放出危險又銳利的光芒。「那個人才沒有那麼容易因為我們提問就告訴我們。」

然而——

那麼應該怎麼做？之類的具體方法，菊川也沒有說出口。
說是調查委員會，也沒辦法輕易打破那道祕密之牆。
光靠問話的方式能得到的資訊也有限，紀本迫切感受到了。
再這樣下去，在做出有利於己的批判之前，調查委員會的能力就會先被質疑了。
——一定要想點辦法。
紀本現在明顯感受到自己內心的焦躁。

# 9

「相馬先生，你還不回去嗎？」
舞開口攀談的時候，相馬正頂著一張十分嚴肅的臉，閱讀著攤在辦公桌上的文件。
查核指導第一天結束了。
現在已經超過傍晚八點了。
準時下班這點雖然是分行指導組的優點，但這天因為要指正的業務疏失實在太多了，再說也不能因為是相馬待的分行就放水，所以到這個時間之前她都還在幫忙營業課的園山他們。

「哦喔，辛苦了，聽說妳完全沒有手下留情啊！」

相馬低吼般地回話。

背後那張處長的辦公桌，早已沒有小安的身影。順便一提，也沒有相馬部下的身影，現在融資課的辦公區只有相馬一個人而已。

「跟手下留情沒關係，我只是單純指出有錯的地方而已。」

舞絲毫不膽怯地說：「比起那個，相馬先生，一起吃個飯再回家吧，這附近有好吃的店吧！」

在舞的邀約下，相馬看了看桌上的文件，開始猶豫是否要繼續加班，但他畢竟也是真的累了，於是就回了「吃爐端燒可以嗎？」

「對了，不然也問園山課長要不要一起去吧？」

「好啊，你問一下。」

聽完舞的回答後，相馬便叫了園山一起。頂著一張鐵面機器人臉的園山回過頭來對他說：「你們先去，我馬上就到。」

舞跟著相馬來到位於商店街深處的一間小店，走進一條小巷後就可以看到招牌的那種感覺，走進店裡，正中央有個爐子，吧檯就圍繞著那個爐子，呈現「ㄇ」字狀。

「啊，相馬先生，歡迎！」

在希望之丘辦事處還沒待超過兩個月就幾乎成了熟客的相馬，在主人的熱情招呼下走進店裡。

「請往裡頭坐。」他們婉拒老闆的邀請，而是坐在圍爐「ㄇ」字型吧檯靠牆邊的位置。

點了兩杯生啤酒並乾杯之後，相馬像是有什麼心事似的，在美食面前並沒有以往的興奮。

「相馬先生怎麼啦？你平常不是最喜歡吃東西了嗎？」

相馬看似有些猶豫，但或是因為對方是不需要特別顧忌的舞，所以還是說出那件令他感到心情沉重的事情。

「其實是我發現了一件有點麻煩的事啦。」

「麻煩的事？」

「是啊，這附近有間叫島谷不動產的公司，是小安處長負責的，但他們的融資文件感覺不太對勁。」

店內的客人除了舞他們還有另外三人，但他們恰巧跟舞兩人隔著爐子，就坐在正對面，剛好他們聊得正起勁，所以無須擔心他們會聽到舞他們說話的內容。

「不太對勁是怎樣不太對勁？」

「其實在五個月前左右，那間不動產店竟然貸款了將近三億圓耶，打著周轉資金的名目，但才三個月左右就全部還清了。這樣是很好啦，但我剛才開了小安處長

「處長把它收在抽屜裡。假如我不回去拿，就沒辦法交給處長啊。」相馬說道。「然後，我在找資料夾的時候，不小心看到島谷不動產的月報表了。」

所謂的月報表指的是將該公司的盈虧、資產等內容依照月分記錄的東西。只要看了報表，就能知道不同月分的銷售額、餘額、不動產、借款等數字。

「相馬先生，你開了處長的抽屜嗎？」

舞的語氣中夾帶著責難的語氣。

「我也沒辦法啊，因為我想修正一下白天交出去的文件，但處長把它收在抽屜後就直接回家了。」

「那你是怎麼拿到抽屜鑰匙的？」

「處長都直接放在桌墊下，我就借一下——欸，妳是來查核的吧！」

「我就先幫你保密囉，然後呢？那個報表有什麼問題嗎？」

舞才剛開口問道，店門就打開了，園山也跟著露面。「這裡這裡！」相馬揮了揮手，示意園山坐在舞的旁邊。

不能喝酒的園山點了可樂，接著就開始吃著看起來很好吃的小菜。雖然也不是不行，但總覺得他果然是個有點奇怪的男人。

「你們在聊什麼？」

相馬向園山簡單說明了剛才的事。「然後那個報表就是啊……」他繼續說道。

「五個月前那筆三億圓的融資，明明用途應該是拿來周轉的，但我看了報表才發現並不是那樣——投資有價證券上面的金額數字增加了。」

所謂的投資有價證券，簡單說來就是把錢拿去投資股票了。另一方面，周轉金則是用在採買或庫存等各種支付款項時需要用到的錢。所以兩個用途完全不一樣。

「這件事情非同小可啊。」

園山的表情黯淡下來。「打著周轉金的名目結果拿去炒股，事情變得相當嚴重了，相馬課長。」

「那、那個——真的有那麼嚴重嗎？這件事。」

專業與他們不同領域的舞無法理解事情的嚴重性。

「花咲，我跟妳說啊。」

相馬變了語氣說道：「這世界上有一種說法是，錢是沒有顏色的，但銀行就是將沒有顏色的錢上色後再借出去的地方。因為一些名目所以需要資金，以這樣的申請為基礎，經過審查後再把錢借出去，這樣的流程才是銀行的融資。如果資金用途不對，就跟和父母說要買參考書，結果卻把錢拿去買漫畫一樣。怎麼樣？這樣聽完比較有概念了嗎？」

「完全沒有啊，你舉這什麼例子。」

難以判斷相馬的說明是否正確，但總之明白了一件事：資金的用途是很重要的。

「是說在現在這種時代，買股票的資金是不能用貸款的吧，相馬課長。」

園山指出這點。「換句話說，如果相馬課長說的都是真的，這個就不只違背了融資的根本，還是背離銀行規定的問題貸款了。」

「小安處長應該知道那筆融資不是用在周轉，而是拿去買有價證券了，這點才是問題所在。」

上司的不法行為讓相馬面有難色地思考著。

「可是有還錢的話，就表示那次的股票投資成功了吧？」

舞開口問道。

「那可是超級成功咧！」

相馬的回答令人意外。「我看了兩個月後的報表，賣掉股票賺到的錢高達一億圓。」

「兩個月就能賺一億圓？」

這的確令人驚訝，舞回問：「超厲害的耶，到底是投資什麼股票啊？」

「我也不清楚，不過我猜舟木應該知道喔。」

「為什麼舟木會知道？」

園山一臉驚訝地問。

「我剛才調查了一下，發現島谷不動產在五個月前那筆融資後有匯錢到東京第一證券，然後我就找了一下那張委託書，結果上面的字跟蚯蚓在爬一樣，根本看不出來在寫什麼東西——」

「啊，那就是舟木寫的沒錯了。」

園山立即認可相馬的推測。

「不過可以在這麼短的時間內，透過炒股賺到一大筆錢，這間叫島谷不動產的到底是什麼公司啊？」

舞如此問道。

「島谷社長在當地可是有名有勢的人。」

從希望之丘辦事處創立之時就待在這裡的園山，很清楚這方面的事情。

「島谷家本來就是這附近的地主，手上握有很多土地。然後地方選出的民意代表石垣信之介又是他的親戚，他也算是在背後支持他的後援會會長。有這樣的政治背景做後盾，能夠站上當地經濟界的頂端也不奇怪。聽說也有資金方面的後盾，雖然不能亂說——」

園山用手擋在四方形的臉前，低聲說道：「說不定是從石垣信之介那裡聽到要買什麼股票之類的可靠情報咧，畢竟他可是擔任執政黨幹事長的政治高官啊。」

「這樣不就是內線交易嗎？」

舞驚訝地說道：「放著這種交易不管沒問題嗎？相馬先生？」

「等一下，花咲，雖然島谷不動產靠炒股賺錢是事實，但沒有證據說他們是內線交易啊！目前說的都只是我們的推測而已。」

「但再不久，證券交易等監督委員會就會出動了吧。」

園山的聲音裡隱約有些期待那件事會發生的樣子。

「你確定小安處長知道我們剛才說的那些嗎？」

舞發問。

「至少看到那張報表後，人概就能想像了才是，處長只是裝作沒注意到而已。甚至，我覺得他可能從一開始就知道了，這是一筆瞄準績效的融資。」

相馬將裝了啤酒的杯子微微傾斜，注視著電燈泡照耀之下的店內的牆。

「這下事情可麻煩了，相馬課長。」園山嘆了一口氣。

「都知道這種程度了，還要放著不管嗎？相馬先生。」

在舞的追問下，相馬面有難色。

「要追求正義還是要好好跟職場上的人相處呢？」

「現在是煩惱這個的時候嗎？」

看著優柔寡斷的相馬，舞不耐煩地說道：「我明天就直接去問小安處長吧！」

「等一下啦！直接去問的話，我們手上的資訊還太少，先去問舟木看看吧，而且他說不定知道些什麼啊。」

園山也彷彿贊同相馬似地，默默吞下本來想說的話。

畢竟這是一間很小的辦事處。舞能看出來，其中彷彿有著並非單純善惡的別種標準，所以這件事才不好辦吧。

而且這個時候，直到隔天早上相馬把舟木叫去問話之前，這件事還只是以一間小辦事處為舞臺，牽扯到客戶與處長的問題融資而已。

「舟木，過來一下。」

這天相馬比平常還要早到，等著舟木進公司。而花咲與園山也比平常早到，就待在離他們不遠的地方。如果是比較敏感的人，應該會發現當下的氣氛有些緊張，但舟木卻一點也沒注意到。

「是，有什麼事嗎？」

舟木像平常一樣坐著椅子滑過來，漫不經心地問。塞到他鼻子前端的是一張五個月前的匯款申請書。

匯款人是島谷不動產，受款人是東京第一證券東京營業部，金額三億圓——這是把貸款總額全部轉去投資的證據。

「這上面是你的筆跡吧。」

舟木看了一下文件，說道：「哦，是耶。」但其實他一點也不清楚發生什麼事了。

「為什麼會是你開傳票？」

「處長叫我開的。」

他如此回答，乾脆得令人掃興。「那時剛好社長來了，我就被叫進接待室了。」

「你知道這三億圓是我們給他們融資的錢嗎？」

相馬帶著指責的語氣說道，舟木看起來很疑惑。

「我知道，處長有跟我說。」

舟木若無其事地說，語氣中沒有半點惡意。

「你不知道這樣違反了融資的規定嗎？」

「我當然知道，可是這是處長的案子。」

「所以就沒關係了嗎？」

原來這個男人是在裝糊塗。

「但是，我只知道這筆錢是拿來投資股票的，其他的我都沒問。」

花咲和園山在離他們稍微有點距離的地方，一直聽著兩人的對話。

相馬意識到他們的目光，開口問：

「那你沒有問買了什麼股票，還有投資的內容嗎？」

「這部分當時有東京第一證券的濱岡先生在啊，他很常來我們這裡。」

相馬想起那名快四十歲的男人的臉，那是一名總是一臉笑得諂媚，拿著一張還沒上漲過的股票推薦名單走來走去的男人。

東京第一銀行旗下的東京第一證券，大概也沒能逃過泡沫經濟崩壞的業績打擊，所以讓自家業務頻繁出入銀行，拚命招攬銀行的顧客。

「他說什麼了？」

「說島谷不動產在小安處長的介紹下，跟他買了股票。」

「那不就跟泡沫時代的融資一樣了？」

相馬目瞪口呆。向不需要資金的公司提議投資來融通資金，結果導致了巨額的不良債權，這件事他還記憶猶新。

「不是，好像是島谷社長自己說想要買股票的。」

「真的假的啦？」

看著半信半疑的相馬——

「真的啦！」

舟木開口說道：「他說東東電機的股票會賺錢，總之想先貸個三億圓。」

相馬不禁抬起頭來，一臉嚴肅地盯著舟木。

「你剛才，說了什麼？」

「什麼？啊，我說——他說東東電機的股票會賺錢……」

相馬移開目光，與同樣瞪大眼睛的舞的視線撞在一起。相馬烏雲密布的腦中突然出現一道可怕的閃電——就是在那個瞬間。

「相馬先生——」

舞走到他的身旁，一臉嚴肅地說道：「這不單純只是偶然吧？」

「我也不知道，在我們還沒調查好那部分的事之前，就先延後去找小安處長這件事吧，花咲。」

「但我還是沒辦法接受。」

花咲將內心的疑問說出口。

「不是說那間叫島谷不動產的公司靠炒股賺了一大筆錢嗎？但是東東電機因為

有財報不實的問題，股票應該大跌才對吧？別說賺錢了，不是應該虧損才對嗎？」

「的確是這樣。」

緊接著——

「哦，那個是信用交易啦！」

舟木插進兩人的對話，說出了令人意外的答案。

「信用交易？」

看著忍不住回過頭來的相馬，舟木一臉認真地點頭說道。

「對啊，那個也是東京第一證券的濱岡先生告訴我的，所以我想不會有錯。」

「簡單說來，就是做空囉……」

相馬像是終於可以理解似地抱起手臂。

「你在說什麼？做空？」花咲問。

「那是信用交易的其中一種，利用股票下跌時賺錢的方式。一般是等股票變便宜後買進，等股票上漲後再賣出賺錢對吧，但是這種做法剛好相反——」

首先，跟證券公司「借」股票來賣，之後等股價下跌時再買股票回來還，雖然是有點難懂的做法，但總之就是賺差額。

「不過這種做法需要一筆不小的保證金耶。」

相馬說道。所謂的保證金，就好像是這種信用交易的擔保品。「該不會就是這三億圓吧？」

「也就是說，島谷不動產預測到東東電機的股票會下跌囉，相馬先生。」

花咲敏銳地指出了重點。

「的確是這樣耶。」

相馬意味深長地說道並開始思考。「如果說五個月前就貸款了三億圓，那剛好是營業第三部那群人注意到東東電機財報不實的時候。那時，普遍公開的資訊都是預測東東電機是會超出計畫增加營收的企業。在這種情況下，一般都不會想到股價會跌才對。所以應該要想到的是，島谷不動產有得到什麼特別的小道消息。」

「相馬先生，我們去島谷不動產問問吧。」

花咲突然放聲說道：「一直在這裡討論事情是不會解決的，我也一起去。」

「什麼？妳說『我也一起去』——喂，啊妳的查核工作是要怎麼辦？」

「今天沒什麼事要做了，作業的指示也都下好了，沒問題的啦！對吧，園山課長。」

一直在離他們有段距離的位置聆聽兩人對話的園山，那張稜角分明的方形臉上下擅動著。

「真的假的啦？」

相馬一臉困擾地搔了搔後腦杓。

「這件事說不定跟我們整理好的那份報告書有關，我沒辦法就這樣放著不管，這事關分行指導組的名譽。」

花咲一本正經地說道。相馬知道她是只要把話說出口就不聽勸的個性，所以在發出「嘖」的一聲後，便乾脆地將手上的檔案夾遞給舞。

「這是島谷不動產的信用檔案，要去的話就把公司概要給我記在腦袋裡。」

「謝謝你，相馬先生。」

花咲幹勁滿滿地坐在被分配到的辦公桌上看起文件，但不知道發生了什麼事，她很快又跑回來找相馬。

「相馬先生，為什麼島谷不動產的融資部負責人那邊蓋了『入江』的印章啊？查核資料上明明寫這區的負責稽核姓金森啊！」

「嗯？啊！真的耶。」

聽到她這樣說，相馬才第一次注意到這件事。「怎麼會這樣，妳又認識了嗎？這個融資部叫入江的人？」

花咲沒有回答這個問題——

反倒如此說道：「相馬先生，可以明天再去這間島谷不動產拜訪嗎？」

「什麼？又怎麼了？」

「有件事讓我有點在意。」

花咲並沒有說是什麼事情。

「隨便妳吧，反正要今天還是明天去，對我來說都沒差。」

話一說完，花咲便若有所思地回到自己的位置。

# 10

「聽好了花咲，妳可不要又在那邊插嘴說些多餘的話，知道了吧？」

看著一臉凶狠警告她的相馬——

「知道啦，我什麼時候說過多餘的話了？」

「真是的，妳還真有臉說耶。」

和花咲一起離開辦事處的相馬，往附近的厚木街走去，並穿越了那條街。再走了幾分鐘後，有一棟乾淨整潔的五層樓綜合大樓，一樓就是島谷不動產的門市。因為上面貼著「島谷大樓」的牌子，或許是他們公司自己的物件吧。

「相馬先生，你看！」

他往花咲指的方向看去，只見綜合大樓入口旁的牆上，貼著一張海報。

『實現你的心聲，美好的日本、美好的未來。』——上頭是這句標語和一個令人覺得眼熟的男人在微笑著。那個人就是民政黨的幹事長，石垣信之介。

「怎麼覺得他的臉看起來很不好惹，花咲，我想回去了。」

相馬膽小地說出這句話的同時，花咲也正好說了「你在說什麼？」並推著他往前走。

店裡有一張待客櫃檯，裡頭有四張辦公桌面對面靠放在一起。一名看起來年輕卻面色陰沉的女人就坐在那裡，看到他們走進去了也沒有特別來招呼。更裡面有一張靠著牆，看起來明顯更大的辦公桌，一名六十歲上下的男人就坐在那盯著電腦螢幕。

「您好，我們是東京第一銀行，剛好路過附近想說來打聲招呼。」

花咲說完之後，裡頭的男人站起身，來回看著這兩名不怎麼眼熟的客人後——

「你們——是？」

他開口問道——

「啊，不好意思，我是希望之丘辦事處的融資課長，敝姓相馬。這位是從總公司過來的，分行指導組的——」

「敝姓花咲。」

花咲跟在相馬後面遞出名片後——

「分行……指導？」

對方驚訝地抬起頭來。

「就只是跟著來拜訪客戶，幫忙說明網路銀行的操作之類的。」

不曉得是不是接受了花咲的說明，對方暫時回到位置上，又拿了兩張名片走回來。

「我是島谷，唔，這邊請。」

他推開櫃檯的門，引著兩人往裡頭的接待室過去。

島谷雖然沒繫領帶，但穿著標有大寫字母、看起來很高級的襯衫。不只外表出眾，也散發出一種獨有的魄力。

接待室收拾得非常乾淨，到了單調的程度。

「所以，你們有什麼事嗎？該不會是為了正在申請的那筆融資來的？」

島谷開口問道，他將相馬和花咲兩人招呼至沙發，自己則坐在與沙發相隔一張桌子的對面扶手椅上。

「那筆融資現在還在審核中，但裡面有一點想跟您請教一下，就是這個。」

島谷低下頭來盯著相馬拿出來的每月財務報表。

「這是三個月前的報表，這裡有記錄藉由買賣股票獲取一億圓，請問這是購買哪家的股票呢？」

相馬故意裝作什麼都不知道的口吻問道。

「這個一定得跟你們銀行報告嗎？」

島谷不客氣地回問。

「我就直說了，我在想貴公司是不是拿了之前本行通過的貸款，去做有價證券的投資。說得更具體一點，就是五個月前從我們銀行貸款的那三億圓，說不定不是全部，但應該有部分拿去投資股票了吧？」

一直像是在打探什麼的目光投向相馬。

那道目光彷彿在問著相馬：你到底知道了多少？

「那又怎麼樣？有什麼問題嗎？」

島谷的語氣變得非常不友善。

「如果這筆錢是拿來當投資有價證券的本金，乃至信用交易的保證金的話，就會有問題了。」

「小安處長當初可沒有說過這些。」

島谷看向桌面上並排的相馬和花咲的名片，開口說道。這句話等同於承認了將錢拿去投資股票。

「您的意思是小安處長知道這件事？」

島谷把話吞了回去。或許是想到了小安在銀行內的立場，又或是在猶豫該不該老實回答。

「你是融資課長吧，不用問我，直接去問你們處長不就好了，幹麼還跑來問我？」

相馬瞬間不知該如何回答──

「小安處長那邊，等下回去我們會好好跟他請教。」

花咲從旁解圍。「在那之前，我們要先跟島谷社長您確認事情真相。」

「那種東西你們隨便應付一下就好了，要怎麼使用借來的錢是我的自由吧？」

「社長，對銀行來說，資金的用途是很重要的──」

島谷打斷了話才說到一半的相馬。

「那是你們銀行內部的事，不要拿銀行的規定來壓客人。」

就在相馬被對方囂張的氣焰嚇得瞬間停止呼吸時——

「島谷社長，您有跟東京第一證券做交易吧？」

花咲再次插進兩人對話。「利用東東電機股票做空大賺了一筆。」

「誰會做那種事！」

凶狠的目光瞪向花咲。就在這時——

「喂！你們在幹什麼啊！」

才剛聽到開門聲，就聽到對方的怒罵，相馬跟花咲轉過頭去。

只見臉色大變的小安就站在那裡。運氣真不好，看來是訪客途中順便過來看一下的。

「啊，事情是這樣的，處長——」

對著從沙發上起身，慌忙要說些藉口的相馬——

「不要多管閒事！」

小安生氣地大吼。

「還有，為什麼連查核的妳也跑過來了！這可是嚴重違反職務工作啊！給我出去！」

他粗魯地進到辦公室，大聲吼叫。然而，面對情緒如此激動的小安，花咲卻不為所動。

「喂，花咲，我們先撤吧。」

看著準備逃跑的相馬，花咲平靜地說道：「相馬先生，這樣不是剛好嗎？」

「笨蛋，夠了啦！狂——咲！」

花咲慢條斯理地起身，沒有回答已經惴惴不安的相馬，而是與幾乎要撲過來般瞪著自己的小安面面相對。

「昨天我看了島谷不動產的信用檔案，發現了一件事，島谷不動產的融資部負責人竟然是『特命』的部長代理呢，和希望之丘辦事處一般的融資案不同，屬於特別的管理，這是為什麼呢？」

小安沒有回答，但就連相馬都可以很明顯看出，他臉上的肌肉已經因為憤怒而繃緊了。花咲繼續說道：

「看到會簽的總行審查負責人欄位上蓋的印章是『入江』後我就想到了，入江先生雖然是融資部的部長代理，但知道的人才知道他是特命擔當——也就是說，他是傳說中負責處理那些『特別』案件的人。」

小安與島谷兩人不發一語，一臉警惕地等待著花咲究竟想要說什麼。

「然後昨天結束查核後，我就回到總行去見入江部長代理了。我問他，為什麼是特命擔當的入江先生來審查島谷不動產，你們想知道答案嗎？」

他們沒有回答。總覺得事情要變得不得了了，相馬的眼睛瞪得跟乒乓球一樣圓，來回反覆地看著小安與島谷。

「聽說是因為島谷不動產屬於政治家的案子。島谷社長，你好像是民意代表石垣信之介的後援會會長耶，但說到這個，每個政治家的後援會會長都是由融資部特命部長代理負責嗎？並不是這樣的，島谷不動產之所以由特命擔當部長代理負責，是因為有其他更重要的理由。」

「小安處長，你也知道這件事吧？」

小安沒有回答。

「我也重新調查你了喔，小安處長。」

花咲繼續說道：「入行之後就被分配到飯田橋分行，之後還到過田端、池袋，以及融資課，卻遲遲沒有獲得升遷。而獲得器重並讓你升官的人，則是你之後調到的地方，京都分行的分行經理。託那位京都分行經理的福，你也升到稽核的位置並調去了融資部，之後還擔任了橫濱分行的融資課長，然後又成了這間希望之丘辦事處的處長。對你而言，不管怎麼樣，都一定要對當時的京都分行經理高橋先生報恩才是。」

「高、高橋先生，該不會是——」

花咲回頭看向瞠目結舌的相馬，點頭說道。

「沒錯喔，相馬先生，就是本行的高橋會長。」

回歸寂靜的接待室內，花咲開始說起故事：「島谷不動產是高橋會長介紹給你之後才開始往來的公司，我說得沒錯吧，小安處長？而高橋會長跟民政黨幹事長石垣信之介則關係匪淺，融資部為什麼會認可一般沒辦法通過的會簽，並不是因為小安處長的能力，而是因為這是跟高橋會長關係匪淺的公司才對。」

現在——彷彿可以看見小安眼中的情感，宛如碎片般一點一點地剝落。

「接下來要說的只是我的推測。」

花咲平靜的聲音在室內迴響著。「剛才說的那些其實也不是那麼少見，實際上也還是有對董事的融資案件特別過關的情況。島谷社長，您之前拿錢去投資股票的融資案就順利過關了。只是，那筆交易是以不為人知的內部情報為基礎進行的，也就是東東電機股票會暴跌這個明確的消息為根據。」

花咲從放在腳邊的手提包中拿出文件攤開在桌上。

「這是我調查島谷不動產存款的交易往來明細，畫底線做記號的部分是從島谷不動產匯款給石垣信之介辦公室的紀錄，不曉得是以貸款的型態操作的，還是用其他名目支付的。可以肯定的是，島谷不動產的煉金術就是石垣信之介有力的政治資金來源，這點也已經跟入江部長代理確認過了。然後，接下來要說的可能連入江部長代理也不知道，就是我大概猜到那個煉金術的操作了。島谷社長——」

花咲對這名在當地政界與經濟界的大老投以嚴厲的目光：「提供你內線交易情報的，就是本行的高橋會長吧？」

「胡說八道什麼！」

島谷的口水噴了出來，強烈否定。「妳沒有證據吧，妳拿證據出來啊！」

「我沒有證據，所以我剛才就說這只是我的推測了。但是——」

花咲毅然決然地說道：「證券交易等監督委員會一定會找到內線交易的證據的。」

島谷猛地抬起頭，表情十分僵硬。他的眼中浮現出的正是不折不扣的狼狽。而他身旁的小安則是一副失魂落魄的樣子，已經沒有反駁的力氣，不過是茫然存在在那邊罷了。

「我們來這裡是為了要確認這件事。小安處長，相馬融資課長和我都是以一名銀行員的身分來這裡的，這樣還能說我們是違反職務嗎？等一下我會慢慢地向您請教您與島谷不動產之間的關係的。」

小安沒有任何回應。

「我們走吧，相馬先生。」

花咲向他們平靜地行了個禮，隨即轉過身去，與相馬一同走出那間接待室。

## 11

「是上次那份報告書的事情嗎？」

稍微往紀本的臉看去的當下，昇仙峽玲子便已看出他的不高興。辦公桌上放著一份文件，他似乎從剛才就一直在看。

玲子早就知道那份文件裡的內容究竟是什麼了，因為她已經問過把那份文件從事務部帶來的同事。

紀本沒有回答她的問題，只是靠著椅背，兩手放在椅子的扶手上，抬頭看向玲子。

「妳，對這個有什麼想法？」

寫這份報告書的人是事務部的花咲舞。

表面上看起來是希望之丘辦事處的查核報告書，但裡頭報告的無疑是會動搖東京第一銀行根本的超級大醜聞。

「如果，上面寫的是事實的話，我認為要好好應對。」

聽完玲子的回答──

「好好應對是什麼意思？」

紀本回問：「成為正義必得伸張之人，懲罰惡人？」

一直冷靜觀察著上司態度的玲子，瞬間看穿這就是他內心的糾葛以及不高興的原因。

「您的意思是要用銀行的解決方式嗎？」

而那個方式具體來說是什麼，當然沒必要問：「這件事就交給妳去辦，至於那份報告書上的內容，總之可以先對部長的疑問有個交代。」
上司那對小而銳利的雙眼，像是在謹守著什麼戒律般閃爍著。
「是指為什麼想要隱瞞東東電機財報不實嗎？」
紀本嘟囔起來：「答案確實就在這裡，為了關係匪淺的政治人物操作內線情報。那空白的兩個月，就是為了要施展這個煉金術吧。」
「這很有可能是事實。」
「妳相信這個說法嗎？」
對於紀本的提問——
「我——」
玲子之所以把話吞回去，是因為她想到應該斟酌自己的發言是否恰當。但那也只是一瞬間的事而已，玲子說出了作為忠實的銀行組織一員該有的發言。
「我認為現狀還不足以採信，首先，沒有證據。」
紀本以始終抿脣、閉目思考的態度回應。
玲子行了個禮，走出部長辦公室。
她知道紀本叫她過去的理由，不過就是想確認能夠信賴的部下的反應，而她當然也清楚該怎麼回應他所需要的。
然後在這短暫的對話中，玲子也同時看明白了紀本所求為何。
紀本想知道真相。

但想知道真相，跟把真相公諸於世又是兩件事。
紀本絕對會把事務部長辛島呈上的報告書帶去找菊川。
然後，再試探雙方都能接受的底線。
那必須是一個對銀行而言不會帶來那麼嚴重的傷害，同時也能保有體面的結果。
而那究竟是什麼樣的結果，長年觀察紀本想法模式的玲子已經暗中察覺了。
她得到的結論就是，隱瞞包庇——是由古原營業第三部長個人行為造成的。
然後吉原將被迫辭職來收尾。
如此這般，沒有任何改善，只是守住了東京第一銀行的招牌及企業文化，再過一陣子，便會像什麼事也沒有發生那樣，回歸一般的日常吧。
「昇仙峽稽核——」
玲子被叫住是在她從部長辦公室要回到自己位置的路上，腦中還在思考著這些事。
她止住腳步，回頭尋找聲音的主人，暗中皺起眉頭。
「那份報告書什麼時候會在調查委員會上討論？」
玲子不禁因為花咲舞的問題而吞下原本要說的話，注視著對方。
「嗯，不曉得。」
她覺得內心不太舒服，因為她看到了注視著自己的對方眼裡的認真程度。

「可能比較容易被擱置不管。」

花咲的聲音直接刺進玲子的胸口。「但是，那樣的話我們銀行是不會變好的。」

玲子站在原地，側臉聽著她的訴說。

「昇仙峽稽核，可以助我一臂之力嗎？」

她對著甚至對她提起訴求的花咲——

「妳好像搞錯了什麼。」

玲子對她投以冷淡的目光。「我沒有那種力量，這個組織可不是妳想得那麼簡單喔。」

就在那個時候——

「妳是為了什麼工作的呢？」

她拋出尖銳且充滿憤怒的問題，這個問題直接刺進玲子的心。「因為沒那麼簡單所以就要直接放棄嗎？妳要對問題視而不見嗎？那樣真的沒關係嗎？如果妳真的這樣做了，這間銀行是不會變好的。」

氣勢洶洶的花咲引來了周遭行員的打量，好奇發生了什麼事。

玲子的臉頰因不甘心及憤怒而僵硬，她轉過身去背對花咲。

「昇仙峽——稽核！」

玲子無視花咲的叫喊，逕自走回位置。她心中因自我厭惡的痛苦開始慢慢擴大。

## 12

「首先，我要先請教的是，高橋會長，據說東東電機的財報不實，是您指示吉原隱瞞的？請問這是事實嗎？」

董事會議室內，東京第一銀行會長高橋坐在橢圓形桌的對面，神色自然地接受菊川的質問。

「這問題毫無事實根據吧，羽田也承認了？」

這是調查委員會的問話現場。高橋坐在「被告人的位置」，羽田副董事長則坐在他稍微前面一點，對菊川的問題也同樣否認。

「沒有。」

菊川目不轉睛地盯著高橋的眼睛深處，搖了搖頭。

「看吧，根本是吉原自己搞錯了。」

高橋無法壓下焦躁，來回瞪著菊川和排坐兩側的調查委員們。

「您是說，完全沒有隱瞞這件事情？」

「沒錯。」

高橋如此回應，像是要咬上菊川那般。他是脾氣火爆的暴君，在董事長時代就是唯我獨尊，並以不顧一切的經營方式，讓東京第一銀行的業績扶搖直上的男人。

但也有人說就是高橋主導這種不顧一切衝業績的做法，孕育了後來泡沫經濟崩壞後出現的巨額不良債權。儘管如此——他將子弟兵都扶上了重要位置，布置在行內重要部門，其影響力已是行內屈指可數。

「這並不是有說過還是沒說過那種沒有意義的討論。」

菊川的語氣聽起來平淡，卻隱約有種野心勃勃的感覺。「我們以調查委員會的身分，對與本案有關的行員進行問話，付出很多的時間與心力來確認整件事情。另一方面，本行也因為這個問題正面臨失去社會信用的緊要關頭，對我們來說，現在最必要的就是盡早查明真相，更不用說還要公開真相。高橋會長——」

坐在椅子上的菊川現在挺直了身子，再次要和這名暗中的實權者對峙那般抬起頭來。

「我不清楚您有什麼顧慮，但因為您底下的人的錯誤行為，導致本行現在處於很困難的狀況，我認為您應該要好好認清這個事實。身為一名銀行家，如果有應該在這裡向大家說明的真相，希望您拿出那份誠意，現在就當場說出來。這對您而言是最後的機會，或許對東京第一銀行而言也是能盡早解決現況的唯一辦法。身為一名銀行家，我期待您能那樣做。」

菊川的全身彷彿散發出一種可以說是銀行家矜持的熱情。

高橋和菊川絕對都是代表東京第一銀行的銀行家。

他們各自對這間銀行有著想法，也有驕傲。

菊川質問的是，作為一名銀行家的生活態度。

高橋對菊川投以儼如燃燒般的目光。

大家都在等待他回答菊川拋出的問題，會議室被一陣緊張的氣氛包圍，陷入沉默。

委員會的所有成員彷彿凍結那般一動也不動，靜待著兩人交鋒。

話雖如此，在場的人也再次理解到，這種一來一往的問答本身其實是事先精心準備好的安排。

一切都會這樣慢慢結束，伴隨著一個平凡且明顯的結論：場面的失控。儘管如此，也能輕鬆想像高橋的權勢會因本次事件失墜。因為就算沒有懲罰，大家也都認定高橋的罪名了吧。沒有哪個銀行員會刻意接近有風險的地方，這次的事件，要說是高橋時代真正迎來終焉也不為過。

「真相只有一個，菊川專務。」

就在那時，高橋在一片沉默中放聲說道。

「我不可能會下隱瞞這種指示。」

「這就是你作為一名銀行家，拿出誠意後的發言嗎？」

菊川的問題透露出對高橋的厭惡。

「真煩啊！」

高橋的鼻子皺了起來。

「我期待調查委員會的各位不被偽證所迷惑，能明智且公正地進行調查，作為這間東京第一銀行的一名銀行家。還有其他問題嗎？」

沒有人發言，就在大家都以為這場會議就要這麼結束時——

「我可以發問嗎？」

圍繞在圓桌的人群中伸起了一隻手。一直靜觀事情發展至今的紀本動了一下眉毛，往那邊看去。

舉手的是一名三十出頭的年輕男人，讓人覺得不太適合出現在這種場合。他也是這次調查委員會中，唯一一位產業中央銀行的成員，是代理企劃部長中野渡謙前來的男人。

本以為他只是個來拿會議紀錄的裝飾——不只紀本，在場的所有人都是這樣以為的，所以在看到這個男人請求發言的舉動當然都大吃了一驚。

「請。」

得到菊川的許可後，男人還特地起身自我介紹。

「非常感謝您允許我發言。我是今天代理中野渡出席的，產業中央銀行企劃部稽核，我的名字是半澤直樹。」

半澤向在場所有人深深一鞠躬。

「接著我有幾個問題想請教高橋會長，會長您知道貴行的希望之丘辦事處有個客戶，島谷不動產這間公司嗎？」

高橋的眼睛透露出不悅，他目不轉睛地盯著半澤。「誰曉得，不知道。」接著吐出這句話。

「那麼，請問您和民政黨幹事長，民意代表石垣信之介是什麼關係？」

「這跟本件沒關係吧！」

「怎麼會，當然是有關係我才會問的。」

半澤的反駁讓高橋滿臉怒氣，他暴躁地抓起桌上的文件，不為了什麼，接著又放了回去。

「是我一個朋友。」

聽完高橋的回答——

「僅此而已嗎？」

半澤拋出疑問。

「不然還要說什麼，我不懂你問這些要幹麼！」

曾是東京第一銀行超凡經營者的這名男人毫不遮掩地勃然大怒。

「那我就直言了，島谷不動產的島谷社長是石垣信之介的後援會會長，也是負責資金處理的。這間島谷不動產在五個月左右前，用信用交易做空東東電機的股票，之後，趁著東東電機被發現財報不實導致股票大跌來大賺一筆，那些錢恐怕都變成石垣議員的政治獻金了。但是，為什麼他有辦法賺到那麼多錢呢？」

「不知道啦，那些跟我有什麼關係！」

高橋像在吐什麼東西似地罵道，他那因憤怒而漲紅的雙頰也隨之震動。

「是這樣嗎？可是我手上這份報告書上說您是他的情報來源耶。」

話說完的瞬間，圍著桌子的委員們都發出驚訝且困惑的聲音。半澤繼續說道：

「寫這份報告書的人，是貴銀行事務部分行指導組的花咲舞小姐。上面寫著，希望之丘辦事處的小安處長可以證實這是您主導的內線交易。」

紀本既驚訝又錯愕，他的目光無法從半澤手上那份報告書移開，然而比他更驚訝的卻是辛島，他一直到最後都在反對紀本提出想碾碎那份報告書的想法。看到辛島表情的瞬間，紀本就明白了，並不是辛島洩漏消息的。

應該被束之高閣的報告書為什麼會出現在這裡？甚至，為什麼會被產業中央銀行的人拿在手上？

他一點頭緒也沒有。

會議室中，說不出口的不安蔓延開來。

「你那份報告書是哪裡來的？」

紀本忍不住問道。

「我不方便透露消息來源。我想知道的只有一件事，高橋會長，這裡所記載的內容究竟是不是事實？請您現場回答。」

所有人的視線都集中在高橋身上。

「我對這些一無所知，不是也沒證據嗎？」

他咬牙切齒地否定，臉頰因屈辱漲紅。

「沒有證據……嗎？本行認為這份報告的可信度相當充足。當然，我們也沒辦法抱持著這樣的疑問繼續準備合併交涉。如果調查委員會要無視這份報告書，就這樣結束會議的話，為了查明真相，本行會向證券交易等監督委員會告發有疑似內線交易的可能。」

紀本的喉嚨彷彿被一把匕首抵著那般痛苦，他深受打擊。

不只紀本，調查委員會的所有成員甚至都忘了要眨眼，只是注視著這名叫作半澤的男人。

結束發言的半澤一坐下，便更嚴肅莊重地說道：

「我很期待東京第一銀行各位的明智決定。」

這句話的出現就跟堵死他們的後路沒什麼兩樣，什麼如意算盤、事前的安排都沒有了，調查委員會本身已被放上真正一決勝負的舞臺。

現在被質問的，正是東京第一銀行的自尊。

萬事休矣了嗎——

紀本抱起手臂，用力地閉上雙眼。

# 13

『政治與金錢，再次——』

這樣的標題躍上報紙其中一面，報導著執政黨民政黨的幹事長石垣信之介議員辭職。

牽涉到東東電機股票內線交易、與東京第一銀行高橋會長勾結的結構——文章裡爆出來的是東京第一銀行的黑暗面。

「花咲小姐，妳有聽過51區嗎？」

芝崎將剛才一直在讀的報紙「啪」的一聲丟在辦公桌上，語氣中夾雜著嘆氣問道。

「那是什麼？」

「有點類似本行都市傳說的東西，有謠言說是牽扯到董事的檯面下的融資案。不是有聽說美軍基地埋藏著外星人的屍體嗎？就是拿那個比喻啦。」

「也就是說，這次島谷不動產的交易就是51區囉？」

這是不用去查核，相較之下比較輕鬆的日子的早晨。「要這樣說的話，外星人屍體還比較好咧。」

「就是說。」

雖然芝崎嘴巴上這樣說，但表情卻突然黯淡下來。「但我覺得其他地方一定還有，我是說別的51區，正在不為人知地暗中進行。這次的事件或許會讓那些更巧妙地隱藏在更不為人知的地方吧，我總覺得是這樣。」

東京第一銀行會長高橋進行交接的發表，是在一個星期前發生的事情。

「不過到底是誰把我們銀行的報告書交給產業中央銀行的啊？」

芝崎再次將這陣子一直掛在嘴邊的疑問說出口。

「不曉得，會是誰呢。」

舞歪了歪頭說道：「不過，是誰都沒差吧？總覺得事情收尾得很不錯，要是那份報告書被東之高閣的話，我們銀行就真的要腐敗了。不管是什麼做法，總之順利迴避了這點，我倒是因此挺感謝對方的。」

「感謝？」

被芝崎這麼一問，舞慌忙將手放在面前揮了揮。

「話說回來，相馬先生會怎麼樣啊？」她岔開了話題。

調查委員會在一個月前告發了東東電機財報不實的真相，跟與高橋會長有關的內線交易問題。副董事長羽田被撤換，希望之丘辦事處的小安也收到了人事部的調令，換句話說，這是為了查明內線交易進行的懲罰性人事異動。

而在幾天前，希望之丘辦事處也因這是合併準備一環，以這名目決定撤銷。

辦事處的成員會暫時被分配到橫濱分行，等待新職場的調令下來。

事實上也已經決定好園山營業課長會被外派到客戶那裡支援，再過不久，相馬的人事調令應該也會下來。

「說到這個，好像是菊川先生安排相馬調去希望之丘辦事處的喔。」

芝崎如此說道：「結果卻揭發出這次的營私舞弊，說起來還真是諷刺啊。算了，相馬的話，不管去到哪裡都可以表現得很出色吧。」

她無法老實地認同芝崎的話。

去到哪裡都那樣的話會很累的。

每天都很辛苦，為了人際關係費盡心思，同時還要努力想辦法取得平衡，這就是銀行員，甚至可以說是上班族不是嗎？

「比起那些，我只要一想到我們分行指導組不知道會變得怎樣，晚上就都睡不著了啦。」

舞對芝崎的擔憂感到好笑。

「這種事擔心也沒用吧，我倒是因為這次的事件，覺得我們銀行還是很不錯的。」

舞的心中浮現起那天來分行指導組的那個人的臉。

「妳的報告書先寄放在我這裡。」

快步走進並確認辦公室裡沒有其他人後，昇仙峽玲子對她如此說道。

「妳要拿去做什麼?」
昇仙峽沒有回答舞的問題，只是接下她遞過去的文件，什麼理由也沒說，就快步走出辦公室了。
就連舞也想像不到，當時那個行為竟然帶來現在這樣的結果。而那之中絕對有著昇仙峽玲子身為銀行家的堅持。
不管這個組織會變得怎樣，我只要照著自己的方式走下去就好了。舞在心中不斷地這麼想著。

特別收錄短篇

# 去問問看狗吧

# 1

坐在桌子對面的男人，從剛才就一直以非常嚴肅的目光看著舞。

他的身軀瘦弱，顯得不太可靠。頭髮整齊地梳著七三分，面貌看起來是在優渥家庭長大的，但既小又圓的眼睛卻隱約透露出緊張的神色。

「那、那個，花咲小姐，請、請問妳的興趣是什麼？」

如同外表看起來那樣，發問的聲音聽起來也有些戰戰兢兢的。

「是，我的興趣是讀書和兜風，然後偶爾也會做點料理——」

穿著和服的舞優雅地回答。

說喜歡讀書，其實也只有推理小說到男男小說在守備範圍內而已，難以說是高尚的類型。喜歡兜風也已經是學生時代的事了，而且也只是開朋友的車出去幾次而已，說實話，她還真不明白為什麼明知道會塞車還硬要開車出去的人的想法。至於料理，一年大概只做個幾次而已，基本上都是全權交由父母操辦。

正在擔心要是被問起就糟了——

「我覺得妳的興趣很不錯耶！」

沒想到男人卻一臉認同地說道。舞帶著少許的罪惡感鬆了口氣。

他們正在赤坂一間高級旅館的休息區。

這是她人生中第一次相親。

一個星期前，向來喜歡幫忙牽紅線相親的伯母，在新娘候補因為某種原因臨時取消不來後，拚命請求她能出席幫忙。「事情就是這樣，拜託就幫我一次。」

剛才還坐在一起的父母在吃完飯的同時，說完「等下就讓他們年輕人自己聊吧。」就不知道跑去哪裡了，導致現在舞在無意中，與自己第一次相親的男人面對面交談了。

「那個，勇磨先生您的興趣是打高爾夫吧？大概可以打幾桿啊？」

她並不是真的對這個話題有興趣，只是順勢丟出問題而已。

「哎呀，大概——一百三十左右吧。」

平井勇磨用手搔了搔後腦杓，看起來有些惶恐。「不好意思，因為我實在沒什麼時間練習。」

「因為您工作很忙嘛。」

「工作的部分也、該怎麼說才好咧……」跟著附和後，對方卻沒有馬上回答，感覺對話有些卡住了。

「不是很順利？」

她客氣地問道。

「讓妳見笑了，實在不能說是順利——哎呀，糟糕。」

不小心說溜嘴的勇磨皺起眉頭。「我媽才交代我公司的事情以後再說，但我不小心還是說了，真對不起……」

勇磨家裡是在鎮上開工廠的，他是第二任社長。根據伯母的消息，平井工程是四十年前永磨的父親在品川區創立的一間優良企業。

四年前，創業社長的父親突然去世了，所以就把還在客戶那裡學習的勇磨叫回來接任社長了。

「沒事啦沒事。」

舞趕緊將手放在面前揮了揮。「因為我是銀行員的關係，其實還滿常聽到人家說公司的事情啦。現在也不是什麼大企業就能安穩經營的時代，大家都很辛苦的。」

「謝謝妳的諒解。」

放心許多的勇磨一臉真摯地說：「今天的相親對象是舞小姐妳真是太好了。」

「而且您也才剛當上社長沒多久，很多事情都要花上不少心力吧。」

「真的是這樣，其實我一直有一些問題不知道該怎麼處理才好……」

原本略微低頭的勇磨突然抬起頭：「對了，舞小姐可以給我一些意見嗎？」

「咦？我嗎？這個……我有辦法嗎？」

竟然出現了令人有些膽怯的發展。

「我一直很想找人聊這件事，但實在沒有人可以聊。如果去找平常往來的分行問，又有一些公司內部的事不太想讓對方知道……」

「有不太想讓對方知道的，內部的事啊？」

舞開口問道。

「怎麼說，就……一言難盡。」

對方說話又變得吞吞吐吐。

「不過，經營公司就是會碰到這些事啊。」

「就是說。」

對方說的正合自己心意，勇磨趁勢將身子往前傾：「就這一次，拜託聽我說一下這整件事情，好嗎？」

舞感到為難。

「我應該有很多可以幫忙的地方，可是經營這塊我一竅不通耶，啊——」

舞的腦中浮現出一個人的臉。「不對、說不定，我可以幫上忙……」

「真的嗎？」

勇磨的臉因為放下心來顯得神采奕奕。

「嗯，大、大概吧……」

舞露出有些曖昧不明的笑。

「喂！花咲！」

沒想到就在這個當下，背後突然傳來叫聲。

相馬健這天恰巧也在赤坂的某間旅館，為了要參加朋友的結婚典禮。

雖然朋友結婚是很值得慶祝的事，但包了三萬圓出去還是覺得心有夠痛的，到底是誰規定這種行情的啊——

相馬一邊這麼想著，一邊從已經結束的教堂觀禮往婚宴會場走去。經過大廳時，他突然聽到了熟悉的聲音，停下腳步。

剛好他就站在面向日本庭園的休息室前。

在好天氣的加持之下，春天的庭園顯得特別耀眼。相馬瞬間無法將視線離開那幅美景，然而——

「哎呀，那個不是——」

在注意到窗邊的人影後，他直接躲到身旁的植栽後。

仔細一看，花咲穿著跟平常的她一點也不搭的和服，正在跟坐在桌子對面那個弱不禁風的男人尷尬地對話？

「咦？」

他偷看了一下兩人的樣子，摸著下巴歪了歪頭。「怎麼覺得氣氛怪怪的，這傢伙該不會在——」

相親吧？看出這一點後，相馬暗自竊笑了。

「好喔，我就來嚇她一跳吧。」

誰叫她平常工作總是害我心驚膽跳的。相馬從植栽陰影處走出，若無其事地走到花咲背後。

等他站到花咲的斜後方時——

「喂！花咲！」

待他叫出聲後，回過頭來的花咲因為驚訝而睜大了雙眼。

「相、相馬先生，你怎麼會在這裡？」

「沒有啦，就剛好來參加朋友的婚宴。」

相馬佯裝不知地問著：「話說妳今天是怎麼了，難得看妳穿和服。」

一聽相馬故意這樣問，花咲果然支支吾吾地回答起來。

「呃，這事情其實說來話長。」

「哦，這事情啊。」

相馬笑了出來。「好啦，沒事啦沒事啦，別在意我說的話。」

他大方地將手放在面前揮了揮。

「打擾妳啦，在妳那麼忙的時候，那就再見啦花咲。」

正當他迅速舉起右手，開開心心就要離開現場時，相馬的手腕突然被用力抓住，把正要踏出步伐的他往回拉。

「幹、幹麼啦！花咲！」

「我非常歡迎你的打擾喔，相馬先生。」

看到花咲嘴角浮現出大大的笑容，相馬有種不好的預感。

## 2

「怎麼想還是覺得讓我來關照妳相親的對象，是不是哪裡搞錯了啊？」

「有什麼關係啦！」舞哄著一臉無法釋懷的相馬。「我想說助人為快樂之本嘛，拜託了。」

事情發生在一個星期後的星期六，那天——相馬從舞那裡聽說勇磨公司的事情後，半無奈地被迫協助對方。

「找不到人可以商量的勇磨先生也很煩惱啊，我們作為銀行員，該出手幫忙的時候就該出手幫忙，這才是人之常情不是嗎？」

在山手線的大崎車站下車後，兩人走出去要叫計程車。

「勇磨先生呀，妳要跟那個勇磨先生結婚嗎？」相馬鄭重其事地問。

「怎麼可能。」舞的頭往左右搖了搖。「只是覺得他很可憐才想說幫他一下而已。」

「嗯。」

相馬的回應聽起來不是很感興趣，接著他便朝著往他們過去的計程車招了招手。

告知司機地址沒多久之後，車子開始行駛著，穿梭在混雜小型公司、商店、住宅的道路上。大約開了十分鐘左右——

「客人，到了喔。」

計程車司機透過後視鏡向他們說道，之後車子便停靠在一棟雅致的大樓前。這棟建築物四四方方的，玄關旁還嵌著一塊「平井工程」的板子。

「哦，這棟大樓滿乾淨漂亮的耶。」相馬說。

走進玄關後，「不好意思」，舞向裡頭喊了一聲，似乎一直在等著他們到來的勇磨走了出來。因為是星期六的關係，所以沒看到其他員工，辦公室裡空蕩蕩的。

「相馬先生、舞小姐，謝謝你們過來。」

勇磨鄭重地行了禮，很快地將他們帶到社長辦公室。

會客區厚重的辦公桌上鋪著亮麗的黑色皮革，房間的裝潢大概是沿用以前他父親喜歡的樣式，就算已經整理過了，還是覺得哪裡有些土氣。

「我按照相馬先生說的，準備好了三個年度的決算書和明細，您看一下這樣可以嗎？」

「我看看。」

相馬熟悉地翻開文件，最先映入眼簾的是最新的損益表——顯示公司營利狀況的財務報表。

「是赤字啊。」

相馬喃喃自語著。在看了去年跟前年的損益表後，抬頭看向勇磨：「前年以前勉強是黑字囉。」

「去年跟今年整個大環境都不太友善……」

看著表情轉為嚴肅的勇磨，相馬點了個頭，再次翻閱起文件。以旁觀者的角度來看，雖然這種見解看似粗糙，但這個人可是過去以厲害的融資人員聲名大噪的相馬，沒花多久時間，他就已經將三個年度的決算書都看完了。

「製造成本一定要再調整。」

他指出這點。「雖然大環境不友善，卻看不出有在努力降低製造成本的改善……明明銷售額降低了，工廠的成本卻還提升了吧，這點不太對勁。」

「果然還是工廠啊。」

像是被戳中痛處的樣子，勇磨將雙手放在腦後。看來這個應該是他覺得煩惱時會出現的習慣動作，但也有可能是想到了什麼。

「有什麼頭緒嗎？」舞問道。

「就……工廠的事情全部都得聽廠長的。」

勇磨露出難以言喻的苦悶表情。
「你的意思是，因為什麼都要聽他的所以也不方便插手？」
「就是這樣。」
「喂！」
相馬不耐煩地說道：「都已經因為虧損而不得不做點什麼改善了，社長還要看廠長臉色的話是要怎麼辦。生產成本都已經提高了，這時候社長一定要帶頭指揮好好努力啊！」
「我也是這麼想的，可是……」
看勇磨的樣子感覺有什麼隱情在。
「你願意說的話，要不要跟我們聊聊？雖然不曉得我們能不能幫上你的忙就是了。」
在舞的鼓勵之下——
「其實，說是廠長，事實上是從我們的重要客戶大日機械那裡過來接替我爸的人。」
勇磨開口說道。
「大日機械又是？」舞問道。
「是我們家的大客戶，業績有一半以上都是從他們來的，我們是大日的承包商。」

「所以才會有所顧忌，就連應該要說的話也說不出口啊？」

「嗯，可以這麼說。」

勇磨似乎是覺得很沒出息，再次把手放到腦後。「而且那個人以前在大日機械就是主管級的，是幹這行已經有四十年的老手；相較之下，我不過是個初出茅廬的社長……大日機械的生意也都是那個廠長在處理的。」

「就是說沒有社長出場的機會囉？」

「嗯，是的。」

勇磨皺起眉頭。「不過，如果只是那樣的話也還好……」他支支吾吾地繼續說著。

「其實前幾天我收到了這個。」

勇磨從社長辦公室的辦公桌抽屜拿出一個信封。

他取出裡頭折成三折的信紙，上面只有一行用列表機印出來的文字——

小心助川在搞鬼。

「助川是？」相馬提出疑問。

「就是那個廠長。」

舞不禁瞪大了眼睛問：

「也就是說，這封信是——」

勇磨一臉苦惱地點了個頭。

「嗯——是某個人寫的內部告發。」

# 3

信上找不到寄信人的名字，日期大約在十天前，上頭只有位在高崎的、他們公司群馬工廠附近郵局的戳印。

「寄信人是誰，你心裡有底嗎？」相馬問道。

「我在想應該是工廠裡的人，可是不知道是誰。」

「那你有想到是怎樣的搞鬼嗎？」

勇磨看著發問的相馬搖了搖頭。

「如果我有接觸工廠經營的話，或許會注意到什麼也不一定。但就像剛才跟你們說的那樣，工廠的大小事都要聽助川的，就算他真的做了什麼不該做的，我也不知道發生了什麼事。」

「怎麼可以這樣，要想辦法啊！」

「你說得沒錯，我也覺得很慚愧。」

勇磨低下頭來，卻說不出什麼具體的解決辦法。

「相馬先生，我們沒辦法做些什麼嗎？」

看不下去的舞說道：「只要找到違法的線索，我想就會有辦法對付廠長了。」

「有工廠的會計文件嗎？像是帳本、單據、收據之類的。」相馬問。

「這裡有統整年度決算的會計總帳，但是領據和收據之類都是保管在工廠裡，這邊只有總公司的部分而已。」

「這樣看了也沒什麼用吧。」

聽完勇磨的回答，相馬也嘆了口氣。「你聽我一句，我不會害你的，工廠那些帳簿和領據你最好還是自己看過一次比較好，全部交給別人處理的話就會發生這種事。」

「對不起……」

看著勇磨軟弱的樣子——

「現在可不是客氣的時候，平井先生。」

平常悠哉悠哉的相馬也忍不住焦急起來。「現在這樣的狀況非常不好，你要是一直顧慮東顧慮西是沒辦法向前邁進的，首先必須要打破跟廠長的關係，這才是改善經營的第一步。」

「我也是這麼想的……」

咬緊唇瓣的勇磨總算下定決心地抬起頭。「相馬先生，我有一件事想要拜託你，可以請你幫忙跑一趟我們群馬的工廠嗎？」

「什麼？我嗎？」

就算是相馬，聽到這麼出乎意料的提議也不知道該怎麼回答是好。

「拜託了，相馬先生，我對會計完全不行，就算看了工廠的會計文件也沒有自信能夠找出哪裡有問題，這部分只能藉助相馬先生的力量了。」

「可是……」

看著不肯答應的相馬──

「我也拜託你了，相馬先生，請助他一臂之力。」

舞也低下頭來。

本來還在猶豫的相馬，在看到兩人誠懇的態度後，終於還是嘆了口氣。

「好啦，誰叫你們都說到這個份上了，我就幫忙出一份力吧。」

「謝謝你，相馬先生。」

勇磨的表情明顯愉快許多後，馬上又低下頭，將額頭貼在桌面上致意。

## 4

平井工程的群馬工廠位於高崎市郊外的工業區一角。

他們在高崎站搭上前來迎接他們的勇磨的車，大概搭了二十分鐘左右便抵達工廠。廠內的馬路整齊規劃成大型卡車可以通行的寬度，廠區用地上有個大看板。進到廠區後馬上就是停車場，右手邊是辦公室。從那裡往用地內接續一個鑰匙型的工廠為兩層建築物，左處是為了上下貨的空間，現在有一臺大卡車就停在那裡等。

或許因為這是陽光柔和的五月週六，總覺得散發出與都市截然不同的悠閒氣氛。

「這裡。」

勇磨帶他們走到辦公室入口，只見一隻狗躺在玄關旁。

「真悠哉啊。」

相馬看著那隻狗說道。總覺得機器運作的聲音，那一層一層重疊演奏出來的節奏感，更加強了現場悠哉的氛圍。

「現在的汽車引擎之類的都是由電腦控制的，我們工廠則是在製作上面的感測器零件。」

平井工程的主力商品是車用電子零件，雖然這裡的氣氛感覺起來很悠閒，但產品卻能說是走在時代的最尖端。

這份悠閒感驟然被現實打破，是在他們踏入位於二樓辦公室的時候。

會計課的辦公室裡有一名穿著制服的、較為年長的女員工。她身後則是戴著銀框眼鏡、小鼻子小嘴巴，長得有點像老鼠的男人。接著坐在最後那張辦公桌的則是六十歲上下的，體態不錯的男人，他靠著椅背，大聲地講著手機，不曉得是在和誰通話。頭上一根頭髮也沒有，在日光燈的照射之下閃閃發亮著。

勇磨在那通電話結束前都規規矩矩地等著，之後才開口說道。

「廠長，今天就拜託你了，這兩位是東京第一銀行的人。」

剛結束通話的男人抬起頭，有些吃力地站起身。他就是廠長助川幹夫。

「我是東京第一銀行的相馬，今天還請多多指教。」

助川看也沒看相馬遞出的名片就直接收進胸前的口袋。

「還特地跑來我們這種鄉下，真是辛苦啦。」

語氣聽起來有些諷刺。

為了申請一筆新貸款，需要來工廠觀摩——這是之前勇磨和舞一起想出來的藉口。

「一定要貸款給我們喔，你們這種大銀行都很小氣——喂，多田野。」

被叫過來的是剛才那位老鼠男。

「我是會計課課長多田野。」

年紀大概在四十歲上下，跟助川比起來身材較嬌小，看起來有些憔悴的男人。與他們交換名片後，多田野蒼白的臉上出現了陰沉的目光，他來回看著相馬和舞兩人。

「怎麼會是事務部分行指導組？」

他一臉懷疑地發問：「說是審查融資，我還以為會是哪間分行融資課的人過來。」

助川也掏出剛才收進口袋的名片看了一下，對勇磨問：「這是怎樣？」跟最初感受到的悠哉工廠的氣氛完全不同，兩人散發出難以通融的氣息。

「品川區內正在準備開設新分行，所以我們是先來審查將來的融資客戶的。」

雖然相馬說明得不太自然，但對方好像相信了。

「算了，多田野，你就看他們要幹麼幫一下吧，去會議室可以吧。」

助川先起身離開辦公室後，帶他們到走廊一角的房間。

「社長已經給我看了三個年度的決算文件，今天再看過去三年的帳簿、票據，還有收據就好了。」

整理好長桌，弄出一個作業區後，相馬趕緊說道。

「什麼？那麼久以前的都要？」

多田野一臉不滿地縮起嘴唇。「融資審查只要看試算表就夠了吧。」

看來他還挺有銀行交易相關的知識與經驗，感覺不是很好應付的男人。

「不不不，因為這次的融資會成為第一筆交易，所以我想親自過目會計相關的具體資料，畢竟貴公司去年的盈餘是赤字啊。」

相馬直接刺中對方的痛處。「要知道是因為什麼原因造成虧損，才有辦法預測今後的業績，這部分再麻煩了。」

赤字是事實，對於因業績惡化而對將來資金周轉抱持不安的平井工程來說，能順利申請到新融資絕對是難能可貴的。

「廠長，可以讓我們看一下嗎？」

最後那句話是對助川說的。

「事關融資，拜託了。」

助川本來還想說些什麼，卻因為勇磨這句話又把話吞下去了。

「銀行的人都這樣說了，就給他們看吧。」

助川因為對方提到虧損的事顯得有些不高興。舞瞧著助川和多田野離開會議室後，開口問道。

「那個叫多田野的人又是？」

「是助川去年從前公司大日機械的會計部拉過來的人，說因為之前的會計都不太準確。」

「確實如果讓自己從年輕培養的人擔任會計，要操作數字就更容易了。」

相馬說完，露出刑警會有的那種銳利眼神。「如果是這樣，要是真的找到哪裡違法，那個叫多田野的就也是共犯了。」

「那個叫多田野的和助川先生以前是什麼關係？」

舞問道。

「多田野以前還在大日機械採購部的時候，好像是助川的下屬，之後他被調到會計部，但好像常常抱怨自己沒有受到重用。助川知道後就把他叫來當課長，所以他感覺對助川特別感恩。」

「原來是這樣，現在才成了助川廠長信賴的部下。」

就在相馬理解這段關係的同時，房門被打開，多田野走了進來。用臺車運來了堆積如山的會計資料。

他將那些資料擺放在桌上後，留下「有什麼事再請打內線給我」之後就離開了。

「好，那就開始吧。」

相馬捲起袖子，對舞跟勇磨下達指令。「我來看這三年度的原始帳本，檢查外包商跟供貨商的付款有沒有哪裡不對。平井先生負責客戶的付款通知單，確認上面的金額跟內容，因為這個要對公司業務比較清楚的人才適合——然後花咲，妳來確認領據跟收據的內容。」

三人分工合作開始龐大的作業。

## 5

「這樣下去有點不行啊。」

在三人外出午餐時，相馬疲憊地嘆了口氣，如此說道。他們在車程約五分鐘左右的一間餐廳。

「付款通知書跟訂單上的金額是否正確，這個也很難看出來。」

勇磨也因為看不習慣的文件，不停地轉著僵硬的脖子。

他們幹勁十足地專注在那些資料上大概有三個小時吧，但必須一直用眼睛盯著、確認那些數字跟內容的作業卻一點線索也沒有，感覺只是在浪費時間而已。

「好像連全部的五分之一都還沒看完，這樣做真的有辦法找到不對的地方嗎……」

相馬面有難色地抱起雙臂。

只要看了工廠的帳簿跟領據，馬上就可以知道哪裡徇私舞弊了——看樣子當初的想法還是太天真了，三人的表情都透露著這樣的念頭。

「仔細想想，不正當的方式也有各種做法啊。」

相馬說道：「說不定調查完所有的帳簿領據也無從得知，比方說從外包商那裡收回饋之類的，如果是這種情況，不看廠長個人帳戶也不會知道。」

「不過，至少那些會計文件的某處有辦法挖出違法事情，我覺得。」

舞說道：「不然助川廠長也沒必要特地把多田野先生挖過來啦。比起調查會計資料，乾脆直接問多田野先生怎麼樣，相馬先生？」

「我不覺得他會坦白招來耶。」

相馬斷定地說道：「除非證據確鑿，不然他們一定會繼續裝無辜。」

「還有其他跟會計有關的人嗎？」

「說到這個倒讓我想起來了。」舞說完後，問勇磨：「會計部不是還有一位女員工嗎？她呢？」

「哦喔，妳是說葉山啊？」

勇磨說完之後又想了一下。「的確，她說不定會知道些什麼，畢竟她的工作是會計助理跟總務。」

「既然如此我們就偷偷問她吧？」

舞說道：「有人寄告發文，就表示有人知道他們做了什麼不法勾當對吧，而她就坐在廠長和多田野先生附近，可能已經知道些什麼了也不一定。」

「的確很有可能。」

勇磨點頭說道：「回去之後我們就去問問她吧。」

「請給我們三杯咖啡。」

在勇磨的吩咐之下，葉山征子進到舞他們所在的會議室。

就在征子將咖啡放在相馬、舞，以及勇磨的面前後，行了個禮正準備離開時——

「葉山小姐，可以請教妳一下嗎？」

勇磨開口叫住她，伸手示意她坐在旁邊的椅子。

「啊，是的。」

突然被叫住讓征子有些驚慌失措，不顧雙手還握著托盤，就直接坐在椅子上了。因為不只社長，相馬和舞也在看著她的關係，讓她緊張得繃緊著臉。

「其實是這樣的，葉山小姐，我收到了這封信。」

勇磨將那封告發信放在征子面前的桌上。

征子讀完那行字後，眼神透露出驚訝且有些動搖。等到她將目光從信移回到勇磨身上後——

「如果妳知道些什麼，可以請妳跟我說嗎？」勇磨問道。

「哦。」

舞一直在觀察她模糊不明的回答以及泛淚的眼眶，感覺她看起來就是知道些什麼，卻在猶豫著該不該說。

「我絕對不會讓別人知道我是從葉山小姐這裡知道的，這樣可以嗎？」

「就算您這麼說……」

征子的視線落下，好像正在被罵似地縮著肩膀。

「妳有看到什麼比較奇怪的事情嗎？就算只是很小的事也沒關係，只要有妳覺得不對勁的地方都請跟我們說。」

舞也開口說道。

「我沒有看到什麼奇怪的事。」
雖然樣子畏畏縮縮的，但這點倒是回答得很迅速。
「電腦上的領據都是葉山小姐記錄的吧？」
相馬問：「也就是說，您也有確認過全部的領據內容？」
「嗯，是的。」
依舊縮著身子的征子點頭回答。相馬、舞以及勇磨不著痕跡地互看了一眼。
「我知道了，不好意思叫住妳說這些話。」
勇磨說完之後，征子露出放心的表情，深深一鞠躬後離開了現場。
「相馬先生，你怎麼看？」
勇磨看著門關上，歪了歪頭。「負責輸入領據等實務操作的葉山小姐，看了都沒注意到有什麼違法勾當的話，到底……」
「要嘛就是做得很好，又或是說就算是違法，但其實並非都是會計的事情。」
相馬說。
「譬如說？」舞問道。
「譬如說——我想想。」
相馬想了一下。「像是私下把工廠的零件和產品拿去轉賣，把非常機密的情報轉賣給誰之類的。如果是這種事，葉山小姐當然也不會注意到。」
「但如果真是那樣，我們也沒轍了。」

勇磨表現出垂頭喪氣的樣子，陷入沉默。

「就算真的是那樣，也沒有永不見天日的壞事，這種事總有一天一定會暴露出來。」

「沒錯。」

勇磨點頭稱是。「真是不好意思麻煩你們跑一趟，非常感謝。」他行了個禮。

「這也是沒辦法的事啦。」

相馬回答，就在整件事彷彿進入決賽後半模式的時候——

「真是的，你們兩個人在說什麼啊？」

舞開口說道：「我們不是還有時間嗎？現在放棄太早了啦，都特地跑一趟來這裡了，再稍微堅持一下吧。」

「什麼堅持一下，是要怎麼堅持？花咲，難不成妳要把這些文件全部看過一遍嗎？真的這樣做的話太陽都要下山了。」

「才不是那樣，應該還有其他切入點才對啊。」

「譬如說咧？」

被相馬這樣問了之後，舞也不知道該回些什麼。

「看吧，能做的不是都沒有了嗎？」

「但我總覺得你說多田野先生一定跟違法勾當有關係這點，是正確的。」

就是在那個當下，舞的腦中浮現出新的想法。

「對了！勇磨先生，多田野先生是來擔任新的會計人員的話，那以前負責會計的那個人……我的意思是有一名前會計吧，那個人去哪了？」

「啊，妳問這個啊？」

勇磨的臉色突然黯淡下來。「以前負責會計的是一個男的，姓菊池。多田野來了之後，就被調到製造課的生產線了……」

「會計去生產線？」

相馬聽完目瞪口呆。

「是的。」

勇磨回答，他的表情有些許扭曲。「其實那位男性最近才說想辭職，助川馬上就想讓他離職了。但他畢竟是我爸那時候就在的人，已經在這裡工作超過三十年了，所以我盡力挽留他了。」

「要不要去問問那個人？」

舞說道：「在多田野先生來這裡以前，都是他在助川先生底下負責會計的話，應該會知道些什麼才對吧？」

「的確，妳說得有道理，我請他過來一下？」

勇磨說完就拿出手機，打給工廠裡的人。

「幫我請菊池先生來會議室一下好嗎？謝謝。」

掛上電話後，他看向相馬跟舞：「應該等一下就來了。」

然而事與願違。

過了幾分鐘後，門被打開了。進到會議室裡的人不是菊池，而是廠長助川本人。

助川面露凶狠，散發著怒氣，一走到勇磨面前就開口說道：

「可以請你不要亂來嗎？」

他的語氣不容分說：「哪有這樣把進到生產線的人叫過來的，根本是在給我找麻煩。到底在想什麼啊？」

看著來吵架的助川，勇磨的臉色也變得蒼白。

「不是，不好意思，我是想說，要問他一些事。」

「是要問什麼事？」

助川往相馬和舞瞪過去。

「那、那個──我們是想請教他公司的會計制度。」

看著廠長怒氣沖沖的樣子，相馬也支支吾吾起來。

「會計制度跟融資申請是有什麼關係啊！」

助川生氣地反駁。「而且這種事問多田野就可以了吧！」

就在相馬沒辦法立即回答的時候──

「多田野先生去年才剛進公司，不曉得以前的事。」

舞開口說道：「菊池先生的話，貴公司這三十年來發生的事都可以請教他。」

「哦。」

轉向舞的是深處閃過一絲光芒的雙眼。「但是吼，不好意思菊池現在很忙。總而言之，請你們不要給我亂來，根本來亂的！」

助川說完那些話後，就逕自轉身走出會議室，沒給他們時間反駁。

「不好意思，是我思慮不周。」

勇磨強行將視線從那扇被關上的門移開，向他們道歉。

「被他們搶先一步了。」

相馬「唉」的一聲輕嘆了口氣。「對助川來說，菊池先生應該是他最不想放過來跟我們說話的人吧。再說，難不成要叫他們停掉生產線嗎？沒辦法了。」

「那就不要停掉生產線不就好了？」

相馬因為舞的這句話面露驚訝。

「不要停掉生產線也可以？妳這傢伙想做什麼？」

「工廠不是都會有休息時間嗎？我們趁生產線停止的時候再過去找他聊就可以了吧？」

「原來如此，我沒想到還可以這樣。」

勇磨抬起頭來，看向牆壁上的時鐘。「下午三點開始休息。」

現在剛過下午兩點。

「那就這樣決定了，在那之前我們就一邊確認文件一邊等吧？」

相馬翻開放在手邊的帳本。

## 6

工廠裡頭的休息區中，菊池一人獨自坐在離其他員工有段距離的板凳上。這名呆呆望著稻田抽菸的男人已經五十多歲了，頭髮稀疏，可以看到不少白髮。

「請問是菊池先生嗎？我是東京第一銀行的花咲，這一位是相馬——」

手裡拿著菸的他只將臉轉了過來，看向他們兩人，以及他們身後的勇磨。「我們可以跟你聊聊嗎？」

他默默地移動了坐在板凳上的位置，讓出只夠他們三人坐下的空間。看起來並不是很和善，但也沒有要拒絕的樣子。

「這件事還請您保密，其實，平井社長收到了這樣的信。」

舞將告發信的影本拿出來給菊池看，但他只瞄了一眼就移開目光了。

「您能想到什麼線索嗎？」

對方沒有回答。

「希望您能助我們一臂之力。」

舞向他說：「我覺得貴公司還有很多改善空間，可是，如果有誰一直私底下散發惡意，做些違法勾當的話，公司是不可能會變好的。當然，會允許這種情況發生的公司，本身在制度上也很有問題就是了。但是平井社長一直很努力，要靠自己的雙手重建工廠，所以拜託您了，菊池先生，如果您知道些什麼的話，可以告訴我們嗎？」

「喂，我猜你們已經聽說了，我，已經跟公司提出離職啦。」

菊池側著臉，心不在焉地說道：「現在才跟我說想讓公司變好要幹麼。」

雖然他的語氣聽起來很敷衍，但一直注視著前方的雙眼卻流露出一股哀傷。

「我聽說您在這裡工作三十年了。」

「那又怎樣？」

菊池露出嘲諷的笑容。「工作幾年有什麼差嗎？對公司而言，沒有用的人就不會有容身之處的。」

菊池口中說的正是上班族的悲哀。

會計對中小企業來說是很重要的角色。

對長年任職會計的菊池來說，本來的工作被拿走，還被趕到工廠的生產線去，絕對就跟叫他快點辭職沒什麼兩樣。

「再說，年輕社長也沒辦法。」

他繼續說出這樣的話。「沒有助川廠長的話，這間工廠就沒辦法運作。只要還是這個狀態，就什麼都不會改變。」

「現在或許是這樣沒錯。」

舞開口說道：「但是，不去做的話怎麼知道未來會變得怎樣？就是這樣，我們才需要菊池先生的幫助。」

菊池看著舞，眼神中有些許的動搖。

「菊池先生——」

就在舞還要說些什麼的時候——

「去問問看狗吧。」

菊池突然說出令人意想不到的話。

「您說什麼？」

舞忍不住回問。

「妳這麼想知道的話，就去問狗看看吧。」

到底是在開玩笑還是在戲弄她，舞目不轉睛地盯著菊池的表情。

站在她身旁的相馬一動也不動的，屏住呼吸盯著菊池看。就在這時——

「菊池——」

背後突然傳來聲音，舞回頭看去。

什麼時候來的？只見助川一臉陰森地站在休息區的入口。

助川來回瞪著相馬、舞，以及勇磨三人，緩緩地靠近他們，像是要擋住舞他們去路那般威風凜凜地站立著。

「在幹什麼啊？你們。」

才以為他低沉卻尖銳的聲音是針對菊池，矛頭卻不慌不忙地指向舞他們。

「我跟你們說過不要亂來了吧！」

他生氣的怒吼幾乎要震動稻田的秧苗，嚇得相馬跳了起來。

「不是啦那個——」

看著臉色蒼白的相馬——

「你們到底在鬼鬼祟祟調查什麼？」

助川接二連三地拋出問題：「真的是來做銀行融資審查的嗎？」

「助川先生。」

面對氣到發狂的廠長，舞冷靜地說道：「我們只不過是在得到平井社長的允許後，趁休息時間過來向菊池先生請教的，這樣有什麼問題嗎？」

「社長是平井，但廠長是我！」

助川不顧勇磨在場，放聲說道。他絕對有注意到休息區的其他員工都在外圍關注這裡的紛爭。

「管你是社長還是銀行，沒有我的允許就不准在工廠亂來，聽懂了嗎！」

就在他的手指指向舞鼻尖的時候，休息時間結束的鈴聲也響起了。

# 7

「真的很不好意思，我都不知道該怎麼跟你們說了。」

回到會議室後，勇磨整個意志都消沉了。「你們一定因此感到很不舒服吧，對不起。」

「沒事，你別放在心上。」

舞的語氣聽起來一點都不把助川放在心上。「比起那個，菊池先生說的那句話，你知道是什麼意思嗎？」

「去問問看狗吧——那句話嗎？」

勇磨搔了搔頭：「不好意思，我完全聽不懂這句話有什麼意思，但他本來就是、該說是頑固還是特別呢，竟然那樣亂說話——」

「是嗎？」

舞提出疑問：「那句話，真的是亂說的嗎？」

「您的意思是？」

勇磨呆愣愣地發問。

「不如這樣想，其實菊池先生是想說什麼的吧？只是那個時候他看到助川廠長出現在我們背後，所以才故意那樣說的吧，我猜是這樣。」

「欸不過，花咲，他叫我們去問狗耶，狗又不會說人話，果然還是那個大叔自己心情不好才隨便亂說的吧。」

「那個人不是那種人啦。」

舞開口說道：「我覺得他身上有種專家的氣息。我的意思是，他是一個自尊很高的人，這樣的人是不會亂說話的，那句話的背後一定有什麼含意吧。」

「一定沒有啦。」

相馬摸摸下巴。「狗耶、是狗，狗是會有什麼意思？」

「譬如說，工廠裡面有誰的名字裡有犬這個字，有這樣的人嗎？勇磨先生。」

「沒有耶。」

勇磨看向上方思考之後，搖了搖頭。「而且也沒有這樣的客戶。」

「那地名呢？」

舞又問道，但他還是搖頭。

「該不會是叫我們去問多田野先生吧？」

說這句話的人是相馬。「你們想，多田野那個人不就很像是助川養的狗嗎？而且他還把菊池的工作搶走了，不難想像菊池把多田野叫成狗，說不定其他員工私底下也都這樣叫喔。」

「如果是問多田野先生就能知道的事情，不用菊池先生特別說，我們自己就看得出來了吧。」

「也是啦。」

放棄得很乾脆的相馬舉起兩隻手，攤手說道：「我要是會說狗的語言的話，就去問問看那隻看門狗了。」

他說的應該是躺在玄關的那隻狗。

「那隻狗應該不會知道會計的事情喔。」

就在善解人意的勇磨跟著開玩笑的同時，突然聽到喀啦一聲，兩人驚訝地回頭看去。

原來是舞突然站了起來。

只見她一臉嚴肅地繃緊身子，注視著牆上的某處，思考著什麼的樣子。

「怎、怎麼啦花咲，突然這樣。」

感受到花咲身上傳來的壓迫感，相馬開口問道。但舞並沒有回答他，她猛地翻找著放在桌上的幾疊領據，最後從其中翻出一疊。

到底怎麼了，相馬和勇磨瞠目結舌地看著她。舞沒理會他們的目光，她一手放在便利貼上，開始檢查起那疊領據，有時候她會停下手，凝視著綑綁著領據那條繩子，然後再繼續翻起領據，尋找著什麼。

好不容易在她終於停下手上的動作，舞以嚇人的目光緊盯著某張領據。

「怎、怎麼了花咲，妳找到什麼了嗎？」

「相馬先生，就是這張。」

還搞不清楚狀況的相馬與勇磨兩人探頭看了一下那張領據。

「什麼啊，這不是雜費的領據嗎？」

相馬不耐煩地說道：「怎樣？狗的飼料費？妳沒事吧花咲？這怎麼會跟違法勾當有關——」

舞抬起頭來打斷相馬。

「相馬先生，那隻狗吃的是松阪牛肉。」

「什麼？妳說什麼？」

瞠目結舌，說的就是這種狀態。

在他真正把舞的話吸收進去前，相馬都只是一直看著舞的臉，好不容易回過神來，他才又看了一次那張領據。

「啊，還真的耶，這隻狗過得也太爽了吧，超猛的。」

「這種時候就別開玩笑了吧，相馬先生。」舞不耐煩地說。

勇磨也看了一下那張領據，再次向舞問道。

「這是怎麼一回事？舞小姐。」

「那隻狗是不可能吃松阪牛的，這只是某個人把自己買的肉報在狗的飼料費上申請公費而已。」

在他理解這句話的意思前，現場又陷入了一陣沉默。

「也就是說，現在的重點是那個某個人究竟是誰——對吧？」

過了一陣子，相馬才開口說道：「這個就先問問看多田野先生吧。」

「等我一下，我去叫他過來。」

話一說完，勇磨飛快地跑出會議室。

過了一會兒，多田野帶著一張因為突然被呼叫而感到困擾的臉出現。

「怎麼了嗎？還需要什麼文件嗎？」

「不是，文件都很齊，還請放心。比起文件，還請您先坐下。」

舞示意他坐下，多田野故意嘆了口氣讓他們聽見。

「多田野先生，其實有件事我必須向您道歉。」

舞對多田野說道：「其實我們並不是來審查融資的，我們是受平井社長所託，來調查你們是否有做什麼違法勾當的。基於這樣的原因，我們沒辦法一開始就告知真正的來意，我先為這點跟您道歉。」

多田野看向她的視線中並非驚訝，而是其他情緒。

「但是——」

舞繼續說道：「雖然這是我的直覺，但我想這件事您已經聽葉山小姐說過了吧？」

聽到這句話，驚訝地瞪大眼睛的卻是相馬跟勇磨兩人。

「那位小姐知道你們幹的壞事卻選擇沉默，明明做的是輸入領據的會計工作，不可能沒有注意到跟領據有關的勾當。所以我們來的目的，你們應該都聽葉山小姐說了才對。」

「真讓人不爽耶。」

多田野說出這句話。他的眼裡閃過一絲狡詐的光芒，直直地看著舞。「銀行員拿著銀行的名片做這種事也沒問題嗎？我會向東京第一銀行抗議這件事的，你們根本不是在執行銀行業務，而是在妨害我們公司運作，妳懂不懂啊？」

「調查違法勾當也是在妨害公司運作嗎？」

舞平靜地發問：「讓我說的話，為了一己之私偷取公司資源的行為才有問題吧。」

「說什麼屁話，妳有證據嗎？」

她將剛才那張領據遞到破口大罵的多田野面前。

「那這張領據是怎麼一回事？請您說明一下。」

多田野看了一下那張領據後，原本的憤怒消失，露出狼狽的樣子。

他沒有回答。

舞站在這位多田野的正前方，目不轉睛地盯著他。

「狗的飼料費。背面還很細心地黏了收據，中原精肉店，松阪牛一公斤，金額是兩萬兩千圓，上面還有店家的電話號碼耶，我們打去問問是誰去買的肉吧？」

多田野的臉上血色漸失，接著舞又對這名被逼到絕路的男人發問：

「去買肉的人是你嗎？多田野先生。」

多田野的目光落在左下方的地板，看得出來這名被逼到絕路的男人正在腦中瘋狂思考著該怎麼逃避問題。然而所有人都清楚不過，這種努力只是在白費功夫。

「我再問一次，是你去買肉，然後報在狗的飼料費用上面嗎？」

「不是！」

他反射性地否定。「不是我。」

「那是誰？」

舞問：「請你現在老實說清楚，是誰去買肉的？」

「是——」

無處可逃的多田野緊張地轉著眼珠，之後終於吐出一個人的姓名。

# 8

「什麼啊，你們還在弄啊？」

他們把剛拜訪客戶回來的助川叫來，一進到會議室，他便發出尖銳的聲音如此說道。接著他環視起室內，開口問：「咦？多田野咧？」

「我讓多田野先生先回去了。」

勇磨回答。

「讓他先回去？沒有我的允許？」

助川不高興地說道。他打開放在旁邊的摺疊椅，隨便找個地方坐下。

「這是怎麼一回事？你們要說明一下嗎？」

「那我就開始說明了。」

話一說完，舞將幾張清單推到助川面前。

助川才剛將視線移上去，表情立刻僵硬起來，滿臉怒容地抬起目光。

「這是什麼鬼？」

助川聲音低沉地問道。

「看了還不清楚嗎？廠長，這是你的違法勾當清單啊！」

對方沒有回答。

舞繼續說著：

「從客戶那邊給的回饋、私人餐飲支出、電視、空調，還有其他家裡東西的修理費用，一直到松阪牛肉為止，這是去年一整年，你將個人支出掛在公司費用請款，總金額高達兩千萬圓的清單。」

「笑死人了。」

助川傲慢地將身子靠在椅子上，蹺起腳來，並將清單直接丟在地上。「這些事是多田野跟你們說的嗎？真是辛苦你們了啊！」

他看起來一點都不狼狽，也沒有反省的意思。助川以挑釁的目光直直盯著勇磨。

「所以你想說什麼啊？勇磨。」

助川直接叫出平井的名字。「我啊，可是從你爸還在的時候，就被委託管理這裡了，這間平井工程仰賴的人不是你，是我！你可別弄錯了。」

勇磨臉色蒼白，說不出半句話。助川撿起掉在地上的清單，用力地丟出去。

「調查這些東西根本就是在浪費時間！」

助川面露凶狠地說：「你爸之前還說等他死了要讓我接社長的，所以我才會為這間公司這麼努力，結果咧？他死了之後，竟然是由什麼都不懂的你空降坐上社長的椅子，跟我說過的那些話好像從一開始就不存在一樣。一個完全沒有業界經驗的年輕人撐得起這種大公司嗎？別笑死人了，還是說勇磨，你有辦法自己跟大日機械談生意啊？」

「你們有過那樣的約定嗎……」

勇磨咬緊嘴唇，他的臉色蒼白，彷彿受到重大的打擊，目光無神地落在腳下的地板。

「勇磨，你當社長可以拿多少薪水啊？」

助川看著勇磨的反應冷笑。「比起你的薪水，這點小錢根本就只是我當廠長的福利津貼而已，連這點錢你都要來找麻煩的話，這種低薪廠長的工作我可幹不下去啦！要真受不了的話，你乾脆把我廠長的位置摘掉吧，做得到的話你就試試看啊，然後就讓沒經驗又缺乏員工信任的勇磨你自己來當廠長吧！」

助川完全抓住了勇磨的弱勢，他那鐵了心將錯就錯、小看對方的態度，幾乎是輕而易舉就將勇磨說得無法反駁。

「絕對做不到對吧？我想也是啦，知道的話就快點滾回去！夾著尾巴跑吧你！」

就在助川說完這些討人厭的話，正要站起身時——

「請別開玩笑了。」

冷靜的聲音傳來，讓他停止了動作。

「妳說什麼？」

助川生氣地往舞看過去。而舞也直盯著助川，眼神充滿憤怒。

「勇磨先生是這間公司的負責人、是社長，他一個人就要擔當起跟銀行借錢的連帶保證人，每天都在思考員工的未來、努力奮鬥著。如果這間公司一直虧損、停滯不前的話，不只這間公司，連勇磨先生的存款、房子，所有擔保品都會被奪走。當社長才不是只會跟客戶談生意那麼簡單、那麼無憂無慮的工作。像你這種會把自己吃的東西報在公帳上請款的人，不可能當上社長的。這世界上，幾乎沒有哪個上班族會滿足於自己的待遇。但不管你再有實力，說到底都不是當社長的人才。別說社長了，你連當廠長都不配！」

「妳說什麼！」

助川站起身，他的周遭散發出一股憤怒的氣息。

「妳什麼都不懂，少在那邊自以為是！」

舞也站起身，從容不迫地隔著一張桌子跟助川對峙著。她的臉上除了一股堅決的意志，還帶有一絲悲哀。

「我本來還想，要是你有反省的樣了，承認所有你幹下的壞事並道歉的話，那該有多好。但事與願違，只要你繼續當廠長 天，這間平井工程就不可能會變好。雖然你以為平井工程是因為有你在才能運轉的，但那是你搞錯了。不管再怎麼有實力、有經驗、有人脈的人，只要這名員工將公司視為是自己的所有物，總有一天他會成為整間公司的敵人。因為對認真工作的所有員工來說，這種人是不可饒恕的敵人。」

「既然如此，就把我從廠長的位置踢掉啊！」

助川挑釁地說道：「勇磨，你來當廠長不是很好嗎？」

反正你也做不到，這麼想著的助川露出傲慢的樣子，對板著一張臉、全身僵硬的勇磨說道：「明明就什麼都做不了，還是說，妳也想來當當看廠長？」

助川看著舞冷笑。

「把你從廠長的位置踢掉？這不是很理所當然嗎？」

舞的回答讓他眯細了眼睛。舞繼續說著：

「如果你以為這樣做問題就解決了，那就大錯特錯了。助川先生，這裡列舉的你的違法勾當，光去年一整年就高達兩千萬圓，至今你到底幹了多少壞事？不過，這已經不需要我們動手調查了，取而代之的是，我會向警方告發你。」

聽到告發這個詞後，助川變得激動，臉也漲紅起來。

「妳知道這麼做，公司會變得怎麼樣吧？」

這句話並非只是對舞他們說，也是在對勇磨說的。「告發我誰都得不到好處，這麼簡單的利益計算你們都不會嗎！」

看著指向自己的手指，勇磨深吸了一口氣。他也對事情發展到這種地步感到不安，這點從他布滿血絲的眼睛就可以看出來，他是真的非常猶豫。助川對著那雙眼睛嘶吼：

「捨棄我的話，大日機械也會捨棄你，沒有大日機械的話，這間公司就完了！」

一股令人窒息的沉默籠罩著會議室。

勇磨好像想說些什麼，卻一直說不出口。他閉上雙眼，露出苦惱的表情，可以看出他非常動搖。然而——

過了一會兒，才剛看到勇磨的眼睛睜開——

「請你辭職吧，助川先生。」

就聽到他勉強擠出這句話的聲音。

助川沒有任何反應。

他的臉上浮現出難以置信，卻又覺得哪裡很好笑的表情。他的嘴唇微微顫抖著，不曉得是因為憤怒還是焦躁。

勇磨看著助川的反應，慢慢地說道：

「助川先生，你作為廠長，對平井工程的貢獻是大家有目共睹的，這點我從來沒有懷疑過，所以我要為這點向你道謝。但是，就算你再怎麼不滿，身為組織營運負責人的我都沒辦法對那些事睜一隻眼閉一隻眼，今天就請你先回去吧。」

助川沒有任何反駁。

他重複了幾次搖頭的動作，彷彿要說服自己接受現實那樣。最後他「哼」的冷笑一聲。

「我的人生究竟算什麼啊？最後還被別人翻臉不認人，用這樣的方式告別嗎？」

他如此自問自答。接著助川慢慢地轉過身去，消失在舞一行人的面前。

勇磨沮喪地垂下肩膀，將雙手壓在桌上。在看到他垂下臉後一顆一顆跌落的眼淚，舞不禁將原本想說的話又吞了回去。

「為什麼沒辦法讓大家都獲得幸福呢？」

許久，勇磨開口問道，他並不是在問誰，而是對自己提出疑問：「難道經營一間公司就一定會這樣嗎？」

「好事會發生，壞事也會。」

一直保持沉默的相馬對勇磨說道：「但是，這應該不是經營公司才會碰到的問題吧，應該說，人生就是這樣的，不是嗎？」

勇磨靜靜地閉上雙眼，一直維持著那個姿勢，沒有想移動的樣子，彷彿在細細咀嚼著相馬所說的話。

## 9

「平井工程，說了什麼啊？」

那天之後大概又過了十天的某個下午，舞的手機接到了勇磨打來的電話，相馬若無其事地打聽著。

「聽他說，跟大日機械的業務還是會繼續下去的樣子。」

還說下星期會正式對助川跟多田野提出刑事訴訟。

「助理葉山小姐則是因為本身是單親媽媽，生活過得比較辛苦，所以有時候會從助川那裡拿到公費私用剩下的一些東西。」

「也就是說，是遮口費囉？聽起來還真可憐啊。」

「聽勇磨先生說，她是自己提離職的，所以就介紹她去其他朋友經營的公司了。」

勇磨會暫時兼任社長跟廠長，會計課長則是讓原本想離職的菊池擔任。公司的全新制度正式啟航。

「不過我還是不懂耶，那封告發信，結果到底是誰寄的啊——果然就是菊池先生嗎？」

「不是那樣。」

「不是？」

相馬回問。舞對他說：「那個其實是大日機械採購部的人寄的，聽說是因為實在看不下去才會寄那封信的。」

「妳說什麼？」相馬驚訝地問道。

「好像是助川跟大日機械相關部門的人經常去喝酒的樣子，然後把那些跟業務完全無關的私人開銷都開成公司的收據，還很自豪地說自己什麼都可以報公帳。」

「所以是大日機械的相關人士看不下去他的做法，才去提醒平井先生的囉？真是有良心的故事啊。」

「聽說是他在說明原因的時候，寄告發信的那個人自己站出來說是他寄的。他跟勇磨先生是第一次見面，之前根本不認識，所以雖然覺得助川那樣做很糟，但是又不能真的很肯定有什麼勾當，只好用那種方式提醒了。」

「原來如此，不過也多虧他了，雖然公司在新制度之下，暫時應該還會手忙腳亂一陣子，但經過這次事件他也有所成長了才對，我是說平井先生。一定可以順利完成的。」

相馬用一種放下心來的語氣說完後，又像是突然想起什麼似地問舞：「是說，那你們兩個怎麼樣了？」
「什麼我們兩個？」
舞正在翻閱著堆積的文件，聽他這麼說突然抬起頭。
「相親啊相親，妳這人，最後要跟平井先生結婚嗎？」
「要不要呢？」
說完這句話後，舞用手托起下巴。「感覺要去問一下狗才知道哦。」
夏日的豔陽射入辦公室，舞嘆息著轉向那邊，在耀眼的陽光下輕輕瞇細雙眼。

# 解說——現在，應該在這本書中閱讀的池井戶潤的小說

文藝評論家　村上貴史

## ■醜聞

故事發生在二十世紀末的時候。

東京第一銀行分行指導組中有一名女性。

因為她偶爾會氣到發飆，所以有個「狂咲」的外號，她就是花咲舞。

雖然是非常有能力的銀行員，但因為她經常會對上司做出不該對上司做的言行舉止，所以也被認為是「問題員工」。儘管如此，她那希望銀行變好的心可是比別人要強上一倍。因為她不受只在銀行內部通用的價值觀與邏輯影響，也不揣測他人只懂得勇往直前，所以有些人會覺得她不太好接近，但她的想法卻是很真摯的。

《醜聞》這部小說描述了這樣的花咲舞與她的上司——分行指導組稽核相馬健一同解開了許多謎題，並與強人的「敵人」戰鬥的過程。

而本書《花咲舞無法沉默》則是《醜聞》的續集。雖說是續集，但直接看也是

可以很享受的，不需要太過擔心。

## ■花咲舞無法沉默

花咲舞所屬的分行指導組是會去拜訪有業務處理問題的分行，並對其進行指導的部門。這個部門很小，以事務部次長芝崎為首，親自前往現場的則是相馬和花咲，總共就他們三人而已。

在本書中，相馬與花咲最先去拜訪的是赤坂分行。因為有人懷疑東京第一銀行外洩了顧客的個資，如果這件事是真的，那事情可就不得了了……

在第一話〈黃昏研修〉中的相馬與花咲，以分行指導的名義，為了鎖定洩漏資料的犯人而行動。他們走訪了相關人士尋求證據，甚至透過其他門路進而蒐集資料，然後再進入思考，簡直就像偵探一樣。這篇是以銀行與客戶為舞臺的短篇推理小說，故事架構讓人讀起來非常享受。但當然不只有故事架構是這樣，到解開謎題之前的發展也都安排得很好。而作為短篇推理小說的驚訝之處，也就是終於看清事情真相那瞬間感受到的衝擊，都好好地寄宿在這本書裡了。而且作者還將故事設計成先出現某個角色的故事，再讓人感到驚訝與衝擊。作為一部描述人際關係的連續劇這是一篇非常有吸引力的短篇，包括與那個「故事」對抗的花咲舞也很有魅力。

作為短篇推理小說的必讀之處，第二話〈棲息於淤水中的魚〉也十分出色。將花咲舞身為一名傑出銀行員的才幹，有效地運用在事件的解謎上，這個就是銀行推理！

而花咲舞的偵探眼在第四話〈暴衝車禍〉中也好好發揮了一番。她注意到藏匿於線索中的不自然之處，從那裡展開「背後似乎有什麼」的推理。從那個不自然之處（花咲舞的著眼點）飛越到結果（即作為事件的可見形式）之間的距離也掌握得很巧妙。推理小說迷一定要看一下。

而令人感到這雙偵探眼的使用方式極為正確的。就是第五話〈神保町奇談〉。某個銀行帳戶在持有人過世後，竟然還持續有交易往來，這篇作品所描述的就是在追逐這個奇談事件的真相。雖說是這樣，其實整個故事的氣氛都是很好的，沒有誰明哲保身或是爭取升官之類的，而是以誠實作為整部作品的主題。當然故事中的確存在著犯罪，但其真正想傳達的主旨是人的誠實。包括故事舞臺的設定，都是非常不錯的一篇短篇。而這部作品之所以能成功地讓人有這種感覺，或許是因為主要登場人物都不是銀行內部的人吧，也可能是因為這篇故事有發人深省的作用。可以看到和平常「專注往前衝」不一樣的舞的另一面，這點也讓人感到很開心。

在這種狀態下，由深具魅力的短篇合成的推理小說《花咲舞無法沉默》，順著這些短篇故事發展，會再變成一個大故事。前作《醜聞》也是這樣，《半澤直樹系列1：我們是泡沫入行組》、《夏洛克的孩子們》，以及《七個會議》等作品的風格，都是池井戶潤擅長的短篇連續作品。

這種風格的特徵是——尤其是池井戶潤在使用這種風格時的特徵——雖然長篇和短篇在每個故事的所需頁數差異懸殊，但故事中的每一個人都很有分量。短篇中的重要人物和長篇中的重要人物，都可以讓讀者感受到他們確實存在著，沒有什麼區別。唯一有區別的地方，只有在寫成小說時，要怎麼將之分割與呈現。正是因為如此，不只短篇故事打動人心，積累而成的長篇故事也令人深受感動。順便一提，在本書中，第六話和第七話是比前面五話都還要長的作品，更能感受到長篇的高潮之處。這本來是在報刊連載期間回應讀者「希望繼續連載下去」的心願，但從結果來看，真的很開心可以進化成長篇連續作品。

在這種情況下進化成長篇故事的本書，當然也寄宿著長篇推理小說要有的刺激，尤其是第六話〈51區〉到第七話〈小卒之戰〉所提出的問題力道（具體來說在第314頁）相當大。令人深切體悟到謎題就在眼前，然而之前卻從未意識到。真令人興奮。而從那裡先著手的是包含人際關係的至今的伏筆，真的是大飽眼福。

與花咲舞一同撐扶著這樣的長篇故事的人，是東京第一銀行企劃部的特命擔當稽核，昇仙峽玲子，是在本書中初次登場的角色。說起她，是以屬於銀行黑暗面的人物登場的，畢竟上司指示她的「特別命令」可是找出不利於銀行的事務並摧毀，若無法摧毀就永遠封藏的工作。相較於花咲舞想讓銀行變好的想法，她是完全站在對立面的角色。當然，光是玲子被派到這個任務，就可以知道她是相當有能力的人物。這兩名女性在本書中會互相拉扯，並分別散發出冷淡與熱情的火花。一翻開書頁也許就停不下手了。

此外，在這樣的故事發展下，也可以享受到漸漸理解玲子這個人的喜悅。而且，在讀者加深對她的理解的同時，恰巧也來到了本書的最高潮，這樣的設定實在是，哎呀，不愧是池井戶潤，太厲害了。

## ■半澤結束的失落感

提到本書出版的二〇二〇年，也是讓許多人著迷其中的，原作為池井戶潤的電視連續劇《半澤直樹》（新系列／主演：堺雅人）繼前作再次獲得廣大民眾喜愛支持的一年。從七月到九月，奪得令和年間最高收視率，讓許多人著迷於其中的情景依然記憶猶新。

隨著播放結束，應該也有不少人陷入了所謂的「半澤失落」，我在此推薦那些人來讀這本書。應該說——正是因為現在感到失落，才更應該讀這本書。

如果是會陷入「半澤失落」的人，應該對香川照之飾演的大和田曉的對手，紀本平八（段田安則）這位常務董事印象深刻吧。這位紀本董事就是本書中的東京第一銀行的企劃部長，是很重要的角色。要說有多重要，剛才提到昇仙峽玲子接到的隱蔽指示，下命令的人不是其他人，就是這位紀本。他在升到東京中央銀行董事之前，一直以行員的身分進行些什麼？而在下了這樣的指示時，他的心裡到底是怎麼想的？可以說這是陷入「半澤失落」的人才能夠擁有的閱讀喜悅，是他們專屬的特權。

不只如此，在《半澤直樹》（新系列）中登場的牧野治（山本亨）果然也在本書中登場了。他在本書中是東京第一銀行的董事長，還下了一個極為重大的決策。對從《半澤直樹系列4：銀翼的伊卡洛斯》或電視劇《半澤直樹》知道他的結局的人而言，在看到牧野在本書中下的決心後，應該會更受感動吧。本書是描述牧野最後走上那條路的第一步的作品，這點也請各位好好感受一下。

話還沒說完。

我想深陷「半澤失落」的人，恐怕會對去年出版的系列作第五集《半澤直樹系列5：阿萊基諾與小丑》尋求救贖也不一定。在治癒那份渴望的同時，應該也注意到系列作的嶄新魅力了，也就是作為被賦予榮獲江戶川亂步獎出道的池井戶潤，其推理作家才能的推理小說的魅力。而《花咲舞無法沉默》也如同前面說的那樣，是一本深具推理小說魅力的作品。

眼前有個疑問，不管用什麼角度觀察都無法解開的謎。然而，只要像解圖形問題那樣畫一條「輔助線」出來，整個視野就會瞬間開闊，進而找到真相。像這種強烈刺激，就寄宿在本書的各個角落。花咲舞是用身為銀行員的知識去找，或是步行探訪，或是以不加揣測的心去找到那條「輔助線」。大家可以享受她「像偵探」的一面。與此同時，讀者也能一併感同身受，想擊潰花咲舞找出的真相的，紀本和昇仙峽所代表的組織內部的可怕權力。希望大家能好好享受這份複雜的美味。

本文中大概記載了三個就是「半澤失格」的現在才更應該讀這本書的理由，只要在本書《花咲舞無法沉默》中尋找，應該更可以發現原因。已經讀完的人大概都已經明白了吧。

## ■去問問看狗吧

那麼，花咲舞首次登場的作品《醜聞》是出版於二〇〇四年（第一篇刊載於雜誌上的短篇是在二〇〇三年）。續作《花咲舞無法沉默》刊載在讀賣報紙上，包含延長前作的部分，從二〇一六年一月十七日開始連載至十月十日。刊載於中文公庫是在二〇一七年九月的事，之間隔了三年才發表續作。

在那段日子中，如同大家所知道的，故事拍成了電視劇。前作《醜聞》出版後十年，即二〇一四年《花咲舞無法沉默》（主演：杏）上映了。隔年播放第二季，也是大受好評。在第二季結束後才開始報紙的連載，然後才又出版了小說《花咲舞無法沉默》。也就是說，這個標題是先作為《醜聞》電視劇的名稱誕生的，後來才變成《醜聞》續作的小說名稱。過程有些錯綜複雜，還請大家不要誤會了。

在如此背景下問世的《花咲舞無法沉默》，在這次講談社文庫推出的文庫版的期間，又更往上進化一階了。二〇一〇年十一月至隔年六月連載於日本金融通信社

《日金》並在之後大幅改稿，作為電子書（Kindle Single）出版的短篇小說《去問問看狗吧》也收錄在本書最後一篇。這篇作品也是關於花咲舞參與了一名男人的成長，以及類似死亡訊息的解謎，是非常適合本書的一篇小說。

最後是結論。

本書作為一篇推理小說、一部人情連續劇，給予我十二萬分的閱讀池井戶潤小說滿足感。

本書具有就是「半澤失落」的現在才更能深深體會的閱讀喜悅。

本書有讓人覺得賺到了的特別收錄短篇，所以更應該要看「這本書」。

就是這樣的一本書！

逆思流

# 花咲舞無法沉默

## （原名：花咲舞が黙ってない）

著　者／池井戸潤
譯　者／藍云辰
執 行 長／陳君平
榮譽發行人／黃鎮隆
協　理／洪琇菁
執行編輯／陳宣彤
美術總監／沙雲佩
美術編輯／李政儀
國際版權／高子甯、賴瑜妗
文字校對／施亞蒨
內文排版／謝青秀

出　版／城邦文化事業股份有限公司　尖端出版
臺北市南港區昆陽街十六號八樓
電話：（〇二）二五〇〇－七六〇〇
傳真：（〇二）二五〇〇－二六八三
E-mail：7novels@mail2.spp.com.tw

發　行／英屬蓋曼群島商家庭傳媒股份有限公司城邦分公司　尖端出版
臺北市南港區昆陽街十六號八樓
電話：（〇二）二五〇〇－七六〇〇（代表號）
傳真：（〇二）二五〇〇－一九七九

中彰投以北經銷／楨彥有限公司（含宜花東）
電話：（〇二）八九一九－三三六九
傳真：（〇二）八九一四－五五二四

雲嘉以南／智豐圖書有限公司
（嘉義公司）電話：（〇五）二三三－三八五二
傳真：（〇五）二三三－三八六三
（高雄公司）電話：（〇七）三七三－〇〇七九
傳真：（〇七）三七三－〇〇八七

香港經銷／城邦（香港）出版集團有限公司
香港灣仔駱克道一九三號東超商業中心一樓
電話：（八五二）二五〇八－六二三一
傳真：（八五二）二五七八－九三三七
E-mail：hkcite@biznetvigator.com

新馬經銷／城邦（馬新）出版集團 Cite（M）Sdn. Bhd.
E-mail：cite@cite.com.my

法律顧問／王子文律師　元禾法律事務所
台北市羅斯福路三段三十七號十五樓

二〇二四年七月一版一刷



Original Japanese title: **HANASAKI MAI GA DAMATTENAI**

Original Japanese edition first published by Chuokoron-Shinsha, Inc. in 2017
Revised edition including a short story 'Inu ni Kiitemiro' published in paperback
by Kodansha Ltd. in 2020
Traditional Chinese translation rights arranged with Office IKEIDO Inc.
through The English Agency (Japan) Ltd. and AMANN CO., LTD.

■中文版■

郵購注意事項：
1.填妥劃撥單資料：帳號：50003021戶名：英屬蓋曼群島商家庭傳媒(股)公司城邦分公司。2.通信欄內註明訂購書名與冊數。3.劃撥金額低於500元，請加附掛號郵資50元。如劃撥日起 10～14日，仍未收到書時，請洽劃撥組。劃撥專線TEL：(03)312-4212 ・ FAX：(03)322-4621。E-mail：marketing@spp.com.tw

國家圖書館出版品預行編目資料

花咲舞無法沉默 / 池井戶潤作；藍云辰譯. -- 1版. --
臺北市：城邦文化事業股份有限公司尖端出版：英屬蓋曼群島商家庭傳媒股份有限公司城邦分公司尖端出版發行, 2024.06
面； 公分
譯自：花咲舞が黙ってない
ISBN 978-626-377-903-7（平裝）

861.57 113006084